GC NOVELS

異世界転移したら愛犬が最強になりました

My beloved dog is the strongest in another world.

シルバーフェンリルと俺が異世界暮らしを始めたら

2

龍央 Ryuuou

イラスト／
りりんら Ririnra

Contents

My beloved dog is the strongest in another world.

プロローグ

最初の森、気付いたらそこにいた異世界の森で探索を続ける事数日、ようやくフェンリルの子供を発見。

トロルドに襲われていたり、大きな怪我《けが》をしてはいたが、いつの間にか使えるようになっていた俺のギフトという能力、『雑草栽培』で怪我を治す事ができた……あのままだと、命が危なかったからな。

そう安心したのもつかの間、公爵家のご令嬢クレアさんと、シルバーフェンリルという大きな魔物になっていたレオの提案で、野営地に連れ帰る事にした。

あのまま放っておいたら、また別の魔物に襲われる危険もあったから。

俺の作った薬草のおかげで、怪我が治ったフェンリルの子供が元気良く料理を食べるのを見届けてから休み、一夜が明ける。

見張りの時も寝ている時も、特に何もなくゆっくりと休む事ができた。

目が覚めてすぐ軽く確認したが、昨日までの疲れは残っていないようで、だるさとは無縁なスッキリした目覚めだ。

結構、こういった事に慣れ始めて来ているのかもな。

そんな事を考えつつシュラフから体を出し、朝の支度を始めようと立ち上がったあたりで、外からキャンキャンと犬のような鳴き声が聞こえた。

昨日のフェンリルかな？　声を聞く限りでは、元気になったようだ。

傷もなくなっていたし、いっぱい食べていっぱい寝たおかげだろう。

「おはようございます、クレアさん」

「おはようございます、タクミさん」

「キュゥ、キュゥ」

テントから出て、外にいたクレアさんに挨拶。

フェンリルは、クレアさんの足下をくるくると元気に走っているな、目が回ったりしないんだろうか……？

レオの方は近くで見守るようにしながら、お座りをしていた。

「レオもおはよう。フェンリルも」

「ワフワフ」

「キャゥ！」

レオからも挨拶が返ってきて、一緒にフェンリルも一鳴きした。

挨拶しているようだな……もしかして、フェンリルも人の言葉がわかるんだろうか？

「タクミ様、おはようございます」

「おはようございます、セバスチャンさん」

フェンリルやレオを見ていたら、川の方から俺やレオもお世話になっている老紳士で屋敷の執事、セバスチャンさんが歩いてきた。

「朝食の後、この場を引き払って屋敷へと向かいますので、よろしくお願いします」

「はい、わかりました」

セバスチャンさんはそう伝えた後、男性用テントに入って行った。

多分、まだ寝ている護衛兵士長のフィリップさんを起こすんだろう。

……フィリップさん、見張りの時間が俺よりも後の方だったから、寝起きは辛《つら》いかもしれないな。

「それじゃあクレアさん、俺は川で身支度を整えて来ます」

「はい、行ってらっしゃいませ」

「キャゥキャゥ！」

「ワフ？」

俺がクレアさんに川へ行くと伝えたら、フェンリルが俺の足下に来て吠《ほ》え始め、レオはそんなフェンリルを見て、首を傾《かし》げている。

「んー？　どうしたんだ？」

屈《かが》んで目線を合わせ、フェンリルの様子を窺《うかが》う。

「キャゥ……キュゥ……」

「ワフワフ、ワウ……」

フェンリルが何かを伝えようと鳴いても、俺にはよくわからなかったが、代わりにレオが、フェンリルの体に鼻を近づけてにおいを嗅いだ後、嫌そうな顔をした。

……臭いのかな？

「もしかして、お前は川に入りたいのか？」

「キャゥ！　キャゥ！」

俺の言葉を肯定するように、吠えるフェンリル。

そういえば、フェンリルは昨日土と血で大分汚れていたな。

当然だが今日もそのままで、明るい陽射《ひざ》しの中で見ると全身が汚れているのがわかる。

体を洗いたいんだろうな……人間より嗅覚は鋭いだろうし、自分からの嫌な臭いを早く取りたいのかもしれない。

それにしても、やっぱりこのフェンリルは言葉を理解する事ができるようだ。

まだフェンリルと接し始めたばかりだから、あちらが何を言っているのかわからないが、レオが通訳してくれるし、こちらからの言葉が通じるなら色々やりやすいな。

「わかった、じゃあお前も一緒に行こう」

「キャゥー」

「ワフ」

フェンリルは、俺について来る事にしたようだ。

レオはそんなフェンリルを見張るため、後ろで待機している。

「私も、一緒に行っていいでしょうか？」

「……身支度するところを見られるのは、少し恥ずかしいですが……いいですよ」

「ありがとうございます。できるだけ、タクミさんの方は見ないようにしますね」

クレアさんも一緒に来るようだ。

まぁ、男の朝の支度なんて髭《ひげ》を剃《そ》って顔を洗うだけだし（俺はな）、少し恥ずかしいのを我慢するだけだ。

俺とクレアさんはフェンリルとレオを連れて、すぐ近くの川へ向かう……と言っても、歩いて一分もかからない場所だ。

「キャゥー！」

「ワウー！」

川へ来ると、嬉《うれ》しそうな鳴き声をあげながらフェンリルが飛び込む。

浅瀬の方でパチャパチャと体を洗うようにしながら、水遊びしているような感じで、その後を追って、レオも川へ飛び込んだが……こっちは体が大きいせいもあって、深くなっている所だ。

川で遊ぶのはいいが、ちゃんと綺麗《きれい》になるんだぞー。

クレアさんはそんなレオとフェンリルを、朗らかに見ている……俺はさっさと髭を剃ろう。

ここ数日で大分慣れたから、ほとんど肌を傷つけずに髭を剃る事ができた。

俺の身支度も終わり、クレアさんと一緒にフェンリルとレオが川で戯れるのをしばらく見ていたら、女性兵士で護衛をしてくれているヨハンナさんに、朝食の準備ができたと呼ばれた。

「おーい、朝食ができたみたいだぞー？」

「キャゥ!?」

「ワフ！」

俺がレオとフェンリルに呼びかけると、両方凄《すご》い反応で川から出て来る……そんなに急がなくてもいいんだがな。

レオが先に川から上がり、体を振るって水気を飛ばす。

それを見たフェンリルも、レオを真似《まね》するように体を震わせて水気を飛ばした。

親子みたいだなぁ……。


支度を終えて皆の下へと戻り、お世話をしてくれるメイドのライラさんが作ってくれた朝食を、焚《た》き火を囲みながら頂く。

フェンリルは今日も、焼いたオークの肉を勢いよく食べていたが、昨日程の量を食べる事なくお腹いっぱいになったようだ。

やっぱり、昨日の食欲は体力を回復させるためだったんだろうな。

今はすっかり元気になって、クレアさんの周りを走り回っている。

大分クレアさんに懐いているようで、他の皆も、朗らかにその様子を眺めていた。

朝食が終われば次はテントなどの撤収作業。

テントを崩し、道具類を纏《まと》めて袋へ、焚き火も川の水を使って消火する。

木の皿や鍋も含めて、洗えるものは川で洗っておいて、袋の中にしまう。

結構長くここで野営をしていたけど、終わるとなると少しだけ寂しい気分だな……いつまでもいられるわけじゃないから、仕方ない事だけど。

皆で協力して動いたおかげか、ほんの一時間程度で撤収作業は終了。

森に入ってきた時と同じく、皆で荷物を分担して持ち、帰途に就く。

先頭はいつものようにセバスチャンさん。

魔物が出てきた時に備えてフィリップさんが続き、その後ろにクレアさんとライラさん、フェンリルがいる。

さらにクレアさんを守るためにヨハンナさんが続いて、そのすぐ後ろに俺とレオ。

最後尾は、時折時代がかった喋《しゃべ》り方をする護衛さんの一人、ニコラさんだ。

皆、来た時より疲れているはずだが、ここ一週間近くで森を歩くのに慣れたのか、歩く速度は速い。

フェンリルは帰り道の間中、クレアさんの周りを走り回ったり、横を歩いたりして楽しそうに過ごしていた。

クレアさんとライラさんは、そんなフェンリルを優し気な目で見て微笑《ほほえ》んでいる。

レオは、たまに皆から離れるような動きをしたフェンリルを叱るように吠え、しっかりついて来られるよう見張っていた。

レオが保護者みたいだな……。

初めてこの森を歩いた時は、レオが大きくなっていたり、オークを見て驚いたりと余裕はなかったけど、随分俺も慣れてきたみたいだ――。

第一章　『雑草栽培』を使う影響と考察をしました

日も高くなり、お昼を少し過ぎたくらいで、森の入り口へと戻ってこれた。

クレアさんは、森へ入るときに息を切らせて、歩くのも辛《つら》そうだったのはなんだったのかと思う程、疲れている様子が見られない。

森を歩くのに慣れたもんだなぁ。

フェンリルを見守る事に夢中だったおかげかもな……そんな事を考えている俺も、大分森の中を歩くのに慣れた。

俺達が森の入り口に辿《たど》り着くと、そこには五人程の人が集まっていた。

「皆さん、ご苦労様です」

「セバスチャンさん、ご無事でしたか。クレアお嬢様も無事のご帰還、何よりでございます」

「えぇ」

よく見れば、そこに集まっている人達は皆、屋敷で見た事のある人達だ。

そのうちの一人は、馬の番のために残った護衛さんだな。

鎧《よろい》を着て兵士の恰好《かっこう》をしている人が他に三人、執事の人が一人。

どうやらここで、俺達……いや、クレアさんの帰りを待っていたらしい。

「予定よりも帰りが遅かったようでしたが、何かありましたか？」

執事の人が、クレアさんの連れているフェンリルを見ながら、セバスチャンさんに聞く。

「逆ですね。思ったよりも何もなかったもので、それでもと探索をしていたら時間がかかってしまいました」

「そうですか……それで……」

「あぁ、あのフェンリルは大丈夫ですよ。詳しくは後で話します」

「……わかりました」

セバスチャンさんがそう言って話を切り、執事の人は下がった。

荷物は待っていた人達に渡し、置いてある馬車へと積んでもらう。

その間、ライラさんが昼食の準備を進めていた。

ちなみに食料は、執事さん達が追加を持って来てくれていたらしい。

俺達が森から出てくるのがもう少し遅ければ、様子見と補給のために森の中へ入ろうとしていたとの事で、そのためだとか。

そんな用意がされていたんなら、もう少し森の中に居ても……と考えたが、実際それは難しいだろう。

クレアさんやセバスチャンさんがこれ以上屋敷を離れているのは、皆に心配をかけてしまうし、いくら『雑草栽培』で疲労回復の薬草を栽培できるといっても、精神的な疲れは溜まっていくものだしな。

テントがあっても外での生活になってしまうから、屋敷で休むのとは違うと思う。

その後、ライラさんの作ってくれた料理を皆で食べ終わり、その片付けを済ませていざ屋敷へ……と思ったが、馬車に乗ろうとしたところで思い出した。

この馬車狭いから、ライラさんかクレアさんと密着するんだよなぁ。

「どうしました？　タクミさん？」

「あー、いや……えっと……」

俺が馬車に乗るのを躊躇《ためら》っていたら、後ろからクレアさんに声をかけられた。

どうしよう、素直に密着するのが恥ずかしいからとは言えないし……来た時と同じように、レオに乗って帰る事にするか。

「……俺はレオに乗って帰りますから、クレアさんとライラさんは馬車にどうぞ……」

「タクミさんはレオ様に乗るのですか？　でも……」

クレアさんは、抱いているフェンリルを見ながら躊躇うように話す。

フェンリルがいる事で何かあるのだろうか？

「タクミ様、クレアお嬢様とライラ、それにフェンリルだと少々不安でしてな。一緒に乗ってもらえませんか？」

「セバスチャンさん……」

クレアさんが言い淀《よど》んでいると、既に御者台に乗っていたセバスチャンさんから話しかけられた。

なんでフェンリルがいると不安なんだろう……。

「クレアさんとライラさんが居れば、安心じゃないですか？　フェンリルもクレアさんに懐いているでしょう？」

「キュゥ？」

俺がクレアさんの腕でおとなしくしているフェンリルの頭を撫《な》でると、首を傾《かし》げるように鳴いた。

お前もレオと同じように首を傾げたりするんだな……。

そう思っていたら、フェンリルがクレアさんの腕から飛び出し、俺に向かってきた。

「おわっ！」

「キュゥー」

俺の胸部分に体ごとぶつかってきたフェンリルは、そのまま地面に落ちそうになったので、思わず抱きかかえる。

見た目よりは軽いが、それでもその大きさで飛び掛かって来るとさすがに痛いぞ……？

「ほら、フェンリルもタクミさんと一緒がいいみたいですよ？」

「……そうなのか？」

「キャゥ」

「ワフ」

俺が問いかけると、肯定するように鳴くフェンリルに、レオからは諦めろと言わんばかりの、溜め息交じりな声まで聞こえてきた。

むぅ、ライラさんやクレアさんと密着するのは、嫌ではないんだけど……俺も男だから。

でもなぁ、色々勘付かれると恥ずかしい……。

「……ワフー」

なおも俺が躊躇っていると、レオが仕方ないなーとでも言っているような声を出し、ライラさんに近付いた。

「ワフ、ワフワフ」

「え？　私を乗せてくれるんですか？」

「ワウー」

ライラさんは、近くで背中を向け、声を出したレオに戸惑いながら尋ねる。

レオはそれに頷《うなず》いて応えながら、乗りやすいように伏せの体勢になった。

「タクミ様、よろしいのでしょうか？」

「レオが乗せてもいいと言っているので、乗ってやって下さい」

「……わかりました」

レオ、良くやった！

これで、女性に密着という嬉《うれ》し恥ずかしになる事を避けられた！

レオにアイコンタクトを送ると、また溜め息を吐《つ》くように首を振られた……そこまで呆《あき》れなくてもいいじゃないか……。

そんな事がありつつ、俺とクレアさんはフェンリルを連れて馬車へ乗り込む。

やっぱり距離は近いが、三人乗って密着するよりはマシだ。

フェンリルは馬車に乗るのが初めてなのか、興味深そうにキョロキョロとしていたが、やがて俺とクレアさんの間に挟まるようにして落ち着いた。

「ふふ、ここが気に入ったのですかね？」

「狭い場所が好きなんでしょうね。ほら、体が何かにぴったりくっ付いて、収まりがいいんじゃないでしょうか？」

「そういうものなのですねぇ……」

本当は、犬で考えると確か……狭い場所で安全を確保するとか、そういう意味合いがあった気がするが、詳しくは知らない。

そういえばレオも、体が小さかった時はソファーの隙間に挟まって寝ている事がよくあった。

俺の足の間に挟まったりとかも、あったっけな。

「それでは、出発致します」

「はい」

「えぇ」

セバスチャンさんの言葉を合図に、馬車が走り出す。

それと一緒に、護衛の人達や入り口で待っていてくれた執事さん達も、屋敷に向けて出発し

た。

……あれ？　もう一人の執事さんが乗っているのって、馬じゃなくて馬車……？

俺、あっちに乗れば良かったんじゃないのか？　あちらは執事さんで男だ。

男と至近距離でいる趣味はないが、クレアさんやライラさんのような、美人と近くで接するよりは恥ずかしさとかはないはずだ。

失敗したなぁ……。

「キュゥ」

そんな事を考えていると、フェンリルが俺の顔を見て一鳴き。

……まぁ、このフェンリルの可愛《かわい》い顔を見ながら帰るのも悪くないか……クレアさんとセバスチャンさんにも、頼まれたしな。

俺もクレアさんと同じく、このフェンリルの可愛さにやられているのかもしれないな。

フェンリルのキョトンとした顔を見ながら、森から離れ、馬車に揺られて屋敷へ向かった。


しばらくして、森へ行く時と同じく、道を半分くらい進んだ所で一旦休憩を取る。

「キャゥキャゥ！」

「ふふふ、元気ね？」

馬車から降りて、皆が思い思いに休憩をしている中、木陰で休んでいるクレアさんの周りをフェンリルは走り回っていた。

クレアさんも微笑《ほほえ》みながら言っているが、本当に元気だなぁ。

傷付いて倒れていた時と比べると、少し感慨深いかもしれない。

「ワフ、ワフ」

「キャゥ」

時折、俺の横で伏せて休んでいるレオの所まで来て、何かを話すようにお互い声を出していたり、すぐにクレアさんの所へ戻って、また周りを駆け回り始めたりと忙《せわ》しない。

「何を話していたんだ？」

「ワウ？　ワフー」

フェンリルを目で追って見守っているレオに聞いてみると、一度首を傾げた後、楽しそうな声で鳴いた。

んー、多分楽しいって言っていた……かな。

フェンリルが楽しいと思ってくれているなら、連れてきた甲斐《かい》があったかもな。

「そろそろ、出発しましょうか」

セバスチャンさんが休憩をしている皆に声をかけ、各々《おのおの》馬や馬車に乗り込む。

俺とクレアさんはさっきまでと同じように、セバスチャンさんが御者をする馬車に乗り込み、フェンリルは俺達の間に挟まる。

「やっぱり、狭い場所が好きなんですかね？」

「ははは、そうみたいですね」

「キュゥ」

俺とクレアさんの話に、肯定するように鳴くフェンリル。

やっぱりこいつも、レオと同じで人間の言葉がわかるみたいだけど、フェンリルって皆そうなのかな……？

俺の疑問はそのままに、セバスチャンさんが手綱を操り馬を走らせる。

俺とクレアさんは、馬車に揺られながら一緒にフェンリルを撫でたりして、可愛がりながら屋敷へと向かった。

ちなみに、最初レオに乗っていたライラさんは、休憩の後は執事さんの乗る馬車に乗る事にしたようだ。

休憩の時はレオに乗れて喜んでいたライラさんだが、移動中にレオがあちこち行ったりするから、疲れも出たんだろう。

今回の森探索では、ずっと料理を担当してくれていたから、その疲れも溜まっているだろうし、ゆっくりと馬車に乗って帰ってもらいたい。

まぁ、レオに乗ったのは、俺が三人で馬車に乗る事を躊躇《ためら》ったのが原因だけどな……ライラさん、ごめんなさい。

日も暮れ始め、地平線の向こうに綺麗《きれい》な夕焼けが見える頃、ようやく屋敷へと到着した。

屋敷の門をくぐる前、レオが急に夕日に向かって遠吠《とおぼ》えを始めたのには驚いた。

馬車を曳《ひ》いている馬や、護衛さん達の乗っている馬もその声に驚いていたようだが、皆扱いに慣れているのか、すぐに馬を落ち着かせていた。

――アオォォォォン――アォォォォォン。

辺りにレオの遠吠えが響く。

レオが何度か夕日に向かって遠吠えをする中、俺とクレアさんに挟まれるようにしてウトウトしていたフェンリルが起き上がり、レオに呼応するように遠吠えを始める。

――アオォォォォン――アォォォォォン。

――キャォォォォン――キャォォォォン。

――アオォォォォン――アォォォォォン。

遠吠えで会話でもしているのかな？　と思うくらい何度か交互に鳴いた後、レオは驚かせた事を謝るように、俺達が乗っている馬車の馬の顔に頬を擦り寄せていた。

フェンリルの方は「キャゥ」と一言謝るように鳴いた後、また俺とクレアさんの間に挟まった……なんだったんだろう？

「レオ様はどうしたのでしょうか？」

「シルバーフェンリルの遠吠え……何事かが起こったのかと思いましたぞ？」

「んー、遠吠えって確か意味があったはずなんですけどね……えーと……」

なんだったかな……確か、縄張りを主張したり、はぐれた仲間を呼んだりするためだと聞いた覚えがある。

総じて、仲間とコミュニケーションを取るためだったはずだ。

「このフェンリルと、何か話したのかもしれませんね」

「確かに……話しているようにも聞こえましたね」

「レオ、どうなんだ？」

「ワフ？」

馬車は先程の遠吠えで馬が驚いたため、落ち着かせるために止まっている。

近くで馬と頬を擦り合って、謝るような行動をしていたレオに聞いてみると、俺の声に振り向き、首を傾げた。

「さっきの遠吠え、このフェンリルと話しているようにも聞こえたんだけど、何か意味があるのか？」

「ワフ。ワフワフーワーウワフワフ」

レオは一度頷き、俺の言葉を肯定した後、何やら伝え始めた。

えーと、レオの声と仕草から察するに……この屋敷周辺は自分の縄張りだから、仲間に入るのなら歓迎するって言ったんだって？

成る程……レオは縄張りを主張していたみたいだ。

というか、なぜそれで夕日に向かっていたんだろう……？

銀色の毛に覆われたレオが、夕日に照らされて遠吠えする姿は、絵になっていて恰好良かったけどな。

「フェンリルは、なんて答えたんだ？」

「ワウワウ……ワフー」

んーと、「仲間に入ります、よろしくお願いします」……かな。

結構礼儀正しい言葉遣いなんだな、このフェンリル。

いや、レオがそう受け取っているだけなのか、俺が変な風に受け取って訳しているのかもしれないけど。

「じゃあ、このフェンリルはレオと仲間って事になったわけだ」

「ワフ。ワウワウーワフーワフ」

レオが歓迎すると答えて、フェンリルが感謝を伝えたと……フェンリルとレオの会話は、そんな感じだったようだ。

しかし、それをわざわざ遠吠えでする必要はあったんだろうか？

フェンリルもシルバーフェンリルも、わからない事が多い……おっと、今の話を伝えないと。

「クレアさん、レオがフェンリルを仲間と認めて、フェンリルがそれを感謝するって話だったみたいです」

「……そうなのですか。ウルフを始め、フェンリルも仲間意識が強い魔物と聞いていますが、そのための儀式みたいなものなのでしょうかね？」

「多分、そんな感じだと思いますよ」

クレアさんに答えながら、俺は間に挟まっているフェンリルを見た。

さっきからウトウトしていたフェンリルは、俺とレオが話している間に寝てしまったようだ。

その寝顔はレオに仲間と認められたからか、今までよりも安心しているように見えた。

数分後、馬も完全に落ち着きを取り戻して、ようやく屋敷に入る門をくぐる。

目の前に門があって、すぐに入れるんだから馬車から降りて歩けば良かったと思うが……気にしない事にした。

門をくぐって、屋敷の玄関前で馬車が止まる。

セバスチャンさんに促されて、寝たままのフェンリルを抱き上げたクレアさんと一緒に馬車を降りたところで、勢いよく玄関の扉が開け放たれた。

「姉様、タクミさん！　それにレオ様！　お帰りなさいませー！」

開いた扉から、こちらへ駆け寄りながら元気な声で俺達を迎えてくれたのは、クレアさんの妹のティルラちゃんだ。

多分、レオとフェンリルの遠吠えが屋敷の中にも聞こえて、俺達が帰ってきたのがわかったんだろうな。

「ティルラ、ただいま。……ただ、もう少し静かにしてね。この子が起きてしまうわ？」

「ティルラちゃん、ただいま」

「ワフ」

「……？　姉様、それはなんですか？」

ティルラちゃんに帰りの挨拶をする俺達。

フェンリルを抱いているクレアさんに気付いたティルラちゃんは、それがなんなのかすぐにはわからないようだ。

犬を抱いているようにしか見えないからな、フェンリルを見た事のないティルラちゃんがわからなくても仕方ない。

「ふふ、これはフェンリルの子供よ。森で見つけて保護してきたの」

「これがフェンリルなんですか!?　……可愛いです！」

クレアさんがティルラちゃんに、フェンリルを見せるように少し体を傾ける。

それを見たティルラちゃんは、目を輝かせて喜ぶ。

確かにティルラちゃんの言う通り、クレアさんの腕の中で幸せそうに寝息を立てているフェンリルは可愛いよな。

「ティルラ、もう少し静かにしなさい。この子は森で酷《ひど》い怪我《けが》をしていたの。まだ体力が戻ってないのかもしれないから、今は少しでも寝かせておいてあげたいわ」

「わかりました姉様、ごめんなさい……」

「ははは、元気に走り回っていたから、もう大丈夫だとは思いますけどね」

クレアさんからの注意を受けて、ティルラちゃんは声を小さくしながら謝り、俺は笑いながら、でもクレアさんに注意されないくらいの声で話しかける。

朝の時点で元気そうだったから、もう大丈夫だとは思う。

それに、帰り道の途中で休憩していた時も、クレアさんの近くを走り回っていたくらいだ。

今寝ているのは、走り回って疲れたからで、怪我が原因の体力不足じゃないんじゃないかな。

「それでもです。寝ているこの子を、邪魔したくありませんから」

「可愛いですからね。自然に起きるまでは、このままにしておきましょう」

「はい」

「ほんとに可愛いですー」

「ワフ……」

クレアさんは随分とフェンリルを気に入ったようで、母親のような優しい微笑みを浮かべてフェンリルを見ている。

ティルラちゃんの方は、寝ているフェンリルが可愛くて仕方ないのか、目を輝かせていた。

しかしレオは、ティルラちゃんが自分よりフェンリルの方に興味があるとわかって拗《す》ねたような声を漏らしていた。

レオ、ティルラちゃんはまだ子供だからな？　初めての事に興味があるだけだと思うぞ。

ティルラちゃんがお前に懐いているのは確かだから、また一緒に遊べばいいさ。

そう考えながら、励ますように拗ねているレオの体を撫でた。

「クレアお嬢様、そろそろ屋敷の中に入りましょう」

「そうね」

先に屋敷の入り口の前に行っていたセバスチャンさんに促され、俺達は馬や馬車を護衛さん達に任せて、屋敷の中へと入った。


「「「「お帰りなさいませ、クレアお嬢様、タクミ様、レオ様。無事のご帰還、一同心待ちにしておりました！」」」」


中に入り、玄関ホールに来た途端、使用人さん達の揃《そろ》った声で出迎えを受けた。

これまで何回か経験してきたが、皆一斉に声をかけなくてもいいんじゃないか？　誰か一人代表者が声をかけるだけとか……。

というか、タイミングもばっちりで声を揃えているけど、これって練習とかしてるのかな？

……使用人さん達が送迎の挨拶を並んで練習する姿を想像すると、少しシュールだな。

「皆、出迎えご苦労様。でも、もう少し声を小さくしてね？　この子が起きてしまうわ」

「失礼しました」

クレアさんがティルラちゃんに言ったように、使用人達にも注意をしている。

まぁ、使用人さん達はクレアさんがフェンリルを連れ帰って来て、さらにそのフェンリルが寝ているとは思ってないから、仕方ないよな。

クレアさんの言葉に、執事さんの一人が代表して、声のトーンを落としながら謝った。

それに続くように、他の使用人さん達も頭を下げる。

送迎の挨拶も、これでいいんじゃないかな？

貴族の使用人として、皆で声をかけなきゃいけない決まりがあるなら仕方ないが……。

今度、セバスチャンさんに聞いてみよう。……どんどんセバスチャンさんに聞く事が増えている気がするな……まぁセバスチャンさんの方は説明したい人だからいいか。

「私は、この子を寝かせて来るわ」

「畏《かしこ》まりました。タクミ様はどうされますか？」

「そうですね、まずは部屋に荷物を置いて来ようと思います。それから客間に行くので、お茶を貰《もら》ってもいいですか？　この屋敷で出るお茶が美味《おい》しくて、落ち着くので」

「畏まりました、すぐに用意させます……」

クレアさんは、部屋にフェンリルを連れて行って寝かせるようだ。

馬車に乗る前は俺かレオがいないと、フェンリルと一緒に居る事を不安がっている事もあったのに、もう慣れたみたいだな。

フェンリルに敵意のようなものはなく、これまで無邪気に走り回るくらいだったから、クレアさんも安心したんだと思う。

ティルラちゃんも、フェンリルを見るためにクレアさんについて行った。

「レオ、行くぞー？」

「ワフー……」

ティルラちゃんを寂しそうに見ていたレオを呼んで、部屋へと向かう。

さっさと荷物を置いて客間に行かないとな、セバスチャンさんにお茶をお願いしたからすぐに用意されるだろう。

以前のライラさんもそうだったのだが、この屋敷の使用人はワープでもしているのかと思うくらい、屋敷内の移動が速い事がある。

もしかしたら、俺が部屋に戻るくらいの時間で、客間にお茶が用意されているかもしれない。

お茶が冷めてはいけないので、まだティルラちゃんの向かった方をチラチラと気にしているレオを連れて、部屋へと向かった。

客間でお茶でも飲みながら、ちゃんと構ってやるからそんなに拗ねるなよ、レオ？

しょんぼり気味なレオと一緒に部屋へ入り、荷物を置いてササッと着替える。

この部屋に残しておいた服だが、今まで着ていたのはさすがに汚れているからな。

野営中はライラさんとヨハンナさんの二人で、俺達が森を探索している間に川の水を使って洗濯してくれてはいた。

でも洗剤すらない森の中だと、完全に汚れを落とすなんてできないだろうし、ここに帰って来るまでにも汚れていたから。

すぐに着替えを終えて、レオと一緒に客間へ向かう。

客間へ向かう道すがらレオの毛を見ていると、銀色がくすんでいるように見えた。

また風呂に入って洗ってやるか、風呂嫌いのレオにはまだ言わないけど……。

ティルラちゃんの興味が別の所に行って、寂しそうに拗ねているレオに言ったら、余計しょんぼりしそうだからなぁ。

俺達が客間に入ると、中でゲルダさんがお茶の入ったポットとカップを、テーブルに置いて待機してくれていた。

「タクミ様、お帰りなさいませ。お茶の用意ができております」

「ありがとうございます。それと、ただいま帰りました」

「ワフワフ」

ゲルダさんにお礼と挨拶をしながらテーブルにつき、レオもゲルダさんに近付いて挨拶だ。

俺が椅子に座ってすぐ、ゲルダさんがカップにお茶を淹《い》れてくれた。

「レオ様もお帰りなさいませ。牛乳の方はご入用ですか？」

「ワフ！」

牛乳と聞いて嬉しそうに頷くレオ、ゲルダさんも随分レオに慣れたなぁ。

以前はもっと恐る恐るレオと接していたのに、今では普通に接しているように見える。

ライラさんと一緒に、裏庭でレオに乗せて走ったのが効いたかな？

まぁ、少しだけ肩肘が張り過ぎているような気もするが、これはレオ相手だけじゃなくていつもの事だ。

足を滑らせて、牛乳をぶちまけないだけマシか。

「あぁ、やっぱりこのお茶は美味しいですね……」

「ありがとうございます」

ゲルダさんがレオ用の牛乳を用意しているのを見ながら、お茶を一口飲む。

このお茶を飲んでやっと、この屋敷に帰ってきたんだと実感した。

安心できる味だなぁ。

「レオ様、どうぞ……」

「ワフワフ」

大きなバケツくらいある器を、レオの前に持って来るゲルダさん。

レオはゲルダさんに一度顔を向けてお礼を言うように鳴くと、勢いよく牛乳に顔を突っ込んで飲み始めた。

森に行っている間、牛乳は飲めなかったからな。

しかしレオ、顔に牛乳を付けたまま誰かにくっ付いたりしないように、気を付けてくれよ？

ゲルダさんはレオの牛乳を用意した後、入り口の扉横で待機。

俺とレオは、用意してもらったお茶と牛乳を楽しみながら、のんびりする事にした。

しばらく客間でお茶を飲んでいると、入り口がノックされ、足下にフェンリルを連れたクレアさんとティルラちゃんが入って来る。

「タクミさん、森の探索、お疲れ様でした。それと、ご協力ありがとうございました」

「いえいえ、クレアさんもお疲れ様でした」

客間に入って来るなり、クレアさんは俺にお礼と労《ねぎら》いの言葉をかけてくれる。

そのまま、クレアさんはテーブルにつき、ゲルダさんがカップを用意し、お茶を注ぐ。

ティルラちゃんは、フェンリルと一緒にレオの所へ……フェンリルも、ティルラちゃんに懐いたようだな。

多少懐くのが早い気がしないでもないが、お互い子供だからなぁ。

子供って、なぜか一瞬で仲良くなる事があるから、それかもしれないな。

「フェンリル、起きたんですね？」

「ええ。私が部屋に戻った時に目を覚ましました。ふふふ……」

フェンリルを見ながら話し掛けると、何かを思い出したようにクレアさんが笑う。

楽しそうに笑っているが、どうしたんだろう？

「どうかしましたか？」

「あぁいえ、フェンリルが起きた時なんですが……寝ていた時は、馬車に乗っていたでしょう？　それが起きた時には、屋敷の中に移動していたのに驚いて、キョロキョロと部屋を見たり、あちこち動き回ったりしていたのが可愛かったもので……ふふ……」

フェンリルからしてみれば、気付けば知らない場所にいたわけだから、そうなるのも仕方ないか。

屋敷には、これから慣れていくだろう。

クレアさんはその様子を思い出して、レオやティルラちゃんとじゃれ合っているフェンリルを見ながら微笑む。

確かに、その姿を想像したら可愛いな。

フェンリルは見た目がまるっきり犬だからなぁ……動き回っている時に、クンクンと匂いを嗅いだりもしていそうだ。

今は中型犬くらいだが、成長したら体も大きくなって、狼のような精悍《せいかん》な顔付きになるかもしれないが……まぁそれはそれで、恰好良くなっても可愛さが損なわれたりはしないだろう。

すぐ近くに、特大と言えるくらい大きくなっても、以前と変わらずに可愛いレオという見本もいるから……と思うのは、育ててきた俺だから考える事だろうか？

「そういえばタクミさん、森の中で使った『雑草栽培』の事なのですが……」

「ん？『雑草栽培』がどうかしましたか？」

「いえ、以前裏庭で色々試していたようなので、そろそろ教えて頂いてもいいかと思いまして」

「あぁ、そういえば、まだ説明していませんでしたね」

レオの事や、フェンリルの成長した姿を想像して楽しんでいたら、クレアさんに『雑草栽培』の事を聞かれた。

なんだかんだと、今までクレアさんに詳しく説明する事を忘れていたな。

今はまったりしている時間だし、特にこれから何かあるわけじゃない、いい機会だから話しておこうかな。

そう思って、クレアさんに説明をするため、どう話そうか考えている時、急に頭の中が真っ白になった。

いや、頭の中だけじゃない、視界すら白い……？

あれ？　これは一体なんだ？

「どうしましたか、タクミさん？」

全てが白くなり、何も見えなくなった中、クレアさんの心配そうな声が聞こえる。

「ワフゥ？　ワウワウ！」

「どうしたんですか、タクミさん？」

「キャゥ？」

周りから、声や音だけが聞こえる。

レオが心配そうな声から、何か緊急事態を知らせるような声色になった。

ティルラちゃんと、フェンリルの声も聞こえる……。

しかし、白い視界はそのままで何も見えない。

それどころか、視界が端の方から段々と黒くなって行き、周りの音や声も遠く感じるようになってきた。

なんだこれ、俺はどうなったんだ？

いや、これは体験した事がある………そうだ……確か……仕事仕事で休めなかった時、こんな感じで気絶した事が一度……。

最後まで考える事もできずに、全てが真っ暗になって何も感じなくなった……。

段々と、浮き上がって行くような感覚。
んー、俺はどうしていたんだっけ？
なんとなく、夢の中から覚めるような感覚。
あれ、俺は寝ていたのか？
……なんだろう……体の感覚はある。
考える事もできる。
えーと……？
少し手や足を動かして、確認してみる。
うん、ちゃんと動く……でも、体勢としては横になっているな。
横になっているって事は、やっぱり寝ていたんだろう。
「……ん」
目を開けてみる。
うん、見える。
ここは……多分、屋敷の俺に宛てがわれた部屋だ、見覚えがある。
視線を変えるため、顔を横に向ける。
「あれ、クレアさん？」
向けた視線の先に、クレアさんがいた。

クレアさんだけじゃない。

セバスチャンさんも、ライラさんも、ゲルダさんも、レオやフェンリルもいた。

「タクミさん⁉」

「ワフ⁉」

「目覚めましたか、タクミ様！」

どうして俺が寝ている部屋にいるのだろうと、声を出した瞬間、クレアさんやレオ、セバスチャンさんから大きな声があがった。

んー、どうしたんだろう？　皆驚いたような声を出して……。

それにしても、なんで皆俺の部屋にいるんだ？

「皆、どうしてここに？」

「タクミさん、覚えていないのですか？」

「タクミ様は、客間で倒れられたのです」

客間……？　そういえば、客間でクレアさんと話していた事は覚えている。

確か、森から帰って来てすぐだったな。

うん、色々思い出してきたぞ。

なぜかはわからないが、急に視界が真っ白になって意識が途切れたんだ。

ここで寝ているのは、誰かが運んでくれたからか。

「……えっと、おはようございます……？」

「はぁ……まったくタクミさんは……。おはようございます、よく眠っておられましたね？」

「心配していたこちらが拍子抜けしますな。おはようございます、タクミ様」

「ワフゥ……」

クレアさんやセバスチャンさんから、呆れた口調で挨拶を返され、レオからも溜め息を吐くような声で返される……起きて最初の挨拶はおはようじゃないの？

そんな事を考えつつ、ティルラちゃんやライラさん、ゲルダさんにフェンリルにも挨拶をしておいた。

やっぱり目が覚めて最初の挨拶はおはようだな。

「ワフ！　ワフワフー！」

「わぷ！　ちょ、レオ待て……待ってくぶふぅ！」

溜め息を吐くようにしていたレオだが、すぐに横になったままの俺へと飛びかかってきて、顔を激しく舐《な》められる。

飛びかかるとは言っても、体が大きい事を自覚しているからか、前足をベッドに乗せて口を俺に近付けて、というくらいだが……それにしても凄《すご》い勢いだ。

落ち着かせようとして声を上げても、レオに舐められて思うように喋《しゃべ》る事ができない。

どうしてこんなに興奮しているのかわからないが、このままだと話す事もできないので、そろそろやめてほしいんだが……。

「レオ様はそれだけ、タクミさんを心配していたのですよ。ずっと離れず、ベッドを覗《のぞ》き込んでいましたから」

「そうなんぶふ！　れすか……ちょっと、レオ！　まっぶふー！」

「タクミさんが変な喋り方です」

「ほっほっほ、仲睦まじい様子ですなぁ」

「キャウ！　キャウ！」

これだけの事をされる程というのは、まだちょっとわからないが、とにかくレオに心配をかけてしまっていたようだ。

うん……謝るから、ちょっと舐めるのを止めてくれないかな……？

セバスチャンさんだけでなく、ティルラちゃんにまで笑われてしまっているし。

フェンリルに至っては、前足を一生懸命ベッドにかけ、登って来ようとしている……もしかして、遊んでいるとでも思われているのか？

「レオ様、そろそろ……」

「ワウ！　ワフゥ……！」

クレアさんがそっと、レオの体に手を当てて声をかけると、素直に返事をするように吠《ほ》えて、ようやく俺から離れてくれた。

ベッドから降りたレオは、なぜかすごく満足そうだ。

俺の顔を舐めるのがそんなにいい事とは思えないが……美味しいとかではないはずだしな。

「タクミさん、起き上がれますか？」

「はぁ……はぁ……はい……」

クレアさんの言葉に荒い息を吐きつつ、体を起こしてベッドから降りる。

舐められている時、必死で喋ろうとしていたから、ろくに呼吸もできなかったからな。

ある意味、強力な攻撃と言える……いや、言えないか。

「特に、問題はないようですな」

立ち上がった俺を見て、セバスチャンさんが安心するように言った。

体の調子は特に悪くなく、熟睡できた後のスッキリした寝起きだな。

「ワフー」

「よしよし」

レオが俺の体に顔を擦り寄せてきたので、頭を優しく撫でておく。

満足そうにはしていたが、それでもまだ心配だったらしい。

なぜこうなったのかはわからないが、心配をかけてすまないな。

「タクミ様、とりあえず客間の方へ移動できますかな？　タクミ様が倒れた前後の状況も、話しておきたいので……」

「わかりました」

さすがに、この部屋でこのまま話し込むわけにもいかないよな。

椅子もないから、立ったままか床へ直《じか》に座る事になる。

レオやフェンリルはそれでいいかもしれないが、クレアさんやティルラちゃんは貴族のお嬢様だから、行儀の悪い事はセバスチャンさんが許しそうにない。

セバスチャンさんが、ライラさんとゲルダさんに客間の用意をするよう伝えて部屋から出す。

クレアさんは心配そうに俺を見ながら、客間で先に待っていますと言って、ティルラちゃんとようやくベッドに登ったフェンリルを連れて、客間に向かった。

苦労して登ったのに、一瞬で抱き上げられたのは少しかわいそうだったが、まぁ遊んでいる状況じゃなさそうだし、仕方ない。

残ったセバスチャンさんとレオは、俺に付いていてくれるようだ。

理由はわからないが、倒れたみたいだからな。

今は普通に立って歩けると思うが、念のためという事だろう。

俺はササッと身支度を整え、セバスチャンさんやレオと一緒に客間へ向かった。

セバスチャンさんが客間をノックして、中からクレアさんの声で許可が出てから入室。

中にはクレアさん、ティルラちゃんが座っており、フェンリルはティルラちゃんに抱えられていた。

ライラさんとゲルダさんは扉の横で待機し、セバスチャンさんはクレアさんの横へ移動した。

俺とレオがテーブルにつくと、ライラさんがカップを用意し、お茶を注いでくれる。

「さてタクミさん、倒れる前の事は思い出せますか？」

ありがたく戴いたお茶を一口飲んだところで、クレアさんから声がかかる。

んー、倒れる前の事か……。

「えっと……森から帰ってきた後、この客間に来たのは覚えています」

「そうです。レオ様と一緒に、タクミさんは寛《くつろ》いでいました。その後はどうですか？」

……その後？

俺とレオがここでのんびりしているところに、クレアさんが来たんだったか。

「クレアさんとティルラちゃんがここに来て……話をしていた、と思います」

「しっかり覚えているようですね。ですがその後、私と話をしている時に倒れられたのです」

「……そうですか」

なんの話をしていたっけな……確か……『雑草栽培』についてだったか？

あー、そうだそうだ。

『雑草栽培』で研究していた事をクレアさんに話そうとしたら、いきなり視界が真っ白になったんだ。

その時の事を思い出したが、視界が真っ白になる感覚も思い出し、少しだけ身震いする。

「大丈夫ですか？　大丈夫です。ちょっと、倒れる間際の事を思い出したので……」

「……いえ、大丈夫ですか？　……顔色が悪いですけど」

「倒れる間際……それはどういった感覚だったのですか？　あ、いえ……思い出したくない事ならば言わなくてもいいのですが」

クレアさんは心配そうな顔をして聞くが、俺が顔色を悪くした事を気にして言わなくてもいいと言ってくれた。

あの視界が真っ白になる感覚はあまり思い出したいものじゃないが、心配してくれた皆に言うくらいは大丈夫だ。

段々と、あれを思い出すのにも慣れて来ているはず……うん、もうなんともないな……多分。

「……大丈夫です、話せます」

「ワフ？」

「レオ、心配してくれてありがとう。大丈夫だから」

レオが横から顔を覗き込んで来て、俺を心配するように鳴いたが、大丈夫だ、心配してくれたレオに感謝をするため、頭を撫でる。

「タクミさんが大丈夫と仰《おっしゃ》るなら……」

「はい。えっと……あの時は急に視界が真っ白になったんです」

「視界が真っ白……何も見えないのですか？」

「白以外は何も見えませんでした。一応、耳は聞こえていたようで、レオやクレアさん、ティルラちゃん達が俺に声をかけてくれたのは、聞こえていました。何を言われたのかまでは、覚えていませんけど……」

「そうですか。何も見えない……それは恐ろしいですね」

クレアさんやティルラちゃんは、自分がそうなる状況を想像したのか、顔を青ざめさせた。

なんであんな事が起こったのかはわからないが、普通に起こる事じゃないからな。

いきなり視界が奪われるってのは、怖いもんだ。

「それからすぐですね、視界が白から黒に染まって意識がなくなりました。気付いたら、先程のベッドで寝ていた……という感じですね」

「成る程……わかりました。ありがとうございます、話して下さって……」

「いえ、自分でどういう事が起こったのか整理する事もできたので、ちょうど良かったです」

最初に思い出した時は身震いするような感覚になったが、冷静になって皆に話しているうちにそういった事は感じなくなった。

同じ事が起こるのは嫌だが、思い出すくらいならもうなんともない。

「しかし、なんであんな事になったんですかね？　俺はそんなに疲れている感じはしてなかったんですけど……」

森を探索したり、野営でテントに寝たりと……慣れない事をした疲れは確かにあったが、『雑草栽培』で作った薬草のおかげで、体の疲労はほとんどなかったはずだ。

……精神的なもの……なのかなぁ？

しかし、あの状態は以前仕事で倒れた時に似ていたようにも思う。

あの時は休む時間もほとんどなくて、睡眠なんて二、三時間取れればいい方。

レオに餌をあげるためだけに自宅に帰って、またすぐ出勤とか、冷静に考えたら意味わからない働き方をしていたからなぁ。

自宅に帰った途端に何も見えなくなって、その場で倒れてしまった。

その時はすぐに気が付いて、というよりレオが吠えていた声に起こされてなんだが、さすがにマズイと思い、会社に欠勤の連絡をして病院へ行った。

まぁ、翌日出勤した際《さい》に、欠勤した事を上司から散々怒られたんだがな……。

そんな事より、今は倒れた理由だ。

森にしばらく行っていたとはいえ、そこまでの疲労は感じていなかったはずだ。

皆の顔を見渡すと、意味があまりわかっていなさそうなティルラちゃん以外、難しい顔をしていた。

レオすら考え込むような表情をしている……器用だな……。

あぁ、フェンリルもわかってなさそうな様子だ。首を傾げて、ティルラちゃんと同じく不思議そうにしている。

まだ子供だから仕方ないな。

「タクミ様、その……倒れられた事なのですが……」

セバスチャンさんが難しい顔をして話し始めたけど、何か理由に見当が付いているのだろうか？

「はい」

「これは推測で、確証があるわけではありません。もしかしたら、という程度なのですが……」

セバスチャンさんが言う推測とはなんだろう？

真面目な話だから、少しだけ姿勢を正すようにしてセバスチャンさんに向き直った。

「もしかすると、ギフトの影響かもしれません」

「ギフトの影響、ですか？　でも、今まで使ってきましたが、何かが起こる事はありませんでしたよ？」

それに、倒れたのはギフトを使っている時じゃない。

森ではギフトを使ったが、それは屋敷に帰って来る前日だ。

ギフトが原因なら、その時に倒れるんじゃないだろうか？

「はっきりとギフトが原因、とは言えないのですが……ギフトの事を記した文献には、こうありました。——ギフトの過剰使用により、意識を失う者有り。ギフトの使用には注意が必要である。しかし、使う頻度の多い者が倒れる事なく使い続ける報告例も有り。ギフトの能力で違うのか、それともギフト使用者で違うのか、解明する事は今だ叶わず——と」

「……ギフトを使用する事で、倒れた人もいたんですね」

過剰使用で意識を失う、か。

俺の状況と似ていると言えなくもない。

でも倒れない人もいる……一体どういう事だ？

「ギフトの使用に、魔力が使われていない事はわかっています。魔力の過剰使用で倒れるという事もありますが、タクミ様は魔力を使っておりません。それとは別の……そうですね、ギフトを使用するための力がタクミ様の中にあり、それが枯渇したから倒れたのではないか、と考えたのです」

「ギフトを使用するための力……そんなものがあるんですか？」

「確認はされておりません。以前にも言ったように、ギフトを使える人は少数なのです。それを研究して解明するには、数が少なすぎるのです」

事例が少なすぎて、確証を得るための研究もままならないのか。

ふむ……前の世界でのゲーム的に考えるなら、体力がＨＰ、魔力がＭＰとして、それとは別の特別な力……ＳＰとかそういったものがあるって事かな？

……ギフトだからＧＰ《ギフトポイント》とか？

何か、誰かにプレゼントをあげる事でもらえるポイントみたいで、その呼び方は嫌だな……。

「タクミ様は、森の探索中に『雑草栽培』を使われておりました。私はそれが原因ではないかと考えています。もちろん、確証のない事ですが」

「……でも、俺が倒れたのは森から帰って来てからですよ？　『雑草栽培』を使ってから一日経《た》っています。『雑草栽培』が原因で倒れるのなら、帰って来るまで……それこそ森の中で倒れていたんじゃないですか？」

さっきも考えた事だが、倒れるならギフトを使ったその場で倒れているんじゃないだろうか？

「私共も最初はそう思いました。それならギフトは関係ないだろうとも。しかし、ギフトが原因ではないかと考えて、ギフトの事が記されている文献を調べ直していた時、気になる記述を見つけたのです」

「気になる記述、それはどんな事だったんですか？」

セバスチャンさん達は、俺が寝ている間に色々と調べてくれていたようだ。

本当にギフトが関係あるのかどうかはわからないが、俺が倒れた事で、セバスチャンさん達に迷惑をかけてしまったようで、申し訳ないな。

「古い文献だったので、意訳が入りますが……。ギフトを使用した時、その能力や使い方によって持続時間が変わる。持続時間が長い程使用者に負担がかかり、短い程負担が少ないと……」

「持続時間……ですか？」

「これは仮説なのですが、タクミ様の能力は『雑草栽培』です。雑草を栽培する事にその能力は発揮され、雑草……いえ、森の中で使った例を考えると薬草ですが、それらを栽培した時点で能力を使い終わったと考えられます」

「……そうですね。栽培する事が目的なら、それで能力使用は終わっていると思います」

『雑草栽培』で何かを栽培する時、手を地面に突いて使う。

そしてすぐに植物が生えて成長し、数秒経てば成長は止まって完成する。

だから持続時間というのを考えると、植物の成長が止まるまでの数秒程度なはずだ。

結局、この考えだと森の中じゃなく、帰って来てから倒れた説明にはなってないな……。

「その記述とセバスチャンさんの考えなら、やっぱり俺がここで倒れたのはおかしくないですか？」

「……タクミ様は、フェンリルの怪我を治す薬草を栽培されましたね？」

「え？　はい。あの時は他に手の施しようがありませんでしたから、できるかどうかはわかりませんでしたけど、なんとか栽培できました」

「私は、それが原因ではないかと考えています」

それが原因、なんでだろう？

「タクミ様が『雑草栽培』を使う場面は、何度か見させて頂きました。ですが、フェンリルの怪我を治す薬草の時だけ、おかしな様子があったのです」

「おかしな様子？」

何かあったっけ？

「えぇ、タクミ様はいつものように地面に手を付け、『雑草栽培』を使いました。その時、いつもはただ植物が生えて来るだけのはずが、タクミ様と地面の間で光が発生しておりました」

「光……そういえば、確かにあの時光っていましたね……」

「そして、薬草をフェンリルに近付けた時も、光が発生していたのです」

「そう……ですね」

特に気にしていなかったが、確かに光っていたな……。

俺は魔法のある世界だから、魔法的な薬草を栽培したからだとか、そんな風に気楽に考えていたけど。

「タクミ様の作ったあの薬草は、形がロエに似ていましたが、そもそもロエは光を出したりはしません」

ロエを想像していたから、形は似ていたのかもしれない。

だが、ロエは「致命傷ではない怪我を治す薬草」のため、それ以上の効果を求めた。

頭に浮かべていたのは、薬草や患部が光って、それが収まった時に治るような……というくらいの考えだった。

そんな、魔法的と言える効果を想像していたっけな。

「そしてもう一つ、タクミ様が倒れられた後、フェンリルの方も元気をなくしました」

「フェンリルが？」

「キャゥ？」

セバスチャンさんの言葉に視線をフェンリルに向けたが、当のフェンリルは何？　とでも言うように首を傾げている。

とても元気をなくしたとは思えない表情だ。

「今は普通にしておりますが……あの後フェンリルは、森で最初に見た時のようにぐったりして動かなくなったのです」

「そんな事が……」

「幸い怪我の方は治っていたおかげなのか、一日で元気を取り戻しました。私はそのフェンリルの様子を見て、仮説を立てたのです」

「仮説……どんな事ですか？」

「タクミ様の作った薬草は、フェンリルの怪我を瞬時に治す物ではなく、治したような状態を維持させて、体力を回復。その後時間をかけて治癒が行われるのではないかと」

「維持……？」

「そうです。その維持をされている間、タクミ様からはギフトに関する力が常に使われ、ここで寛がれている時に、限界が来たのではないかと……」

つまり、俺がフェンリルの怪我を治すために栽培した薬草は、とりあえず怪我を治したような状態にさせる。

そして、その間に体力の回復をして怪我を治す助けにすると……。

その間俺が作った薬草は効果を発揮し続けるが、その薬草だって無限の力があるわけじゃない。

俺からギフトの力を使って効果を持続させて、それでフェンリルを治し続けていたって事……なのか？

あの時、フェンリルに近付けた薬草は光が収まった時には消えていた。

今の仮定が正しいとするなら、フェンリルの中に入って効果を発揮し続けていたのかもしれないのか……。

確かにこれなら、セバスチャンさんの言うように、持続時間が長かったせいで時間差で屋敷に帰ってきた時に倒れた……という説明になるか。

「タクミ様、あくまで私が調べた中で原因を考えるなら、という仮説です。先にも言ったように、確証はありません」

「いえ、セバスチャンさんの言っている事が正しいと思います。なんとなくですが、そんな気がします」

まぁ、気がするだけなんだけどな。

ギフトを持っているからなのかわからないが、セバスチャンさんの言っている事が単なる仮説や想像で、的外れな事を言っているのではなく、正しい事を言っているという感覚がある。

なんとなく、と言うしかないような感覚なので、信じていいかどうかはまだわからないが、他に説明できる要素もないんだ、とりあえずセバスチャンさんの説の通りだと考えておこう。

「タクミさん、セバスチャンの言う事が正しかったとしたら、しばらく『雑草栽培』の使用を控えた方が良いのではないですか？」

今まで黙ってセバスチャンさんと俺の話を聞いていたクレアさんから心配そうな声が上がり、その場にいた人達も頷く。

そういえば、俺とセバスチャンさんが話している間、皆静かだったなぁ。

レオも、クレアさんも、ライラさんも、ゲルダさんも、途中で話を邪魔しないよう真剣に聞いていたようだ。

ティルラちゃんとフェンリルは、ほとんど首を傾げていただけだけど、難しい話だったから、仕方ない。

「クレアさん、心配はありがたいです。ですが、『雑草栽培』は色んな事の役に立てると考えているんです」

「けど、タクミさんがまた倒れられたりしたら……」

「大丈夫ですよ。さっきの説が正しいのなら、持続性のある物を栽培しなければいいんです。そこさえ気を付けていれば、そうそう倒れる事もないでしょう。実際、この屋敷の裏庭で色々研究しようと使っていた時は、なんともなかったんですから」

「……わかりました。ですが、決して無理をしてはいけませんよ？　タクミさんが倒れて心配をするのは、レオ様だけじゃないんですから……」

クレアさんの言葉に、セバスチャンさん、ライラさん、ゲルダさん、もちろんレオも、それからティルラちゃんやフェンリルさえも頷いている。

皆優しくて、ありがたい事だなぁ。

「皆さん、ありがとうございます。決して無理はしません」

「約束ですよ？」

「はい」

俺は心配してくれた皆に頭を下げ、礼を言い、クレアさんとも無理はしない事を約束した。

以前の仕事だと、無理してでもやれが当たり前だったからなぁ……ここの皆はホワイトだな。

いや、会社じゃないけれども。

「そういえば、タクミさん？」

「はい？」

クレアさんから、ふと何かを思い出したように声をかけられた。

「話の途中でタクミさんが倒れられたので、聞きそびれましたが……『雑草栽培』の事をお聞きできればと」

「あぁ、そういえばそうですね……」

話そうとしたら倒れたからな……隠そうとしていたり、引き延ばそうとしたりしているわけじゃないが、結局話さずに時間だけが経ってしまっている。

ちょうどここには、俺のギフトを知っている人が集まっているから、話すにもちょうどいいだろう。

「まぁ、そんなに難しい事じゃないんですけどね。えぇと……きっかけは、最初に『雑草栽培』を試した時です。あの時、一つだけどういった物かわからない植物を栽培する事ができたんです。確か、クレアさんやセバスチャンさんにも見せたと思いますが……？」

「そうでしたな。確かに、私共も見た事のない植物ができておりました」

興味があるのか、セバスチャンさんがクレアさんより先に答えた。

結構、セバスチャンさんってこういった話が好きそうだよな。

ギフトに関連する事だからかもしれないが、よく見たらセバスチャンさんだけじゃなく、他の皆も興味深そうに俺を見ている。

「あれは見た事もない植物でした。あの後確認しましたが、借りた薬草の本にも載っていませんでした」

「本にも載っていない植物……と？」

「はい。その時はどういう物かわからない植物だったので、部屋の机に置いておいたんですが……その日の夜、レオが勝手に食べてしまいまして……」

「レオ様が……」

「ワフ？　……ワーフ」

俺の説明で、皆の視線がレオに向いた。

レオの方は一度首を傾げてから、あーあれかぁ、という様子で頷く。

「まぁ、そのおかげでその植物の効果がわかったんですけどね？　――でも、あまり知らない物を勝手に食べるんじゃないぞ、レオ？」

あの時のは、毒とかじゃない薬草だったから良かった。

「ワウ」

「それで、その効果とは？」

レオに注意する俺に、待ちきれない様子で先を促すセバスチャンさんは、身まで乗り出すようにしているから、よっぽど興味があるんだな。

ギフトに関連する事だからなのか、薬草だからなのかはわからないが。

……単純な、知的好奇心なのかもな。

「その植物を食べたレオは、夜にも拘わらず元気になりました。確か……疲れがなくなった、とか言っていたっけ。なぁ、レオ？」

「ワフ」

レオに問いかけると、肯定するように頷いた。

「疲れがなくなる……森の中でタクミさんに分けてもらったような、疲労が取れる薬草なのでしょうか？」

「はい。その薬草は皆に分けて食べてもらったように、疲労を回復させる効果がありました」

おかげで、その後のレオは寝るまで遊んでやったが、大変だった。

走りたくてウズウズしているレオを止めるのも、苦労したなぁ……屋敷の中で走り回るのは、レオの大きさだと色々壊してしまうだろうから。

「疲労を回復……やはり効果的な薬草ですね」

「実際、それなりに使える薬草だと思いますよ。多少の疲れなら全部なくなってしまいますから。試している時、体を動かして疲れさせましたが、息が切れる程度ならすぐに回復しました」

「『雑草栽培』……凄いですね」

「だからタクミ様はあの時、飛んだり跳ねたり、走ったりとしていたのですね……」

裏庭で、俺が『雑草栽培』を研究する様子を見ていたライラさん。

いい年をした男が、一人で飛んだり跳ねたりしている姿はシュールかもなぁ、と今更ながらに思った。

走るくらいならまぁ、大丈夫だと思いたいけど。

「ただ、まだ試した回数が少ないので、わからない事もあります」

「どんな事ですか？　今話された効果がわかれば、十分な気がしますが……？」

「その薬草が、どれだけの疲労を回復させてくれるのか、ですね。それに、食べた人によって効果の大小があったりするかもしれません。……森の中では、皆効果が出ていたようですので、結果が変わるという程ではなさそうですけど。それに……」

「それに？」

薬草で調べたいのは、疲労回復の薬草の事だけじゃない。

「また別の薬草なんですけど……森へ入ってすぐ、フィリップさん達に渡した薬草がありましたよね？」

「えぇと……そうですね。レオ様がオークを倒して、運ぼうとした時でしたか」

「はい。その時、少しの助けでもと思って、重いオークを運ぶ三人に薬草を渡しました。その後の事は、知っている通りです」

「確か、あの時はフィリップさん達が、オークを運ぶのが楽になったと言っておりましたな？」

「そうね、セバスチャン。という事はつまり……疲労回復ではないわね。力を強化させた……とかかしら？」

あの時の事を思い出すように、セバスチャンさんとクレアさんが顔を見合わせながら、話している。

その他にもいくつかの薬草を作ったが、特に気になっているのはあの薬草。

森に入ってすぐ、レオが倒したオークを運んで移動するのに、荷物を持った状態で重たいオークを運ぶのは大変だと思って、渡した。

もちろん、ある程度効果は研究していた時に実証していたし、危ない効果ではない事は確認できていたからな。

そのフィリップさん達に渡した薬草だが……俺は身体強化薬草と勝手に呼んでいる。

「多分、フィリップさん達に聞けば近い事を答えると思いますが、力が漲《みなぎ》るようになる薬草ですね」

「やはり力が……？　それは、疲労回復とは違うのですか？」

「はい。簡単に言うと、身体能力を上げる薬草ですね」

「身体能力を……それはまた凄そうな薬草ですね？」

「自分で試した時は、いつもより体が軽くて素早く動く事ができました。なので、オークを運ぶ事も容易になるかも、と思いまして……」

「それであの時、フィリップ達に渡していたのですね」

「はい」

セバスチャンさんだけでなく、今はクレアさんが興味津々……といった様子で目を輝かせて俺の話を聞いてくれている。

自分達が今まで出会った事のない能力だからなのか、有用だと思っているからなのかはわからないが、それだけ『雑草栽培』の事に興味を持ってくれているんだろう。

俺自身が頑張って身に付けた能力ではないけど、ちょっとだけ誇らしい。

「とはいえ、まだわからない事が多いんです」

「わからない事ですか？」

「はい。その薬草を食べた時に、どれくらい身体能力が上がるのか……です。それにもしかしたら、食べた人の持つ身体能力によっても、上がる能力に幅があるのかもしれません」

例えば数値で言うと、10の身体能力の人が薬草を食べたとする。

その人が20の能力になったとして、それが10プラスされたからなのか、倍になって20になったのか……？　という事。

10プラスするのだとしたら身体能力20の人が食べたら30だし、倍になるなら40にまでなる。

この差は、かなり大きい。

今は数値として例を考えたが、実際色々試すとなると難しいだろう。

人の身体能力を総合して数値化なんて、ここでできる事じゃないしな。

「えぇと、話が逸《そ》れましたが……その薬草を栽培できた事で、『雑草栽培』の一つの可能性に気付いたのです」

「どのような可能性なのですか？」

クレアさんやセバスチャンさんが、さらに身を乗り出している。

見れば、意味がわかっているのかは不明だが、ティルラちゃんまでワクワクした顔で、俺が話す事を聞いている。

皆、こういう話が好きなんだなぁ。

好奇心旺盛なクレアさんだし、それに近しい人達って似るものなのかな？

なんて考えながら、話を続けた。

「薬草を栽培した時、最初はその植物の効果だけじゃなく、実際の姿を思い浮かべていました。ですが、先程話した薬草は、姿形なんて知らなかったのです。つまり、なんとなく頭で考えて、こういう薬草があればなぁ……と思うだけで栽培できてしまったんです」

「……どういう事ですかな？」

「薬草の姿を想像する事なく、実際にあるかどうかすらわからない薬草を、効果だけ想像して『雑草栽培』を使用しました。まぁ、偶然なんですけどね？　でもそうしたら、完全に想像した通りとまでは言いませんが、想像したものと似た薬草ができたんです。もっとも、イザベルさんに言われている通り、人の手が加わった種類の植物は栽培できないようですけども……」

「成る程……そういう事ですか……。『雑草栽培』、凄い能力なのかもしれませんな……」

セバスチャンさんだけ、納得して頷きつつ、感嘆の息を漏らしていた。

他の皆は、まだ理解が追い付いていないのか、眉根を寄せて難しい顔で、俺が言った事を考えているようだ。

そんなに難しく考えなくてもいいと思う、要は……。

「こんな植物があればいいな……そう考えただけで、雑草という種別に入るのであれば、なんでも栽培できる能力じゃないかという事ですね」

「確か、野菜はできなかったんですよね？」

「はい、できませんでした。野菜は農業用の植物なので、人の手が入っているという事で栽培できないようです。なので、どういった事ができるのかを確認するため、森に出発する前日、クレアさんに頼んで裏庭で研究させて貰いました」

「あの時は、そういう事だったのですね。タクミさんが試したい事があると仰っていたので、ずっと気になっていました」

やっぱり気にしていたんだなぁ、クレアさん。

好奇心が強い人だから、あんな言い方をしたら気になって当然か。

まぁ、あの時はまだ漠然とした考えだったから、今みたいにはっきり言えなかったんだよな。

「ははは……あの時はすみません。研究して結果が出てから、と考えていたもので。それに漠然としていて、上手《うま》く説明できそうにありませんでしたから……」

「いえ……あの時はタクミさんに意地悪をされているのかも？　と思ったりもしましたが、今こうして教えて下さいましたから」

意地悪って……俺はそんな事をするように見えるのかな？

女性には紳士的に接しようとしているつもりなんだけどなぁ。

できているかどうかは、気にしない方向で。

「それがあったからこそ、タクミさんは森の中で『雑草栽培』を使った時、役に立つ薬草を持っていたのですね？」

「そうですね、出発前日に研究していたおかげです。使える物ができて良かったです」

「あの薬草には、助けられましたからなぁ」

「そうね。正直、もう歩きたくないと思う程疲れていました。ですが、タクミさんの薬草のおかげでその後も探索を続けられましたし、フェンリルを見つける事もできました」

「そんなに凄かったのですか⁉」

クレアさんとセバスチャンさんが、森の中での事を思い出すように話しているとティルラちゃんが食い付いた。

「えぇ。タクミさんの薬草のおかげで、今ティルラが抱いているフェンリルも助かったのよ？」

「やっぱり凄いです、タクミさん！」

「キャゥ？」

クレアさんが俺を褒めるように言ったおかげで、ティルラちゃんから尊敬の眼差《まなざ》しが……。

俺は『雑草栽培』で色々試しただけだからなぁ……疲労回復や感覚強化はまだしも、フェンリルの怪我を治した薬草なんて、あれ程上手く行くと思ってなかったし偶然とも言える。

しかもそのせいで、倒れたみたいだしな……。

「しかしタクミ様、持続時間での能力過剰使用の仮説といい、まだまだ考えなければいけない事が多いようですな」

「そうですね……とりあえず、どういった効果の物が持続するのかを考えようと思います。それとは別に、クレアさん達の方で売ってもらえる薬草も作っていきますよ？」

「タクミさん……それでは？」

セバスチャンさんに答えつつ、クレアさんと以前話していた、公爵家との薬草販売契約の事を言う。

俺が薬草を作り、その販売を公爵家が担当してくれる、という話だな。

研究していた時には考えていたんだが、森に行ったりしていてクレアさんに言えなかった。

クレアさん達公爵家に薬草の販売をお願いすれば、俺の収入になる。

『雑草栽培』を使ってだから、研究も一緒にできて一石二鳥だ。

収入の面だけで見れば、俺が自分で売った方がとは言われたが……クレアさん達には凄くお世話になっているしな。

こんな事くらいしかできないけど、少しでも貢献できればと思う。

まぁ、前の世界での仕事みたいに詰め込んだりせず、マイペースにのんびりやらせてもらうかなとも考えているけどな。

「俺が倒れない程度に、ですけどね。それで良ければ、薬草販売の契約をお願いしたいと考えています」

「ありがとうございます、タクミさん。公爵家を代表してお礼を言わせて下さい……」

「そんな、いいですよお礼なんて。むしろ売ってもらう俺が、お礼を言いたいくらいです。実際の販売を始め、色々面倒な事を公爵家で引き受けてくれるんですから。それで報酬が出るなら、楽して儲《もう》けるようなものですよ？」

「報酬を出すのは当然の事ですよ。我がリーベルト家は不正を許しませんし、タクミさんにも正当な報酬を約束します。ギフトを使っていても、リスクがある事はタクミさんが倒れて証明されましたから。決して、楽をして儲ける……という事はないでしょう」

クレアさんが言いたい事はわかるが、元々この能力を俺は持っていなかった。

なぜか授かった能力で収入を得る事になるんだから、楽して儲けるという感覚が抜けないいんだよなぁ。

そのうち慣れるかな……慣れるといいな。

「ではセバスチャン、お父様にも話さないといけないわね？」

「そうでございますね。旦那様の許可もなしに販売はできません。しかも今まで販売していなかった薬草を……ですからな。ですが、クレアお嬢様……」

「わかっているわ……お父様と話すという事は、お見合いの断りも考えておかないといけない、でしょう？」

「はい。クレアお嬢様は旦那様と会わないよう、リーベルト家の別荘であるこの屋敷に滞在しておりますが……会わない間にどれだけのお見合い話が来ているのでしょうか……？」

セバスチャンさんが途端に、遠い目になった。

クレアさんは何やら決意してるような雰囲気を出しているし……多少話を聞いてはいたが、

クレアさんの父親、公爵家の当主様はそんなに……なのか？

「きっと断ってみせます……タクミさんのためですもの！　それに、これは我がリーベルト家のためにもなるわ！」

「そうですな。タクミ様は恩ある方。その方のためになる事ならば、このセバスチャン……協力を惜しみません！」

なんだろうこのノリ……急にクレアさんとセバスチャンさんが、熱血モードになったぞ？

そこまで気合を入れる事なのか……お見合いを断るって……。

まぁ、俺は生まれてこの方お見合い話なんて一度もなかったから、わからない事だけど。

ちなみに他の皆を見てみると、ライラさん達はやれやれといった雰囲気。

レオとフェンリルは我関せず、ティルラちゃんは……あれ？　ティルラちゃんがテーブルに突っ伏している。

前に、ティルラちゃんにもお見合い話をと言っていたから……かもしれないな。

一部が熱くなっている中、突然客間にグゥーという間の抜けた音が響いた。

あぁ……。

「……この音は？」

クレアさん、真っ先にティルラちゃんを見るのは止めてあげた方がいいと思う……。

さっきまでテーブルに突っ伏していたティルラちゃんが、クレアさんに疑われて顔をブンブン横に振りながら否定していた。

……恥ずかしいが、仕方ないか。

「……すみません、俺のお腹の音です……」

最後の方は、蚊の鳴くような声になってしまった。

いや、これだけの人の前でお腹の音が鳴った事を自白するなんて、一体なんの罰ゲームだろう……？

ティルラちゃんが疑われたままよりは、マシだろうけど。

「タクミさんだったのですね。……失礼しました」

「仕方ありませんな。タクミ様は倒れられて二日も寝たままでしたから。お腹が減るのも当然でしょう」

「ずっと寝ていたんですね……って、え？　二日も⁉」

「はい。タクミ様が倒れられて丸二日、ずっと寝ておりました」

倒れてから二日も寝ていたのか俺……そりゃ、お腹くらいすくよな。

「それでは、時間も良い頃合いですし、食事にしましょう。ライラ、ゲルダ？」

「畏まりました……」

「はい！」

随分と長く話し込んでいたみたいで、窓の外を見てみると、もう日が沈みかけていた。

これから用意するなら、夕食にちょうどいい時間だな。

「タクミ様、今日はこのまま客間にて食事をなさって下さい」

「わかりました」

今日は食堂じゃなくてここでの食事らしい。

お腹が減って動けない……とまでは言わないが、さすがにちょっと体がだるいと感じるくらいになってきたから、ありがたい。

だるいのは、寝過ぎとか、まだ倒れた時の影響が残っているせいかもしれないが。

とにかく、栄養は大事だ……なんて思いつつ、ライラさんが客間を出る前に淹れ直してくれたお茶を一口。

「すみません、タクミさん。起きた後、すぐ食事にすれば良かったですね……」

「いえ、起きた時間が中途半端でしたからね。大丈夫ですよ。それに、色々話してわかった事もあるので、これで良かったと思います」

「セバスチャンが特に、タクミさんのギフトに興味津々でしたからね」

「ははは」

「んんっ！　クレアお嬢様、私はそのような……」

「あら？　タクミさんが倒れてから、この屋敷に保管されている、ギフトに関連しそうな文献を読み漁《あさ》っていたのは、誰かしら？　それに、タクミさんの話にも、身を乗り出すように聞き入っていたし」

俺から見たら、クレアさんも十分身を乗り出して聞いていたと思うけどな……。

まぁ、今はクレアさんがセバスチャンさんをからかう雰囲気だから、余計な事を言うのは止めておこう。

その後しばらく、クレアさんがセバスチャンさんをからかっていたが、ティルラちゃんによる「皆身を乗り出していましたよねー？」という発言でその場は収まった。

子供って、時に大人が言いにくい事を平然と言うよな……。

今回は、別にどうでもいいような事だったけども。

ほどなくして、料理をライラさんとヘレーナさんが運んできた。

俺が二日も寝たままだった事もあって、いきなり重い物を食べるのは体に良くないと気遣ってもらい、今日の夕食はオートミールをキャベツのような野菜で包んだ物だった。

普段なら、甘いオートミールはあまり好きじゃなかったが、ヘレーナさんの作ったロールキャベツもどき？　は、コンソメ風のスープとよく合っていて美味しかった。

おかげで結局、クレアさん達の倍くらい食べてしまう。

……レオが呆れた溜め息を吐いていたのが、ちょっとだけショックだ。いつも俺よりがっついて食べていたのは、レオのはずなのに……。

食後、いつものようにティータイム。

ライラさんの淹れてくれたお茶が相変わらず美味しい。

クレアさんと俺は、客間にあるテーブルでお茶を楽しんでいるが、ティルラちゃんとフェンリルは、食事が終わってすぐレオの所へ移動し、今はじゃれ合いながら遊んでいるようで、楽しそうな声が聞こえてくる。

「そういえば、クレアさん」

「なんでしょうか？」

お茶のカップを置き、俺に答えるクレアさん。

さすがは貴族令嬢、お茶のカップを持つ仕草も絵になるなぁ。おっと、今は置いておこう。

自分から話しかけておいて見惚《みと》れていた俺を、不思議そうな顔で見返しているからな、気を付けないと。

控えているセバスチャンさんが、俺を見てニヤリとしたような気がするが、気にしない。

「フェンリルの名前って、決めていますか？」

「フェンリルの名前……。そうでした、名前がないと不便ですよね……」

まぁ、名前がなくともフェンリルなんてレオ以外には、今ティルラちゃんと遊んでいるあいつしかいないから、呼ぶのに困る事はないと思うけど……でも、名前って大事かなと思う。

俺も、拾ってきた子犬にレオって名前を付けてから、家族の一員のような感覚になったからな。

確かめもせずに勢いで付けたから、後で女の子とわかってちょっとだけ後悔したんだが……すまないレオ。

「不便という事はそこまでなさそうですけど、名前があった方が親しみやすいと思うんです」

「……そうですね。この子も、名前があった方がいいと思います。ですが、どんな名前が良いでしょうか？」

クレアさんは、フェンリルの名前候補について考えていなかったようだ。

誰かの名前を付けるって難しいよなぁ。

なんて、勢いでレオの名前を決めた俺が考える事じゃないか。

「タクミ様は、レオ様の名前を決めた時、どういう事を考えて決めたのですか？」

「俺ですか？　俺は……」

レオが隣にいる今の状況じゃ言いづらい……けどまぁ、いいか。

「あの時は、単なる勢いでしたね。しかも、レオって男の子の名前っぽいのに、決めた後にレオが女の子だってわかってしまって……」

「それは……」

「ワフゥ」

くっ、レオに溜め息を吐かれてしまった……。

すまん、レオ。

でも、今のシルバーフェンリルの姿なら、レオって名前が相応《ふさわ》しくて恰好良いと思うぞ。

女の子としてそれでいいのかは、俺にはわからないが……。

「セバスチャン、何かいい案はないかしら？」

「そうですなぁ……」

クレアさんは俺があてにならないと思って、セバスチャンさんに聞く事にしたようだ。そりゃまあ、女の子にレオって雄々しい名前を付けたら、頼ろうなんて思わないか。

ちょっと悲しいが、自分のネーミングセンスがないせいだから仕方ない。

「……それよりまず、このフェンリルって雄雌どっちなんですか？」

「それは、私も確認しておりませんでしたな？」

「そうでした。まずはそこの確認が必要でしたね」

クレアさんもセバスチャンさんも、どちらかの確認をしていなかったようだ。

性別とは合わない名前を付けられたらかわいそうだからな、気が付いてよかった。

俺も最初から気付いていれば……。

「フェンリル、おいで？」

「キャゥ？」

呼ばれたフェンリルは、ティルラちゃんとじゃれ合うのを止め、素直にクレアさんの下《もと》ヘトコトコ歩いていく。

ちゃんと言う事を聞きそうで、これなら躾《しつけ》とかも簡単そうだな。

フェンリルに躾が必要かどうかわからないが、レオが森にいる時から躾をしたそうにしているからな……。

「どう、セバスチャン？」

「えぇと……このフェンリルは雌のようですな」

クレアさんはフェンリルを両手で抱き上げ、お腹の方をセバスチャンさんに見せる。

フェンリルって結構強い魔物なんだよなぁ……なのに無抵抗でお腹を見せるとは。

子供だからなのか、クレアさんに懐いているからなのか、それともレオの影響なのか……。

「雌って事は、レオと一緒で女の子ですね」

「ワフ」

「女の子なら、私とも一緒ですね！」

フェンリルが女の子だとわかって、ティルラちゃんが嬉しそうな声を上げる。

レオの方は、わかっていたとでも言うように頷いていた。

知っていたのかレオ……まぁ、似たような種族だからなのかもしれない。

クレアさん達に言うと、フェンリルとシルバーフェンリルは別物だと言いそうだけどな。

「女の子ですか……フェンリル、もういいわよ？」

「キャゥ、キャゥ」

クレアさんは、確認を終えたフェンリルを降ろしたが、フェンリルの方はクレアさんに構って欲しいのか、隣の椅子に飛び乗ってクレアさんに向かって小さく吠える。

「仕方ないわねぇ……」

そう言いつつも、フェンリルを撫でるクレアさんの表情は優し気だ。

「フェンリルの名前……何かいい案はありますか？」

「そうですねぇ……」

「そうですなぁ……」

俺の問いかけに、クレアさんやセバスチャンさんが頭を捻《ひね》って考える。

その間も、クレアさんの手はフェンリルを撫で続けていて、フェンリルの方はクレアさんに構って貰えてご満悦。

特に懐いたというか、クレアさんに撫でられるのが気持ち良くて好きなんだろうな。

「ふむ、そうですね……ニコマルというのはどうでしょうか？」

少しだけ考えて、セバスチャンさんが先に案を出してくれたが……その名前はちょっと……。

「セバスチャン、その名前はちょっとどうかと思うわよ？　それに女の子に付ける名前としては可愛くないわ」

「……左様でございますか……」

あ、セバスチャンさんが落ち込んだ。

今まで後ろに控えて、常にクレアさんや俺達の方を向いていたのに、否定されて壁に体を向けて項垂《うなだ》れる。

セバスチャンさんに名前を付けるセンスは、あまりなかったようだ。

執事としては、完璧な仕事をしている人なのになぁ……。

同じ客間に控えていたライラさんとゲルダさんは、笑いを堪《こら》えているように見えるが、笑ってあげないで欲しい、かわいそうだから。

「……ニコマル……可愛いと思いますが……」

壁に向かって何やらブツブツ呟《つぶや》いているな……えっと……俺はニコマルも可愛いと思うよ、うん。

だから元気出して、セバスチャンさん！

「……むむ……決めました！」

セバスチャンさんの考えた名前を否定した後、落ち込んでいるのに見向きもせず、一人考えていたクレアさんが声を上げげた。

「なんて名前にするんですか？」

「フェンリルの名前はシェリーです。『愛される者』という意味です！」

シェリーか、可愛くていい名前だ。

クレアさんの方は、セバスチャンさんと違ってセンスがあるようだな。

「フェンリル、今からあなたの名前はシェリーよ？」

「キャゥ！」

クレアさんがフェンリルの顔を正面から見て、名前を言う。

それにフェンリル、いやシェリーが承諾するように頷いた。

その瞬間、クレアさんの手の中でシェリーが突然光を放った。

「シェリー⁉」

「ワフ⁉」

「クレアお嬢様！」

「眩《まぶ》しいですー！」

セバスチャンさんはクレアさんに近付き、臨戦態勢に入る……とは言っても武器も何もない

ので、構えているだけだが。

クレアさんは光ったシェリーから手を離し、驚いた表情のまま光を見ている。

レオとティルラちゃんも驚いて、声を上げていた。

いきなり光を放つとは……声は出さなかったが、俺も驚きながら、光っているシェリーを見続ける。

「キャゥー！」

客間を満たす程の光を放ったシェリーが、その中で大きく吠える。

シェリーの声がやむと、段々光も小さくなっていき、やがて完全に消えていった。

「シェリー……一体なんだったの？」

クレアさんが茫然《ぼうぜん》とシェリーを見つめながら言っているが、当のシェリーは首を傾げているだけだ。

今の光はなんだったんだろう……。

「レオ、今のが何かわかるか？」

困った時のシルバーフェンリル。

「ワフ？」

と思ったんだが、レオは首を傾げただけで、どうして光ったのかわからないようだが、まぁ、そうだよな……レオがなんでも知っているわけないもんな。

「……もしかして……？」

お、セバスチャンさんは何か思い当たる節があるようだ。こういった知識は、やっぱりセバスチャンさんが頼りになるな。

ネーミングセンスに関しては、触れない方向で。

「セバスチャン、何が起こったのかわかるの？」

「以前、聞いた事があります。魔物を従魔にする際、その魔物の名前を決め、それを相手側の魔物が承諾する事で、従魔契約が結ばれると。そしてその時、応じた証《あかし》として光を放つのだと……」

「従魔契約……」

そういえば、この世界に来てすぐ、クレアさんにレオが従魔かと聞かれたっけ。

従魔契約ってこんな感じなんだなぁ。

というか、セバスチャンさんの知識が幅広過ぎる事にも驚きだな。

「シェリー……貴女《あなた》、私の従魔になったの？」

「キャゥ！」

シェリーはクレアさんの言葉に頷くと、嬉しさを表現するようにクレアさんへ飛びついた。

「きゃっ！　もう、シェリー？　驚くから、いきなり飛びついて来るのは止めて頂戴《ちょうだい》？」

「キャゥーキャゥー」

注意するように言いつつも、クレアさんは嬉しそうにシェリーを撫で、シェリーの方は抱かれたまま撫でられて、嬉しそうに鳴いていた。

「クレアお嬢様が、従魔を持たれる事になるとは」

「何か問題とかあるんですか、セバスチャンさん？」

従魔契約の事を説明した後のセバスチャンさんは、ひたすら驚いてクレアさんとシェリーを見比べている。

クレアさんは、貴族でも上位の公爵家の令嬢だし、もしかしたら魔物と従魔契約をする事に、何か不都合があるのかもしれない。

「いえ、特に何もございません」

特に何もなかったようだ、変な心配をして損したな……。

「むしろ、喜ばしい事でございます。シルバーフェンリルではありませんが、フェンリルも誇り高く強い魔物。クレアお嬢様の護衛にもぴったりですな」

「そうですね、護衛代わりにもなりそうですね」

番犬に近い扱いかな？

でもまぁ、クレアさんを守ってくれるなら、それもありだと思う。

クレアさんに抱き着いて、キャウキャウ言っているシェリーを見ると、セバスチャンさんの言っているような、誇り高い魔物というのは……ちょっと信じられないけどな。

「姉様いいなー、私もジュウマ？　が欲しいです！」

クレアさんに抱かれているシェリーを見ながら、ティルラちゃんが羨ましそうな声を上げた。

「ティルラ、今はシェリーと遊べる事で我慢しなさい。ほら、シェリー？」

「キャゥ」

羨ましそうにしていたティルラちゃんは、クレアさんに窘《たしな》められ、自分に近寄ってきたシェリーと遊んで我慢する事にしたようだ。

レオも、シェリーとティルラちゃんと一緒に遊び始めたな。

多分だが、ティルラちゃんが不満を溜め込まないよう、気を使ってくれたんだと思う。

楽しそうに、ティルラちゃんとシェリーを交互に舐めているレオからは、そんな気遣いは感じられないが……。

「それにしても、この私がフェンリルと従魔契約だなんて……タクミさんのおかげですね」

「いえ、俺はそんな。大した事はしていませんよ」

最近、よくタクミさんのおかげ……という言葉を聞く気がするが、感謝とかはそんなに多くなくていい。

慣れていないからな……。

「タクミさんがいなければ、フェンリル……シェリーを見つける事はできませんでした。それに、瀕死《ひんし》のシェリーを助けられたのも、タクミさんが『雑草栽培』を使って下さったおかげなのですよ?」

「んー……まぁ、シェリーを助けられたのは『雑草栽培』のおかげではありますが、あれは俺も、本当に助けられるとは思っていなかったので……助けられればいいなぁくらいでしたし……」

美人のクレアさんに、面と向かってお礼を言われるのは悪い気分じゃないが……ちょっと面映《おもは》ゆいな。

もう少し、女性慣れしないといけないかなぁ……？

とはいえ、どうやって慣れればいいのかまったくわからないんだけどな。

そうして、俺はギフトが原因で倒れたとわかったり、クレアさんに『雑草栽培』の研究について話したり、公爵家と薬草販売契約を結ぶ事を決めたり、クレアさんが従魔契約をしたりと、色々な事がありつつも、今日が終わって行った。

二日も寝続けていたから、夜寝られるか心配だったが、客間の集まりが解散になり風呂に入った後、レオと一緒に部屋へ戻ってベッドに横になると、すんなり寝る事ができた。

その時レオがベッドに半分だけ体を乗せ、俺の枕になってくれた。

俺が急に倒れて寝続けていた事もあって、まだ心配してくれているんだろう。

ありがとうな、レオ。

おかげで今日は、いい夢が見られそうだ——。

第二章　クレアさんのお父さんが来訪しました

朝、目が覚めて窓の外を見ると、陽射《ひざ》しが眩《まぶ》しいくらいのいい天気。

ベッドから起き上がり、体を伸ばしながら立ち上がる。

やっぱり、レオを枕にして寝るとよく眠れるなぁ。

いい夢を見たかどうかは覚えてないけど。

夢って起きても覚えている事と、全く覚えてない事があるよな。

覚えていてもすぐに忘れるし、夢を見たという事だけ覚えていたり、そもそも夢を見たかどうかすらわからない事もある。

まぁ、夢は人が寝ている時必ず見ているとか言われていたり、夢の内容で色々な診断があったりするらしいが、詳しい事は知らない。

そんなどうでもいい事を考えながら、朝の支度を済ませた。

レオは俺が顔を洗い始めた時に起きて、足を突っ張って伸びをするいつもの行動をした後、支度をする俺を見ながらゆっくりと尻尾を揺らしていた。

今日もご機嫌なようで何よりだ。

支度も終わり、そろそろ食堂で朝食が用意されている頃かなと部屋を出る。

「俺も、この屋敷での生活に大分慣れてきたなぁ」

最初は、屋敷が大きすぎて戸惑う事も多かった。

部屋から食堂や客間までの行き方がわからなくて、ライラさんに案内してもらったりしてたしな。

屋敷の中を全て覚えたわけじゃないが、よく行く場所は、もう案内されなくても大丈夫だ。

俺が用のある場所なんて、そんなに多くないんだけどな。

慣れてきた感じのする廊下を歩きながら食堂に向かっていると、玄関ホールの方でメイドさん達が慌ただしく動いているのが見えた。

「今日は、何かあるんだろうか？」

「ワフ？」

メイドさん達が、慌ただしくしている理由に心当たりはない。

不思議に思いながらも、横を歩くレオと一緒に食堂に入る。

中では、俺より早く起きていたクレアさんがテーブルについていて、後ろにはいつものようにセバスチャンさんが控えている。

俺が入ってきた扉の横にはライラさんもいる……今日はゲルダさんがいないが、他に用事があるんだろうか？

考えながらも、食堂にいる人達への挨拶は怠らない。

「おはようございます。クレアさん、セバスチャンさん、ライラさん」

「タクミさん、おはようございます」

「タクミ様、おはようございます」

「おはようございます、タクミ様」

クレアさん、セバスチャンさん、ライラさんと順番に挨拶を交わしながら、いつも座っている椅子に座った。

レオも俺の隣で、いつものようにお座りの体勢。

「今日はティルラちゃんがいませんね。どうしたんですか？」

そういえば今日は、ティルラちゃんが起こしに来なかった。

いつもは朝一番でレオに会うため、俺の部屋に来ていたのにな。

「寝坊です。今ゲルダが起こしに行っています。まったく……遅くまでシェリーと遊んでいるから……」

「ははは、そうなんですか」

ティルラちゃんは昨日、あれからシェリーと遊んでいたらしく、夜遅くに寝てしまったために寝坊しているらしい。

そのシェリーはというと……クレアさんの座っている横の椅子で、丸くなっている白い物体を見つけた。

どうやら、ティルラちゃんと遅くまで遊んでいたせいで、シェリーもまだお眠《ねむ》のようだな。

「クレアさん、今日もまた裏庭で『雑草栽培』を試してみたいのですが、いいですか？」

「……その事なのですが……タクミさん、今日は大事な事があります」

公爵家と薬草販売について契約をすると決めたから、研究も兼ねて薬草を作ってみようと思ったんだが……クレアさん、深刻そうな顔をしているが、どうしたんだろう？

見れば、セバスチャンさんやライラさんもいつもとは違う様子。

「タクミさんはこの食堂に来る途中、玄関ホールの様子を見ましたか？」

「え、はい。見ましたよ。何やらメイドさん達が、慌ただしく動き回っていたようですが……」

俺が見た玄関ホールの様子は、クレアさんも知っている事らしい。

まぁ、現状はクレアさんがこの屋敷を取り仕切っているようだから、知っていて当然か。

「タクミさんが見たメイド達は、今日訪れる人物を迎えるため、その準備をしています」

「今日訪れる人物、ですか？　大事なお客様でも来るんですか？」

メイドさん達があれだけ慌ただしくしていたんだ、きっと重要な人なんだろう。

……俺は部屋にいた方がいいかな？

この世界でクレアさん以外のお偉いさんとか、公爵家のお客様とかと会って、失礼な事をしたらいけないしな……。

まだ、この世界の上流階級でのマナーとか全然知らないから。

「タクミさんにとっても大事な相手です。まぁ、お客様ではありませんが……」

「お客様じゃない……でも俺にとって大事な相手、ですか。一体誰なんですか？」

この世界には来たばかりなのもあって、今のところ知り合いと言えるのは、この屋敷にいる人達だけだ。

一応、ラクトスの街でお店の人達やレオを撫《な》でた人達もいるが、知り合いという程でも、大事な相手とも言えないだろう。

あ、そういえば、まだ仕立て屋に頼んでおいた服を取りに行ってないな……森を探索したりとかしていたから、行く余裕がなかった……。

心当たりがなく、クレアさんの言う事を不思議に思い、脱線しつつ考えていると、さっきよりもさらにクレアさんは深刻な顔。

セバスチャンさんまで深刻な顔をしているけど……一体誰が来るんだ⁉

首を傾《かし》げるしかない俺に、重々しい口を開いたクレアさんによって、今日屋敷に訪れる人物が告げられた。

「……この屋敷に……お父様が来ます」

「……は？」

「私の……お父様が来るのです……」

「タクミ様、クレアお嬢様の御父上……つまり、公爵家現当主様です」

……はぁ。

まぁ、この屋敷はそのクレアさんの父親である、公爵家当主様の持ち物だろうから、ここに来たっておかしくはないだろう。

当主様を迎えるとなれば、メイドさん達が慌ただしかったのも納得できる。

それはいいんだが、なぜクレアさんとセバスチャンさんは、こんなに深刻な顔をする必要があるのだろうか？

「えっと……それで、なぜそこまで深刻な顔を？」

「タクミさん……あのお父様が来るのですよ？　きっと、大量のお見合い話を持って来るに決まっています」

「そうですな……クレアお嬢様だけでなく、ティルラお嬢様にまで持って来るお見合い話……しばらく会っていないため、どれ程の数になっている事か……」

クレアさんは深刻を通り越して沈痛な面持ちになり、セバスチャンさんは遠くを見るような目になった。

確かにお見合い話を持って来ては、クレアさんやティルラちゃんに勧めていると聞いた。

断るのが面倒だとも言っていたっけ。

けど、そんなに深刻になったり遠くを見るようなものなんだろうか？

「……全部、断るんですよね？」

「当たり前です！　ティルラはまだ、あんなに小さいのです。それを今から結婚相手を見つけるなんて、早すぎます！　それに私も……」

「コホン……クレアお嬢様？」

「はっ！」

なんだろう……クレアさんに異常な程力が入っていた。

ティルラちゃんがまだ小さいから、と断るのはわかるけど……なぜか最後の方は、俺の顔をチラチラ見ながら声が小さくなり、さらに顔も赤くなっていた。

……俺の顔に何か付いているのかな？

取り乱しそうだったクレアさんに、セバスチャンさんからわざとらしい咳払《せきばら》い。

それによって、正気を取り戻したらしいクレアさん。

いや、これしきの事で正気を、とまで言うのは大袈裟《おおげさ》か？

「とにかく、タクミさんにも、お父様に会ってもらう事になります」

「タクミ様は、リーベルト家と薬草の販売契約をする、と仰《おっしゃ》られましたからな。旦那様と会って、直接話をするのは当然でしょう」

「はぁ。まぁ、それはわかりますが……」

販売契約をするんだから、一番偉い人に話を通すのは当然だと思う。

けど、俺がクレアさんの父親の前に出て大丈夫かな……失礼な事をしないといいけどなぁ。

なんて、他人事《ひとごと》のように考えている場合じゃないか。

「あの、俺……貴族様に対するマナーとか……そういった事は全然わからないんですけど……大丈夫ですか？」

「それに関しては大丈夫です。お父様は私以上に、そういった事には無頓着ですので……」

「旦那様は……良く言えば豪快……悪く言えば大雑把ですからな。……私としましては、もう少し公爵家としての振る舞いを覚えて欲しいのですが……」

クレアさんとセバスチャンさんが言うには、現当主様はマナーとかには無頓着で、そういった事をまったく気にしない人らしい。

豪快か……どんな人なんだろうな……？　クレアさんが森の中で言っていた悩みを聞いた時は、いい父親だと思ったけど。

クレアさんも、可愛《かわい》がってくれているって言っていたし、悪い人ではないんだろう。

まぁ、それなのになんでお見合い話ばかり持って来るかは、わからないけどな。

「はぁ……今回は一体どれだけの数、お断りをすればいいのか……」

「前から少し期間が空きましたから……かなりの数が予想されますな」

暗い顔で話している、クレアさんとセバスチャンさん。

お見合い話って、断るのも面倒そうだよなぁ……。

しかも、持ってきたのが実の父なわけで……父親の面目を潰さずどう断るか、というのも考えないといけないのかもしれない。

数が多くなれば、当然大変になってくるわけで……確かにそう考えると、クレアさんやセバスチャンさんが暗い顔になるのも、わかる気がする。

しかし、なんで今日急に当主様が来る事になったんだろう？　とりあえず聞いてみるか。

そう思って、少しでも気がまぎれればとも考えつつ、暗い表情で重い雰囲気を醸《かも》し出しているクレアさんとセバスチャンさんに、聞いてみる事にした。

「えーと、なんで今日、この屋敷に来るんですか？　お見合いのこと以外で何か、重要な事件があったとか……ですか？」

「それは……セバスチャン？」

「畏《かしこ》まりました、私から説明させて頂きます。今朝方、旦那様からの使いで先触れが届きました。これは、この屋敷に来るから用意しておけという報《しら》せですな。それには本日の昼頃、屋敷に到着する……という旨が書かれておりました」

ふむふむ、偉い人がどこかに行く時、相手方の用意も必要だからと、いつ頃に到着するから準備して……というお報せだな。

当主が自らの別荘に、そういう報せをするのが正しいのかはわからないが、この屋敷にも迎え入れる準備があるはずだ。

現に、それでメイドさん達が慌ただしかったわけだし……元々何も準備していない、なんて事はないいんだろうけど。

「この屋敷と公爵家の本邸までは、馬で約一週間程度の距離があります。それなのに、本日到着なさるという事は……おそらく旦那様の目的は、クレアお嬢様の無事を確認するためかと思われます」

「無事の確認？　そのためにわざわざですか？」

この屋敷には複数の使用人さん達と、護衛の兵士さん達がいる。

セバスチャンさんあたりから、ある程度の連絡はしているんだろうし、わざわざ一週間程度の距離を移動してまで、訪ねてくるというのはどうなんだろう？

子煩悩な父親なら、娘の顔見たさにというのはあるのかもしれないが。

「……それが……タクミ様とクレアお嬢様が初めて会った時の事は、覚えていますかな？」

「はい、覚えていますよ。忘れようとしても忘れられませんから」

クレアさんがティルラちゃんを心配するあまり屋敷を飛び出して一人で森に薬草を探しに行った時だ。

シェリーを見つけた際には、オークとの遭遇が何度もあったし、今考えると、一人であの森へなんて、結構な無茶をやっていたんだと思う。

それだけ、ティルラちゃんの病を治そうと必死だったのかもしれないけどな。

俺自身も、まだ異世界だとか信じていなかった頃で、そんな時に綺麗《きれい》な女性と出会った事をとても印象深く覚えている。

その後の事もあって、忘れようにも忘れられない。

「その時の事なのですが……我々使用人は、お嬢様を捜索する部隊を編成するとともに、旦那様にご連絡をしていたのです」

「ふむ」

「まったくセバスチャンは……」

クレアさんが軽く睨《にら》むようにしながら、責めるように言うが、セバスチャンさんは悪くないと思う。

クレアさんを心配しての行動だし、危険な森に一人で行ったなんて、父親である当主様に報告するのは執事として当然の事だろう。

とはいえさすがに、クレアさんもその事はわかっているのか、溜め息を一つ吐《つ》いた後、諦めるように項垂《うなだ》れた。

これ以上突っ込んだら、セバスチャンさんにクレアさんの方が反論されそうだしな。

「私達がこの屋敷から使いの者を本邸に送り出し、旦那様はその報せを聞いてすぐに、本邸からこちらに向かったのでしょう。少々早い気もしますが……多少無茶をして移動しているのでしょう」

屋敷から本邸まで連絡がいくのに約一週間程度。

報せを聞いて、すぐにこちらに向かって今日到着……確かに少し早い気がする。

馬での移動だから、どれだけの無茶をしたら時間を短縮できるのか、俺にはわからないが……。

でもそうか……俺がこの世界に来て、そろそろ二週間くらいになるんだな。

なんて、思わぬところで実感してしまった。

「クレアお嬢様が無事、タクミ様に助けられてこの屋敷に戻られた後、改めて旦那様にお報せするための使いを送ったのですが……」

「お父様の事だもの、きっと後に出発させた使いの者が到着する前には、間違いなく本邸を出ているとは思うわ」

「それは……なんとも……」

第一報で、すぐ行動に移したという事なんだろう。

行動が早いと言うべきなのか、娘可愛さと言うべきなのか……でも公爵家の当主様なら、もう少し慎重に行動してもいいんじゃないかとも思う。

せめて第二報が届いてからとか……まぁ、会った事のない俺が、色々言えた義理じゃないか。

「きっとあのお父様の事だもの……いい機会だと、大量のお見合い話も持って来るに違いないわ」

「クレアさんを心配して来るんでしょう？　それなら、今回は急いでいて持って来ていない……というのも、あるかもしれませんよ？」

「いえ、タクミ様。旦那様に限って、それはないと私も思います」

「セバスチャンさんまで……」

これも信頼と言えるのだろうか……？

クレアさんとセバスチャンさんの二人は、当主様が報せを受けて娘が危ないとわかっても、お見合い話を持って来る人物だと思って、疑っていないようだ……。

そうしているうちに、寝坊したティルラちゃんがゲルダさんに連れられて、ようやく食堂に来た。

ティルラちゃんがテーブルにつくのを待って、朝食が用意される。

我関せずで話に加わらなかったレオや、クレアさんの足下で丸まって寝ていたシェリーも起きて、皆で食べ始める。

朝食が半分ほど進んだ所で、俺と同じように玄関ホールにいるメイドさん達が慌ただしかった事を、ティルラちゃんがクレアさんに聞いた。

すぐに当主様……クレアさんやティルラちゃんのお父様が屋敷に来るという事を教えられ、ティルラちゃんは固まった。

その後、なんとなく落ち込むような暗い雰囲気で朝食は終わった。

美味《おい》しかったんだけどなぁ……あんな雰囲気じゃ、あまり味わえなかった。

作ってくれたヘレーナさんには、申し訳なかったかな。

しかし、娘二人（＋執事）に、こんな暗い雰囲気を出される父親ってのも、ちょっとかわいそうかも……？

朝食後、お見合い話を断る算段を付けるため、クレアさん、ティルラちゃん、セバスチャンさんは別室へ。

そんなに身構えて相談する内容なのだろうか、と疑問に思ったが、貴族令嬢なりに答え方というものがあるんだろうなぁ……と考えて納得しておいた。

裏庭で『雑草栽培』を試す事もなく、暇になった俺は一旦レオと一緒に部屋へと戻る。

セバスチャンさんや、クレアさんと相談しながら、どんな物を栽培したらいいかを考えようと思ったのにな……あてが外れた。

向こうはそれどころじゃない様子だったし、仕方ないけどな。

「さて、どうしたもんかな……？」

「ワフ？」

部屋のベッドの端へ座り、横で伏せの体勢になったレオを撫でながら考える。

レオは考え込む俺を見ながら首を傾げているが、撫でられるのが気持ちいいようですぐに気にしなくなった。

クレアさんの父親、公爵家の当主様が到着するのは昼過ぎ。

『雑草栽培』を試す余裕はないが、しばらくやる事がないな。

ベッドで仮眠を取ったり、レオと遊んでいたりしていればいいかとも思うが、なんとなく落ち着かない。

この世界で初めて、確かな権力を持つ貴族と会う事に対して、緊張しているんだろうと思う。

それを言うならクレアさんも公爵家の人だし、緊張する相手になるが、当主ではないしな。

出会った時の状況もあるし、仕草からかなり裕福な家庭なのはわかっていたが、貴族とは知らずに接していたおかげもあるんだろう。

あ、そういえば……。

「ライラさん、当主様と会うのに、俺はこの服装でいいんでしょうか？」

「クレアお嬢様も仰っておりましたが、旦那様はそういった事には無頓着なので、そのままでも構わないと思いますよ？」

俺のお世話を担当しているからか、一緒に部屋まで来てこっそりレオを撫でているライラさん。

一応聞いてみたが、こちらでもそのままでいいとの意見らしい。

でもなぁ……いくら気にしないと言われても、ちゃんとした服装で会わないと、第一印象が悪くなるかもしれないからな……。

これも、仕事ばかりをしていた弊害かな？　仕事中は当然ながら、常にスーツとネクタイ。外回りをしなくても、服装を崩してはいけないという規則で働いていたから、目上の人と会う時正装をしてないと不安になってしまう……。

「気になるのでしたら……確か、ラクトスの仕立て屋で服を仕立ててもらっているのだとか？」

「そうですね、服を一式お願いしています」

「では、それを受け取って、着替えると良いのではないでしょうか？」

そうか、あの時仕立て屋にお願いしたのは、セバスチャンさんから借りた服と同じような物だったはずだ。

借りた服はさすがにもう返しているが、あの服なら正装に近いだろう。

セバスチャンさんにまた借りるという手もあるが、今は邪魔しないでおいた方がいいだろうしな……。

お見合いの断り文句なんて、俺にわかるわけがないから……巻き込まれたら面倒だ。

「しかし、今からラクトスの街へ行くとなると、急がなければ旦那様が到着されるまでに帰ってこられません」

「そこはまぁ、なんとかなりますよ。――な、レオ？」

「ワフ！」

ライラさんの忠告に、俺はレオに声をかける事で答えた。

話を聞いていたから、俺が何を考えているかわかってくれているのだろう、レオの方も任せろとばかりに頷《うなず》く……頼もしい限りだ。

それを見たライラさんも、納得したように頷いていた。

「成る程。レオ様に乗って行かれるのでしたら、時間に余裕ができますね」

レオに乗れば、馬や馬車で移動するより早いため、ギリギリにはなってしまうかもしれないが、往復する余裕があるだろう。

そうと決まれば早く行動したほうがいいと、レオを連れて部屋を出る。

玄関ホールの近くで、忙しく動き回る使用人さん達の中からゲルダさんを見つけたので、クレアさん達へラクトスの街に服を取りに行く事の言伝《ことづて》を頼んだ。

黙って出るのは、心配させてしまうかもしれないからな。

屋敷の玄関を出て、門までの道で背を向けたレオに乗る……乗ったんだが……。

「ライラさん……もしかして一緒に行くんですか？」

「もちろんです。私はタクミ様のお世話を任されています。ゲルダは伝言のために残らなければばいけませんが。それに、仕立て屋に料金も払わないといけません」

「あぁ……そうですね……すみません、お願いします」

そういえば、お金の事があった。

以前行った時は、その場で買った服とかのお金しか支払ってなかったからな。

当主様との話が上手《うま》く行って、公爵家で薬草を売れるようになったら収入ができるが、それまで無一文なのは仕方ない。

レオに乗った俺の後ろにライラさんを乗せて、ラクトスの街へ向かう事にする。

ラクトスの街へは馬車で約一時間、レオだと三十分もかからずに到着する予想だ。

もしかしたら、レオが全力で走ればもっと早く行けるかもしれないが……その場合、俺や後ろに乗っているライラさんが、振り落とされてしまうかもしれないからな。

ちなみにライラさんは、以前乗ってもらった時に慣れたのか、後ろから俺に抱き着いて来る事もなく、涼しい顔でレオの毛を掴《つか》んでバランスを取っていた。

……別に……期待していたとかはないからな……？　ほんとだぞ？

街の門の前でレオに止まってもらい、そこからは降りてラクトスの中へ。

門番をしている衛兵に止められかかったが、ライラさんが衛兵に公爵家の紋章を見せるとすんなり通された。

そういえば、レオという大きな狼……シルバーフェンリルを連れている、身分のよくわからない人間なんだよな俺。

何も身分を証明するものがないし、通常なら衛兵さん達も止めようとするだろうなぁ。

そういう意味でも、ライラさんに付いてきてもらえて、良かったか。

身分証とか、そういうのって作れないのかな？　落ち着いたら、クレアさん達に相談してみよう。

門を抜けた後、街を行き交う人達の視線を感じながら、以前来た時の道を辿《たど》って、仕立て屋に着いた。

その道中、やっぱりレオが露店で売られているソーセージに見とれたり、よだれを垂らしたり……といった事があったが、ライラさんと協力して体を撫でたり声をかけたりしたおかげで、落ち着かせる事ができた。

我慢させる事とか、あまり教えてなかったからなぁ……つまみ食いはしないように教えていたが、改めて好物を見ても我慢するよう、教えないといけないかもしれないな。

以前よりはっきり意思疎通ができるから、きっと教えやすいだろう……なんて考えながら、お座りしているレオを残して、店の中へと入った。

露店の多い道を通った時のように、食べ物へ飛びついたら困るが、この辺りは食べ物の店もないようだし、大丈夫だと思う。

「いらっしゃいませ……これはタクミ様。ようこそお越し下さいました。注文されていた服の方、できておりますよ？」

店に入ると、以前も対応してくれたハルトンさんが、奥から出迎えてくれた。

向こうもしっかり、俺の事を覚えていてくれたようだ。

すぐに仕立て終わっていた服を受け取り、試着。

サイズや着心地等で不満があれば、この場ですぐに手直ししてくれるそうだ。

俺が色々確かめている間に、ライラさんが料金の支払い。

すみません、薬草を売ってお金が手に入ったら返します……。

袖の部分だけ少し長かったので、着たままで手直ししてもらい、そのまま店を出る。

服を着たままでも、長さの調節ってできるんだなぁ……職人技みたいなものかな？

「ワフ！」

「おとなしく待っていてくれたんだな、よしよし」

店を出ると、俺とライラさんに気づいたレオがお座りをしたまま、鳴いて迎えてくれた。

大きな尻尾を振っているから、おとなしく待っていた事を褒めて欲しいんだろう。

正面から頬の辺りを掴むようにしながら、ガシガシと撫でてやる。

「……よしよし」

「あぁ、ライラさん。首のあたりをもう少し強めに撫でてやると、喜びますよ？」

俺が撫でてレオが気持ちよさそうにしていると、以前クレアさんもしたように、横からソロリと手を伸ばして、ライラさんがレオを撫で始めた。

声のかけ方は俺の真似《まね》だろうな……と考えながら、レオが喜ぶよう簡単に撫で方を教える。

「こう、ですか？」

「ワフゥ〜」

「そうそう、そんな感じです。レオも喜んでいるようですよ？」

「ふふふ、レオ様はやっぱり可愛いお方ですね……」

ライラさんと一緒に、レオを撫でて褒めた後、ハルトンさんの店を離れる。

「タクミ様、良く似合っておいでですよ」

「そう、ですか？」

街の外へ向かう途中、横を歩くライラさんに褒められた。

おそらくはお世辞だろう……着慣れない服に着られている感じだ。

そうは思っても、やっぱり褒められるのは嬉《うれ》しい。特別なオシャレをしているわけじゃないけど、あんまり褒められた経験がなかったからな。

「本心ですからね？」

「あー……えっと、ありがとうございます」

俺の微妙な表情を見て、何を考えているのか察したのか、ライラさんが念を押すように、ジッと目を見つめながら言われた。

お世辞じゃなかったんだ……という思いと一緒に、これくらい直球に褒められた事もないので、どう反応していいかわからず、とにかくお礼だけは忘れずに言う。

……もっと気の利いた返しができればなぁ。

照れくさい帰り道、街の外へ出たらさっそく、二人でレオの背中へ。

持ってきていた時計を見ると、予想よりも早くレオが走っていたようで、少し余裕がありそうだ。

これなら、帰る頃には昼食の時間くらいかな。

「レオ、時間には余裕がありそうだから、帰りはゆっくりでいいぞ？」

「ワフ？　ワフー！」

「レオ様はなんと？」

「のんびり走るって言っているみたいですね。外を走るのが楽しいみたいです」

屋敷では、裏庭に出ないと走れないからな。

レオの方は、外を散歩気分で走るのもストレス解消になっているみたいだ。

それにしても、余裕を持って行動できて良かった。

服の事に気付くのがもう少し遅ければ、いくらレオに乗っても服を取りに来る時間はなかっただろう。

当主様は細かい事を気にする性格じゃないみたいだが、俺が気になるからな。

偉い人との初対面となると、やっぱりちゃんとした服装の方が安心するんだ。

あの時クレアさんの、一着は仕立ててもらっておいた方がいい……という言葉に従って良かったと、今更ながらに思う。

クレアさんの気迫に押された形だったが、もしかすると、似たような状況を想定していたのかもしれない。

走るレオの背中に乗って、遠目に見えてきた屋敷を眺めながら、心の中で感謝しておいた。

これで後は、屋敷で当主様を迎えるだけだ。

「ワフー」

「よーしよし、ありがとうなーレオ。頑張ったなー」

「よしよし」

「ワッフ!」

屋敷に到着し、中に入る前にしっかりレオを撫でて褒めておく。

ライラさんも、俺の真似をするように撫でていて、レオは気持ち良さそうなのと同時に、どこか誇らしげだった。

屋敷に入ってすぐの玄関ホールでは、当主様を迎える準備が大方整ったようで、光ってさえ見える床や階段を、メイドさん達が満足そうにしながら点検している。

多分、掃除が終わった事の確認なんだろうな、朝のような慌ただしさはなくなっていた。

そんなメイドさん達の様子を見てから部屋に戻り、手に持っていた服を置く。

ちょうどその時、部屋のドアがノックされた。

「どうぞ」

「失礼いたします」

俺が声をかけると、入ってきたのはゲルダさんだ。

「あぁ、ゲルダさん。只今帰りました」

「お帰りなさいませ、タクミ様。クレアお嬢様達へは、お伝えしておきました」

「ありがとうございます」

ゲルダさんにお礼を言う。

ちゃんと伝わっていたようで何よりだ。

「ここまで早く帰って来られるとは、思っていませんでしたが……」

「まぁ、レオに頑張ってもらいましたからね」

「ワフ！」

少し驚いている様子のゲルダさんは、レオを見て納得したようだ。

そう言えば、ゲルダさんにはレオに乗って行くって言ってなかったっけ。

まぁ、急いでいたからな、クレアさん達に伝言をという事しか考えてなかった。

「レオ様に乗って行かれたのでしたら、納得です。……それとタクミ様、そろそろ昼食の準備が終わる頃なので、食堂にお越し下さい」

「わかりました」

ゲルダさんは、その事を伝えに来たんだろう。

食堂に来るよう伝えた後、ライラさんと一緒に部屋から退室。

部屋には俺とレオだけになった。

「レオ、今日はありがとな？」

「ワフーワフワフ」

屋敷へ入る前にも褒めて撫でていたが、無事部屋に戻ったことでもう一度しっかりお礼を伝える。

レオは少し照れたような仕草をしていた。

相棒だからと、乗せてもらう事や一緒にいる事が当たり前になって、お礼も言えないようになったらいけないからな。

その後、一度レオの頭をガシガシ撫でてから、部屋を出て食堂に向かう。

そろそろクレアさん達の方は、相談が終わったかな？　なんて考えながら歩いていると、途中でクレアさんが別の方向から歩いて来るのを見つけた。

セバスチャンさんやティルラちゃんもいる。

どうやら、三人も食堂に向かう途中だったようだ……昼食のために一時中断したのかな？

「タクミ様、ラクトスの街に行っていたようですな」

「その服、とてもお似合いですよ」

「似合っています！」

「ありがとうございます。ライラさんと一緒に、仕立て屋へ行って受け取って来ました」

「はい、ゲルダから聞いております。仕立ての方は、問題ございませんか？」

「少しだけ手直ししてもらいましたが、着心地も良くて問題ありませんよ」

クレアさんとティルラちゃんに、俺の仕立ててもらった服を褒められながら、一応の報告。

「これなら、旦那様も何も言われないでしょう。……もともと、人の服装に何か仰られるような方ではございませんが……」

「お父様、自分の服ですら無頓着なのよね……」

「お父様……たまに臭います……」

ライラさんも言っていたように、どんな服を着ていても問題じゃなかったみたいだ。

まぁ、新しく仕立ててもらった服にしたのは、俺が落ち着かないからという理由が大きいからな、このままでいかせてもらおうと思う。

しかし……自分の服にも無頓着とは、一体どんな人なんだろう……？　豪快とは聞いているけど。

とりあえずティルラちゃん、臭いに関しては本人に言わないよう、気を付けようね？

多分だけど、父親が娘に言われてショックな言葉、トップ３に入るだろう威力があると思うから……。

将来娘ができるかどうかに拘わらず、身だしなみはきちんと整えようと心に固く誓った。

朝食の時とは違い、和やかな雰囲気のまま食堂に入る。

三人の様子を見る限り、どうやら当主様の持ってくるお見合い話対策は、中断したわけではなく、しっかりできたようだ。

食堂では、先にライラさんとゲルダさんがいて、食事をするための準備を進めていた。

しばらくして、昼食をたっぷりと食べ、食後の休憩にライラさんが淹《い》れてくれたお茶を飲んでいる時、一人のメイドさんが食堂に来て、出迎えの準備が終わったと伝えてくれた。

屋敷の使用人さん達も大変そうだな……お疲れ様です。

あとは、その当主様が屋敷に到着するのを待つだけだ。

「そろそろ、ですね……？」

「クレアお嬢様、手筈《てはず》通りに」

「えぇ、わかっているわ」

「緊張して来ました……」

「ワフ？」

「キャゥ？」

セバスチャンさんがクレアさんと小声で話しているのは、お見合い話を断る算段についてだろう。

ティルラちゃんの方は、久しぶりに会う父親相手に緊張している様子だが、実際緊張しているのは初めて会う俺の方だと思う。

色んな人から、豪快だとか無頓着だとか聞いていても、やはり初めて会う貴族の人。

初対面の印象は大事だというし、失敗しないよう気を付けなければいけない。

レオは暢気《のんき》に牛乳を飲んで皆の様子を見て首を傾げ、シェリーの方はレオの背中の上に乗ったまま、真似をして同じように首を傾げていた……仲いいな。

どちらも、人間相手に緊張とかするのかと少し疑問に思ったが、しなさそうだなぁ。

そんな事を考えて、緊張を紛らわせていると食堂の扉が開き、執事さんが入ってきた。

「旦那様がご到着されました」

その言葉で、にわかに緊張が走る食堂内。

俺や使用人さん達はまだしも、クレアさんとティルラちゃんは、実の父親に会うのに……お見合い話を断る事に対して、意気込みとかもあるのかもしれないが。

クレアさんがセバスチャンさんに促され、俺とティルラちゃんは、それに続いて椅子から立ち上がる。

レオやシェリーも俺達に続いて立ち、レオは俺の隣、シェリーはクレアさんの隣に移動した。

「……行きましょう、タクミさん、ティルラ、セバスチャン」

「はい、クレアさん」

「畏まりました」

「い、行きます！」

「ワフ？」

「キャゥ？」

相変わらずレオとシェリーは緊張感なく、なぜ皆がこれだけ緊張しているのかわからないようだが、俺達はそれに構っていられる余裕もなく、食堂を出た。

というか今更だが、当主様と会うというだけなのに、なぜゲームで言うボスと戦う直前みたいな雰囲気になっているんだろう……。

緊張している俺が言う事でもない気がするが、クレアさん達は父親と会うだけで、戦うわけではないはずなのに。

とはいえ、緊張が解ける事はなく、クレアさんに先導されて玄関ホールへと移動した。

到着した玄関ホールでは、二十人くらいのメイドさんや執事さんが並んで待機しており、全ての使用人が揃《そろ》っているんじゃないかと思う程、壮観な光景だった。

実際には、この大きな屋敷を維持するにはもっと人の数が必要だと思うから、今動ける人達が集まったんだろうけどな。

あ、メイドさんに紛れてヘレーナさんがいるな、玄関の扉横にいるのはフィリップさんとニコラさんだ。

俺やクレアさん達がそろったちょうどその時、玄関のすぐ外から声が聞こえた。

「公爵家当主、エッケンハルト・リーベルト様ご到着です!!」

男性の声が扉を抜けて玄関ホールにまで響く。

大きな声なのは、中にいる俺や他の皆に今から入るぞと告げるためなんだろう。

その声で、クレアさんはもとより、使用人さん達も全員姿勢を正した。

自分がどう動けばいいかわからないが、一応他の使用人達の真似をして姿勢を正した。

俺がいる場所はクレアさん達よりも少し後ろで、ライラさん達に交ざって並んでいる。

そういえば、当主様の名前を聞いた事がなかったな、エッケンハルトって名なのか……。

名前の語感や貴族というイメージ、さらにクレアさんやティルラちゃんの父親という事を考えると、美形の紳士だろうなぁ。

なんて考えているうちに、フィリップさんとニコラさんが両側から玄関の扉を開ける。

三人の護衛と思われる鎧《よろい》を来た人達を連れて、一人の男性が入ってきた。


「「「「エッケンハルト様、我々使用人一同歓迎致します!!」」」」


「うむ」

ホールに集まった使用人さん達が、一斉に声を上げてエッケンハルトさんを迎える。

入ってきたエッケンハルトさんは、声を揃えて迎えられることに慣れているのか、頷いて応える。


「クレア……」

すぐに顔を使用人さん達より一歩前にいるクレアさんへと向け、小さく呟《つぶや》いた。

クレアさんもその呟きが聞こえたのだろう、ティルラちゃんと一緒に前へと進み出た。

セバスチャンさんはクレアさんのすぐ後ろだ。

というかエッケンハルトさん、想像していた美形の紳士とはまるで違った……いや、美形なのは間違いないんだろうけど。

無精髭《ぶしょうひげ》を伸ばし、あご髭ともみあげが繋《つな》がっていて、目つきの鋭さもあり顔付きは粗野な印象を与える。

服も、皆が言っていた無頓着という言葉が当てはまるのが納得できる物で、街中を一人で歩

いていたら、絶対に貴族とはわからないような簡素な服装だ。

一応、遠いところから移動してきたらしく革の鎧を身に着けてはいるが、それだってなんの装飾もない。

……これで斧《おの》でも持っていたら、山賊と間違えられるんじゃないだろうか？

「ようこそお越しくださいました、お父様。今回はご心配をおかけしたようで、申し訳ございません」

初めて見るエッケンハルトさんの風貌に驚いている俺を余所《よそ》に、クレアさんがたおやかな礼をして来訪を歓迎する。

やっぱり、クレアさんの礼は絵になるなぁ。

「お父様、お帰りなさいませ」

「クレア、無事で何よりだ……ティルラも。そして二人共……しばらく見ないうちにまた綺麗になったな……父さんは嬉しいぞ？」

おや？　この人、いきなり大きな手を自分の顔に当てて泣き始めたけど、どうしたんだ？

ちょっとシュールな光景だ、少しだけ緊張感が薄れた気がした。

髭をしっかり整えたら、ダンディなおじ様風なのになぁ……とか考えつつ、泣いているエッケンハルトさんを眺める。

クレアさんを見て泣き始める様子や、声の様子から優しそうな雰囲気が漂っているし、無茶な事を言い出すような人ではなさそうだ。

まぁ、体つきも大きくて頑強そうだから、殴られでもしたら軽く吹き飛びそう……なんて怖さはあるが、クレアさんの父親だ、そんな事をする人じゃないだろう……多分。

しかし、あの父親からクレアさんとティルラちゃんが……二人は母親似なのかもなぁ。

「お父様、皆の前ですよ？　泣き止んで下さい……」

「旦那様、クレアお嬢様が無事との報せも出したと思いますが……？」

「あぁ……すまないな」

クレアさんとセバスチャンさんの言葉で、乱暴に目を拭うエッケンハルトさん。

セバスチャンさんはクレアさんが森に行ってすぐと、帰って来てからの二回報せを出したって言っていたな。

「あぁ、報せはここに来る途中で受け取った。クレアが無事なのはわかったが、どうせ途中まで来ていたからな。それに、久しぶりに娘の顔を見るのも悪くない、馬を飛ばしてきたぞ？」

「お父様……」

エッケンハルトさんは、ちゃんと報せを受け取って、クレアさんが無事な事を知っていたようだ。

途中までは無事を知らず、急いでこの屋敷に来ようとしていたのだから、久しぶりに顔を見ようとそのまま来るのも、わからなくもない。

それにしても、これだけ子煩悩そうな姿を見せられたら、娘が嫁に行く事になるお見合い話とか嫌がりそうなのに、なぜなんだろう。

いや、逆に婿入りさせる相手を自分で選ぶため……とか？

「それで、見慣れない人物もいるようだが……？」

「あぁ、タクミさんです。お父様」

「旦那様、クレアお嬢様を助けて下さった方です」

おっと、話が俺の事になったようだ。

クレアさん達に紹介され、使用人さんたちの間から一歩前に出て、一礼する。

礼は見様見真似だから、ちゃんとできているか不安だ。

クレアさんの綺麗な礼の真似はさすがにできないが……俺、男だし、スカートは穿《は》いてないしな。

ちなみに、レオはライラさんに撫でてもらいながら後ろで伏せて待っている。

いきなり前面にレオを出すのは、失礼だろうから。

「初めまして、広岡巧と申します。タクミとお呼び下さい」

「おぉ、おぬしが……。クレアを助けてくれた事、礼を言う。詳しくはセバスチャンからの報せに書いてあったからな」

どうやらセバスチャンさんは、エッケンハルトさんに送った二度目の報せで俺の事も伝えていたようだ。

エッケンハルトさんは無精髭を生やしている口で笑いながら、俺の横に移動し肩を叩《たた》いてきた。

バシ！　バシ！　と音が響くくらいの強さで、俺がクレアさんを助けた事を喜んでいるのは伝わって来るんだが……結構痛い。

「ふむ……タクミ殿は中々の男のようだな。私がこうして叩いても動揺しないとは」

「いえ……あの……はぁ……っぅ」

いや、貴方が叩いている肩が痛くて、身動きが取れないだけなんですが……。

その前に、人の肩を叩いて反応を試すとかしないで欲しい……それでどんな人間か本当にわかるのだろうか？

「お父様、タクミさんが痛がっています」

「おっと、すまない。やりすぎたか？」

「いえ、大丈夫です……」

クレアさんが注意してくれて、ようやく解放された。

……赤くなったりしてないかな……？　今日、風呂に入ったら確かめてみよう。

「ワフ」

俺が叩かれるのを見たからか、それともエッケンハルトさんに自分も何か主張をしたかったのか、後ろでライラさんに撫でられていたレオが、俺とエッケンハルトさんの間に割って入る。

レオの体に押された形になったエッケンハルトさんは、少し面食らったような様子だったが、間に入ってきたのがレオとわかって驚きの表情で見る。

「ぬぉ……こ、これが、シルバーフェンリル……」

「そうです、お父様」

俺の代わりに、エッケンハルトさんの疑問にクレアさんが答える。

セバスチャンさんからの報せには、しっかりレオの事もあったらしく、すぐにシルバーフェンリルだとわかったようだ。

まぁ、大きいしな……公爵家の当主なのだから、シルバーフェンリルの事をすぐにわかるのも当然か。

しかしエッケンハルトさん、目を見開いて驚きつつ、腰が引けている。

そりゃ、レオの巨体がいきなり目の前に来たら、驚くし怖いか……可愛いのに。

リーベルト家の当主様だから、クレアさん達よりシルバーフェンリルの事を詳しく知っているせいなのかもしれない。

「ほ、本当にシルバーフェンリル、だな……はっ！　クレア、ティルラ、それにセバスチャンや他の者も……何をしている！」

「お父様？」

「どうしたんですか？」

「旦那様？」

セバスチャンさんと話しながら、驚いた表情のまま顔が固定されているエッケンハルトさん。

しかし急にはっとなって顔を引き締めると、クレアさん達全員に叫んだ。

いきなりの事で俺やレオだけでなく、呼びかけられた皆もキョトンとしている。

「シルバーフェンリルなのだぞ⁉　目の前に立っているのも畏れ多い！」

「は……？」

「ワフ？」

叫んだエッケンハルトさんは、レオの前で人間の中では大柄な体を器用に小さく畳み、平伏した。

えっと……土下座？　この世界にもあるのかな？　思わず間抜けな声が出る俺と、首を傾げるレオ。

それだけでなく、急な展開に付いていけないクレアさんやセバスチャンさん達。

皆、状況がわからずポカンとしている。

「……あのー？」

「これは申し訳ない！　先程は本当に失礼をした！　シルバーフェンリルを従魔にする方に対して、肩を叩いて試すなど……。娘が無事である事を確認して、気を抜いてしまったのです！」

エッケンハルトさんに声をかけると、俺にまで謝られてしまった。

確かに肩を叩くのは、少し痛かったが……別に気を悪くしたとかそういう事は一切ないし、気にしていない。

もう少し手加減してくれたら……と思うくらいだな。

失礼な事というなら、むしろ俺の方が何かしていないか心配していたくらいだったのに……。

「ワゥ……？」

レオがどうしたらいいのかわからず、尚《なお》も首を傾げながら鳴くと、体をビクッと跳ねさせるエッケンハルトさん。

「申し訳ございません。この度の失礼、何とぞ……何とぞお許し頂ければと……」

目の前で土下座されたら、レオだってどうしていいかわからないよな……と妙に納得している俺とは違い、エッケンハルトさんは何を勘違いしたのか、さらに謝り続けた。

「お、お父様？」

「クレアや他の者達もだ、早く平伏《ひれふ》さんか！」

いきなりの土下座で、驚き戸惑っているクレアさんに対し、エッケンハルトさんはさらに何事かと見ている人達にも平伏するよう叫ぶ。

「旦那様。レオ様はタクミ様の従魔で、人を襲う事はありません。もちろん、タクミ様に害を成す事があればその限りではないでしょうが……」

「ワフワフ」

セバスチャンさんがエッケンハルトさんに説明し、レオが頷く。

……従魔というより相棒という感覚なんだけどな、昨日のクレアさんとシェリーの時のような、従魔契約とかはしていないわけだし。

でもとりあえずの説明としては、従魔と言った方が話は早いか。

「えーっと……どうしましょう、クレアさん？」

困ってしまった俺は、他の人達と同じくポカンとしているクレアさんに助けを求める。

「はっ！　タクミさん……私も困っているのですけど……はぁ、お父様！」

「ク、クレア？」

「とにかく立って下さい。タクミさんもレオ様も、怒っていませんから……」

「いや、しかしな……」

叱るような声を出して、エッケンハルトさんの腕を引っ張るクレアさん。

さすがに重いのか、それだけで渋るエッケンハルトさんを持ち上げたり、立ち上がらせる事はできなかったようだ。

「いいから、立って下さい!!　このままだとまともに話もできません！」

「はい……」

さらに強めにクレアさんが言うと、ようやく立ち上がるエッケンハルトさん。

やっぱり、父親が娘に弱いのは万国共通なのかな？

異世界だとか公爵家だとかは関係なく、娘に怒られる残念な父親の構図となっていた。

なんというか、緊張して身構えていたさっきまでの自分が、少し懐かしく感じる。

「……ともかく、詳しい話は落ち着いてからにしましょう。客間に、お茶を用意させます」

「わかった……」

「タクミさん、お父様がすみません……」

「いえ……」

「ワフ」

セバスチャンさんからの提案で、客間に移動する事に決まる。

すぐに何人かの使用人さんが、玄関ホールから離れて行った。

その中にはライラさんやゲルダさんもいたが、きっと客間やお茶の用意をするためだろう。

美味しいお茶、お願いします。

「と、とりあえず、レオ様……でしたか？　詳しい話は後で聞くとして……だ。クレア、その足下にいるのはまさか……？」

「ええ、お父様。こちらは私の従魔になったフェンリルです。シェリー、挨拶を」

「キャゥ！」

「シェリーもレオ様も、可愛いんですよ！」

エッケンハルトさんはここで、いつの間にかクレアさんの足下にて、チョコンとお座りをしていたシェリーに気付いたようだ。

まぁ、どちらかというと今気付いたというよりは、気付かないフリをしていたようだけど。

エッケンハルトさんに答えつつ、クレアさんがお座りをしているシェリーを抱き上げて紹介。

シェリーも礼儀正しい……かはわからないが、自己紹介するように一鳴きし、ティルラちゃんはエッケンハルトさんにレオとシェリーの売り込みだ。

先程の様子を見るに、レオの売り込みは必要なさそうだけどな。

「従魔……いつの間にそんな事に……これも、タクミ殿と関係が？」

「えぇ。タクミさんのおかげで、このフェンリル……シェリーの命も救われました」

「そうか……色々と話す事が多そうだな……」

シェリーには、あまり気後れしていない様子のエッケンハルトさん。

娘のクレアさんが抱いているのが、大きな理由かもしれない。

逆にレオへ視線を向ける時は、シルバーフェンリルへの恐怖からなのか、恐る恐るという感じだ。

レオは怖い奴じゃないし、土下座するような相手じゃないと思うんだけどなぁ、俺も含めて。

とりあえず、ゲルダさんの時のように少しずつ、慣れて行ってもらえばいいかな？

「旦那様、客間の用意が整ったようでございます」

「わかった。積もる話もあるからな、まずは客間に移動しよう。……お前達、ご苦労だった。しっかり休め」

「「「ハッ！」」」

メイドさんが近付いてきて、客間の用意が終わった事を報告。

客間へ移動する前にエッケンハルトさんが、一緒に屋敷へと来た護衛と思われる三人に声をかけると、敬礼をしてメイドさん達がいる方へ向かった。

多分、どこかの部屋で休むんだろう。

エッケンハルトさんは馬を飛ばしてきたと言っていたから、ここまで大変だったのかもしれないし、疲れているだろうな。

そういえば……エッケンハルトさんが積もる話、と言ったところで少しだけクレアさんとティルラちゃん、セバスチャンさんの顔が強張《こわば》ったな……。

お見合い話を警戒しているんだろうなぁ。

「……それではお父様、行きましょう」

「うむ。タクミ殿も……レオ様も客間で事情を聞かせてくれ」

「はい」

「ワフ」

強張った顔をすぐに切り替え、笑顔になったクレアさんが促す。

エッケンハルトさんはこちらにも声をかけてくれたが、俺はまだしも、レオに声をかけるのはまだ慣れないみたいだ。

とりあえずレオと一緒に頷いて、皆で客間へと移動する。

俺達が玄関ホールを離れるくらいで、集まっていた使用人さん達も解散するため各所に移動を始めたようだ。

使用人さん達もご苦労様です、今度、送迎の挨拶の練習を見せて下さいね？

相変わらず、全員乱れる事なく揃った挨拶……その練習風景というものがあったら面白そうだな、なんて考えながら玄関ホールを離れた。

客間への移動中、エッケンハルトさんは後ろにいる俺やレオが気になるのか、チラチラと振り返ったりもしていた。

後ろから襲い掛かったり、なんてする事はありませんからねー。

「それで……まずは何から話すべきか……というか私はここに座っていていいのか？」

「いいのです。お父様が椅子に座らなければ、私やタクミさんが困りますし、ちゃんと話せません！」

「……うぅ……わかった」

客間に到着後、一つのテーブルを囲んで座る俺達。

エッケンハルトさんを中心にして、左右にクレアさんとティルラちゃん、その後ろにセバスチャンさん。

シェリーはクレアさんが抱いている。

俺は皆に向かい合うように座って、隣には椅子をいくつか除いてレオがお座りの体勢。

ライラさんとゲルダさんは、お茶のおかわりをいつでもできるよう、ポットを持って部屋の隅で待機している。

俺と向かい合って、中心になる位置に座っているエッケンハルトさんが戸惑っている様子なのは、さっきレオに土下座をした事と関係しているんだろう。

むしろレオが中心にとか考えていそうだが、それだと話がスムーズに進まなさそうだから、これでいいと思う。

……ただ、俺の事情やレオの事を説明するのが目的なのはわかるけど、この配置は少し緊張するな。

すぐに気持ちを切り替えたエッケンハルトさんが、真面目な顔で真っ直ぐ俺を見ているから。

クレアさんとティルラちゃんはにこやかだが……父親の様子に影響されてか、少し硬い雰囲気になっている。

会社の面接程じゃないが、なんか緊張感が漂っているなぁ。

「さて、皆も落ち着いた事だし、タクミ殿の話を聞こうか。なぜ、シルバーフェンリルと一緒にいるのか……。本来、人間に従わないと伝えられている魔物が、だな……」

「そうですね……」

それからしばらく、俺はクレアさん達にも話した事を、エッケンハルトさんにも話した。

俺が違う世界から来た事や、元居た場所でレオを拾って育てていた事。

気付いたらこちらの世界の森にいて、レオが巨大化し、シルバーフェンリルになっていた事。

森の中をさまよっていたら、オークに襲われそうなクレアさんを助けた事とかだ。

オークにクレアさんが襲われそうになっていた……という部分の説明で、エッケンハルトさんが取り乱しそうになっていたが、レオが助けた事を伝えると、目に涙を溜めながらお礼を言われた。

本当に、クレアさんの事を大事に思っているみたいだ。

まぁ、無精髭を生やした大柄な山賊のようにも見えるオジサンに、涙目でお礼を言われるのは変な意味で迫力があったが……。

それから俺のギフトの事や、クレアさんと森を探索に行った事。

さらにそこで発見したシェリーことフェンリルの事も話して、俺がギフトを使い過ぎると倒れる可能性がある……というセバスチャンさんの補足も入りつつ、この世界に来てからの説明を終えた。

途中、フェンリルの森を探索するというくだりで、またエッケンハルトさんが取り乱したが、クレアさんとセバスチャンさんがとりなしてくれたおかげで、落ち着いてくれた。

可愛い娘が危険な森の奥へ行くとなったら、確かに父親としては心配するよなぁ……と思いながら、取り乱すエッケンハルトさんが宥《なだ》められる様子を眺めていた。

「……成る程な……タクミ殿の事情はわかった。それにしても、ティルラの病を治すために一人で森に入った事と言い、フェンリルが取り残されて他の魔物達に襲われないよう連れて帰った事と言い、やはりクレアは優しい子だな……それにティルラも無事、病が治ったようで良かったたな……」

俺の色々な話を終えて、娘達の無事を喜ぶエッケンハルトさん。

クレアさんとティルラちゃんを本当に可愛がっているようだけど……公爵家の当主様としてそんな反応でいいのだろうかと、少しだけリーベルト家の事が心配になった。

異世界からとか、マルチーズがシルバーフェンリルにとか、気になる部分は他にもあっただろうに……まぁ、娘を案じる父親としてはそれでいいのかもしれない。

「実際にレオ様といるのだから、タクミ殿が話した内容は信じねばならないだろう。我が公爵家は、シルバーフェンリルと縁が深いからな」

以前、クレアさん達が言っていた事だろう。

初代当主様が、シルバーフェンリルと懇意にしていたという話だな。

エッケンハルトさんは俺が異世界から来た事や、ギフトを持っているという話を信じてくれるようだ。

目の前でシルバーフェンリルがおとなしくしている姿を見れば、信憑性《しんぴょうせい》は高くなるものなのかもしれない。

ギフトの方は、何か植物を栽培してみせれば信じてくれるとは思うが、異世界から来たなんて証明しようがないからな……。

知識くらいなら多少は披露できるかもしれないが、それが異世界からの知識だという証明は当然できない。

疑われたり、証明してみせろだなんて言われなくて、良かったと思っておこう。

「それでだな……タクミ殿。その……レオ様は、本当に人を襲わないのか？」

「大丈夫ですよ。レオは人懐っこいので、むやみに誰かを襲う事はありません。——そうだよな、レオ？」

「ワフ！」

まだ恐れている様子のエッケンハルトさんに笑って頷き、レオにも一応確認するために声をかける。

レオはもちろんと言うように、一声鳴いて頷いた。

「そうか……」

「お父様、レオ様は私達に良くしてくれています。大丈夫ですよ、襲われたりしませんから」

「レオ様は可愛いのですよ！　私を乗せて走ってくれました！」

クレアさんとティルラちゃんもフォローするように、エッケンハルトさんに言葉をかけてくれる。

「ティルラ……レオ様に乗ったのか。……大丈夫だったのか？」

「大丈夫です。レオ様は優しいですから、ちゃんと私が振り落とされないように、気を付けて走ってくれました！」

「ワフワフ」

ティルラちゃんは、レオが気を遣って落とさないような速度で走っていた事に、気付いていたようだ。

その言葉を肯定するように、レオの方も頷いている。

「久方ぶりに、クレアやティルラに会うためここに来たが……シルバーフェンリルがいて、さらにフェンリルがクレアの従魔になっているとはな……」

エッケンハルトさんが悩むように声を出しているが、確かに悩むよなぁと渦中の人間ながら俺もそう思った。

知らない間に、娘が見知らぬ男に助けられて（実際助けたのはレオだが）、その男は誰にも従わないと言われていた、シルバーフェンリルを従えている。

しかも、獰猛《どうもう》な魔物と恐れられているフェンリルまでいて、さらに娘の従魔になっているなんて、悩む事が多くて当然だろう。

ライラさん達の淹れてくれたお茶を飲みながら、ここ最近の出来事をエッケンハルトさんに話す。

事情のほとんどはさっき話していたので、クレアさんやティルラちゃん、セバスチャンさんを交えての雑談といった感じだ。

雑談をする事で、エッケンハルトさんは悩みを誤魔化しているようだったけどな。

まぁとりあえず、俺はエッケンハルトさんに気に入られたようで安心した。

失礼な事をしたらどうしようとか、正装しないとなんて考えていたのが馬鹿々々しく思えてくる程、簡単に信用してもらえたな。

「それにしても、まさかいきなり土下座をするとは思いませんでした……」

「私も驚きました。シルバーフェンリルを敬う……というのは当然としても、まさかあんな事をするとは……」

「あんなお父様、初めて見ました！」

「……娘達に、情けない姿を見せてしまったようだ。だが……これは当然の事なのだ。公爵家というのは関係なくな。相手はシルバーフェンリルなのだから、失礼な事をしてはならない……と思ってな。いや、失礼な事をしてしまっても、まずは謝ってしまおうと考えたのだが……」

「公爵家とは関係なく、ですかお父様？」

「うむ。強大な存在の前では、公爵家という身分など一切関係ない。レオ様……と私が呼ぶのもいいのかどうか……」

雑談の中で、玄関ホールであった事を思い出すように言うと、クレアさんとティルラちゃんも感想を言い合う。

いきなり土下座だもんなぁ……驚くのも当然だろう。

ティルラちゃんに情けない姿を見せてしまった事を、少し後悔しているようだが、エッケンハルトさんとしてはあれが当然の事だったらしい。

相手が魔物だから、身分が一切関係ない……というのはわからなくもないが、少し大袈裟じゃないだろうか……。

というか、レオの事を小さい時から知っている俺からすると、畏まった様子の方が気になる。

それこそ、クレアさん達がずっと様を付けて呼んでいるのも、違和感を覚えるくらいだが……まぁ、そこは仕方ないと思っておこう。

「シルバーフェンリルだとしても、名前で呼んであげて下さい。その方が喜ぶと思いますから」

「……そうなの、ですか？」

「ワフワフ！」

「わかりました。では、レオ様とお呼びさせて頂きます」

「ワウ！」

「っ！」

わざわざシルバーフェンリル、と呼ぶのは長いだろうし、名前で呼んであげる方がレオだって呼ばれやすいだろうと、エッケンハルトさんにお願いする。

俺の言葉を受けて、恐る恐るレオへ聞くエッケンハルトさん。

尻尾を振って、肯定するように頷きながら鳴くレオに、ようやく少し安心したようで、名前で呼ぶ事になった。鳴き声に体をビクッとさせてはいるけれど。

……やっぱり、もう少し女の子らしい可愛い名前の方が良かったかな、と今更ながらに思うが、レオの方はこの名前を気に入って嬉しそうにしている。

大きな体で精悍《せいかん》な顔つきになった今では、確かにレオという雄々しい名前も似合っているか……女の子だけど。

「……さて、話は変わるのだがな？」

レオの呼び方が決まり、さらに少し雑談をしていたら、エッケンハルトさんが唐突に話を切り替えた。

その瞬間、クレアさんとティルラちゃん、セバスチャンさんの顔が強張り、ついに来たか！という表情になった。

「クレア、ティルラ、今回もお見合いの話を持ってきたぞ？　選《え》りすぐりの男達だ……二人が気に入る者もいるだろう」

「……お父様」

「お見合い……」

「旦那様……」

エッケンハルトさんが切り出した話は、やっぱりお見合いの話だったようだ。

クレアさんとティルラちゃんは、溜め息を吐いている。

セバスチャンさんも、エッケンハルトさんにバレないよう、こっそり溜め息を吐いているのを俺は見た。

聞く話によると、持って来られても断るのに苦労するだけだそうだし、溜め息を吐きたくなる気持ちはわかる。

「お父様……お見合いの話ですが……」

「クレアもそろそろ、一度会うくらいはしてみないか？　いつもは話を聞いただけで断るが、会う事で相手を知る事だってできるだろう？」

エッケンハルトさん、今回は特に力を入れている様子。

対応策を話し合っていたはずのクレアさんは、エッケンハルトさんの押しの強さに何も言えなくなり、ティルラちゃんに至っては諦めの表情だ。

ここまで話をしていて、なぜエッケンハルトさんはこんなにお見合いを勧めるのかが、わからない。

クレアさんもティルラちゃんも、両方娘としてしっかり可愛がっているように見えるのに……だ。

……若干、可愛がり過ぎて感情の起伏が激しいようにも見えるが、父親というのはこういうものなのかとも思える。

でも、それならなぜ、娘に多くのお見合い話を持って来るのか。

娘を可愛がっている父親なら、むしろ近付く男を追い払うくらいの考えでもおかしくない……と俺は前の世界で聞いた。

……聞いてみるか。

失礼に当たるかもしれないが、ここまで話をして、エッケンハルトさんはかなり気さくな人柄だと思った。

理由を聞いたくらいで、変に思うような人じゃないだろう。

「えーと、エッケンハルト……様？」

「様なんて付けなくていいぞ、タクミ殿。言い慣れていないのだろう？　それに、レオ様と一緒にいるタクミ殿は、私から見ると公爵家より上の存在だからな」

前に、セバスチャンさんも言っていた気がする。

シルバーフェンリルを従えている俺は、公爵家よりも上だと。

そんな事を言われても、偉ぶるつもりはないし、偉くなったわけではないからなぁ……とりあえず、さんを付けて呼べば大丈夫そうだ。

「えっと、エッケンハルトさん。どうしてそんなに、クレアさんやティルラちゃんにお見合いを勧めるんですか？」

「ん？　クレア達から聞いていないのか？」

「エッケンハルトさんが、色々とお見合いの話を持って来る……というのは聞いていますが、その理由までは……」

「そうか……やはり、クレアは忘れているのだろうな」

「忘れている？　なぜお父様が、お見合いの話を持って来るのか……私は聞いた事がなかったと思いますが……」

クレアさんも、お見合いの話をこれ程までに持って来る理由は知らないようだ。

というより、忘れているってどういう事なのだろう？

「クレア。この話は、そもそもお前が言い出した事なのだぞ？」

「え、私がですか？　……そんな覚えはありませんが……」

……何やら、おかしな方向に話が行っているぞ？

クレアさんも含め、ティルラちゃんやセバスチャンさんは、エッケンハルトさんがお見合い話を沢山持って来るのが厄介だ、という感じの事しか言っていなかった。

それが実は、クレアさんから言い出した事とは……？

「……覚えていないのも、無理はないのかもしれんな」

「お父様、私は何を言ったのですか？」

「あれは何年前だったか……ティルラが生まれたばかりの事だから、十年近く前か。あの頃のクレアは、初代当主様の伝説を聞きたがる事が多くてなぁ」

「……確かに私がティルラくらいの頃は、よく初代当主様の話をせがんでいた覚えがあります」

クレアさんが森の中で話してくれた、使用人達の間で初代当主様の生まれ変わりと噂《うわさ》をされていた頃の事か。

好奇心旺盛で、シルバーフェンリルに対して感情が湧き上がると言っていたクレアさんなら、初代当主様の話を聞こうとしていても何らおかしくないな。

「その頃に話した事なんだがな？　伝わっている話だと初代当主様は見合い結婚だった、とクレアに聞かせてな」

初代当主様は、お見合い結婚だったのか。

まぁ、公爵にまでなった人だし、政略かどうかはわからないがそういう事もあるだろう。

それがクレアさんにお見合い話を持って来るのと、何か関係しているのだろうか？

セバスチャンさんやティルラちゃんは、興味深そうに聞いている。

クレアさんだけは覚えがないのか、先程から首を傾げていた。

「その事を聞いたクレアが、『私もお見合いで結婚をしたい！』と言い出したのだ。もちろん、私は止めたのだが……年齢はもとより、大事な娘をと考えるとなぁ」

「私がそんな事を……」

「クレアお嬢様……」

「姉様……」

エッケンハルトさんの話に、クレアさんは愕然《がくぜん》としている。

覚えのない事とは言え、自分が原因だと知ったのだから仕方ない。

そんなクレアさんを、セバスチャンさんとティルラちゃんが責めるような視線で見ている。

これまで断ろうとして、どれだけ苦労してきたのかがわかる視線だなぁ。

しかしエッケンハルトさんも、俺が知っている父親像に漏れず、娘が結婚というのにはあまり乗り気ではなかったようだ。

やっぱり娘を持つ父親ってのは、似たような感じなのかね。

「私が止めたにも拘わらず、クレアは『お見合いの相手を探して来る！』と言って飛び出してな……そんな突拍子もない行動で、相手を見付けられても困ると思った私は、自ら信用できる相手を選び、見合い話を持って来る事にしたのだ」

「……そんな事が……全然覚えていないわ……」

「原因が、クレアお嬢様の行動力だったとは……」

クレアさん……お見合い相手は自分で外に探しに行くものじゃないですよ……？

これにはさすがに、俺も呆《あき》れ顔でクレアさんを見てしまった。

行動力があるのはいい事だと思っていたが、こんな弊害もあるんだなぁ。

「しかも、クレアは生まれたばかりのティルラの相手も見つけると言ってな？　まだ幼いクレアが、結婚相手の男を選ぶなんてできるわけがないからな。そちらも私が選ぶ事にしたんだ。クレアが暴走すると、私でも止められんからな……」

つまりエッケンハルトさんは、変な相手を連れてきたりしないよう、自分でお見合い相手を選んで、持って来ていたようだ。

「……初代当主様がお見合い結婚をした、という話を聞いたのは覚えています。それに、その後の夫婦仲も良く、幸せに暮らしたとも……ですが、そんな行動をした事を覚えていないなんて」

「……まぁ、それも無理はないのかもしれんな……その後、すぐにあいつが亡くなった事で、しばらくクレアは泣いて過ごしたからな。その事が衝撃で、お見合い関連の行動を忘れていたのかもしれん」

「……お父様があいつと言うのは……お母様の事ですか？」

「うむ」

初代当主様は夫婦円満だったようだ、というのはともかく、クレアさんの母親は亡くなっていたのか……。

そういえばと今気付いたが、クレアさん達から父親であるエッケンハルトさんの話は聞いていたが、母親の話を聞いた事がなかったな。

ティルラちゃんは生まれたばかりだから覚えてないだろうし、クレアさんは辛《つら》い記憶を思い出さないよう、避けていたのかもしれない。

クレアさんが、ティルラちゃんの病を心配するあまり屋敷を飛び出したり、シェリーの事も含めて多少過保護な面があるように思うのは、母親が早くに亡くなっているために、その代わりをと考えていたのかもしれない。

もしくは、病や怪我《けが》で弱っていく様子が、母親と重なったりしたのかもな。

「お母様……私は覚えていません……」

「ティルラは生まれたばかりだったからな、仕方ないだろう」

悲しそうに呟いたティルラちゃんに、優しく声をかけるエッケンハルトさん。

クレアさんは、母親を亡くした時の気持ちを思い出しているのか、少し目を潤ませている。

娘二人を見ながら、エッケンハルトさんが続ける。

「あいつ……私の妻は生まれつき病弱でなぁ。クレアを産んだ時も危なかったんだが、なんとか持ちこたえてくれた。しかし、ティルラの時はどうにもならなくて……そのまま……。しかしな、クレア、ティルラ。あいつは、二人を産めた事に満足していたんだぞ？」

「……そうなのですか？」

ティルラちゃんの問いに、頷くエッケンハルトさん。

「あぁ、二人を産めて幸せだったと言っていたな。あいつが逝ってから、私が二人を立派に育てなければと考えた。幸い、二人共私に似たのか体は丈夫だったのが唯一の救いだ」

クレアさんとティルラちゃんは、エッケンハルトさん似なのか。

……まぁ、容姿に関しては似てないようだけど……あくまで、丈夫さが似たという事だろうな。

「お母様……」

母親が亡くなった時の事を思い出して、涙を流すクレアさん。

まさかお見合いの話を持って来る理由から、クレアさんの母親が亡くなった時の話になるとは思わなかった。

ティルラちゃんの方は、母親の事を覚えていないからか、泣く事はなかったがいつもの元気はなく、しんみりとした雰囲気だった。

俺も人の話とは言え、お世話になっている人の事でもあり、自分の事とも重ねて色々な事が頭をよぎっていた。


——俺の両親は早くに亡くなった。

事故だったらしいが、幼かった俺はその時の状況をよく知らない。

父の兄、つまり俺の伯父にあたる人に引き取られ、そこでは随分と可愛がってもらった。

伯父家族は優しく接してくれたが、俺は実の親じゃない伯父の世話になるのが嫌だった。

反抗期と親恋しさが重なったのかもしれない、と今では思うが……高校進学をきっかけに、バイトをしながらの一人暮らしを始めた。

伯父家族は色々と心配してくれていたが、それを振り切る形でバイトに打ち込んだ。

そうして気付かないふりをしていたが、やっぱり寂しかったんだと思う。

捨てられてか細く鳴いているレオを見つけた時は、心のどこかで安心していたような気がするんだ。

レオが一緒にいてくれたおかげで、寂しさは紛れたが……伯父さん達に恩を返す事ができないまま、この世界に来てしまったな。

仕事を始めたら、今までの恩を返して孝行しようとも考えていたのになぁ……結局仕事ばかりで、何もできていなかった事が悔やまれる。

まぁ、俺の事はここまでにしておこう――。

「……お父様、覚えていない事ではありますが、その時はすみませんでした」

「ははは、お前が初代当主様へ興味があったのは、よく知っているからな。気にしないでいい」

時間が過ぎ、心の整理ができたクレアさんは、エッケンハルトさんに以前の事を謝る。

エッケンハルトさんは笑いながら許し、大きな手でクレアさんの頭を撫でた。

撫でる手付きが優しいのは、俺の目から見てもはっきりわかる。

……やっぱり見た目が怖くても、父親なんだな……おっと、これはさすがに失礼か。

「それでお父様。お見合いの話はなかった事にしてもよろしいでしょうか？　私は、自分の相手は自分で選びたいと思いますので……」

「お前がそう言うなら、そうしよう。今回の相手先には私から断る事にする」

「ありがとうございます」

「ティルラも、それで良いか？」

「私はまだ結婚とかわかりません。だから、今はお見合いをしなくても大丈夫です」

クレアさんが撤回をして、エッケンハルトさんが受け入れる。

ティルラちゃんは、結婚がどんなものかまだわからないみたいだ。

女の子は早熟だと聞くけど、ティルラちゃんは違うようだ。

まぁ、あのくらいの年頃ならわからなくてもおかしい事ではないだろう。

「元々、あいつがいなくなってからは、クレアに男のあしらい方を覚えさせるためとも考えていたからな。実際に会ってという事はなかったが……立派に成長しているのだし、もう必要ないだろう」

「そうだったのですか？」

「うむ。男親だとどうしても、わからない事が多いからな。母親のような女性を目指すと言っていたから、丁度良いとな。もちろん、心に決めた相手を見つけても構わないとは……あまり思っていなかったが、ある程度覚悟はしていたつもりだ」

なんというか、エッケンハルトさんなりに、クレアさんへ親として何ができるかを、考えた結果だったんだろう。

もう少し、親子で話して決めた方が……と傍《はた》で見ている俺は思うが、それも当事者じゃないから考える事なのかもな。

母親が亡くなった前後という事もあり、二人共様々な苦労があったんだと思う。

不器用な親子関係、と言えるのかもしれないが……それを言うなら俺だって、伯父さん達と器用に接していたわけではないから、人の事はあまり言えないな。

「……ありがとうございます、お父様。ですが、今は……」

「ん？」

「ほぉ……？」

エッケンハルトさんにお礼を言いつつ、俺の方へチラリと視線をよこすクレアさん。

ここで俺を見るのに、なんの意味があるのかわからないが、エッケンハルトさんは少し面白そうな声を上げていた。

「なんでもありません。ともかく、私はもうお見合いをする必要はありません。用意してくれたお父様や他の方々には、申し訳ありませんが……」

「私も、お見合いがなくても大丈夫です！」

「……わかった。なに、気にする必要はない、二人が乗り気でないなら意味のない事だしな。それでは、この話はここまでだな。――セバスチャン、私の部屋は用意してあるか？　ここまで、あまり休まずに来たからな。クレア達の顔を見て安心した、一旦休みたいのだが……？」

「はい。既に用意は済んでおります。ですが旦那様、お休みの前にもう一つお話が……」

「む？　珍しいな、お前からそういう事を言うのは。なんの話だ？」

クレアさんとティルラちゃんが揃って頭を下げ、お見合いの話は決着がついた。

遠くから来たばかりなため、疲れた体を休めようとするエッケンハルトさんに、セバスチャンさんからの話。

不思議そうに首を傾げるエッケンハルトさんに対し、セバスチャンさんは俺の方を視線で示した。

もしかして、薬草を販売するという話かな？

「先程の話の中で、タクミ様がギフトを持っているとありましたが……」

「あぁ、あの『雑草栽培』というやつか。シルバーフェンリルを従えているのにも驚いたが、ギフトまで持っているとはな」

やっぱり、俺のギフトを使っての薬草販売契約に関する話のようだ。

ギフトの事は説明してあるが、どういった使い方をしているのか、まだ話していなかったな。

「お父様、タクミさんは様々な薬草を、そのギフトで作る事ができるんです」

「ほう、例えばどんな薬草だ？」

「最初は、ティルラの病を治すためにラモギを作って頂きました。それから、試験的に行ったギフト使用で、ロエを栽培しました」

「ロエ……ロエだと!?　それはあの、高級薬草の事か？」

「えぇ、それで間違いありません。タクミさんはそのロエを、簡単に作りました。私もティルラも、セバスチャンも実際に見て確認しましたから、間違いありません」

ロエって、エッケンハルトさんも驚く程の物だったのか……セバスチャンさんから価値については聞いていたけど……。

それからも、クレアさんとセバスチャンさんによる、ギフトの説明が続いている。

「それに、他にも色々な薬草を作ってくれました」

「タクミ様は、有用なギフトの使い方を研究しているようですな。私も見た事のない薬草も作っておりました。効果の程は、私もクレアお嬢様も確認しております」

森で皆に配った薬草の事だろうな。

思い付いた事を頭に浮かべてギフトを使うと、必ずというわけではないが、ほぼ考えた通りの植物ができる事がわかっている。

まぁ、森から帰ってすぐのように倒れるかもしれないから、使い過ぎには注意が必要なのと、効果にも気を付けておかないといけないけどな。

「ふむ……成る程な。その『雑草栽培』というのは、二人がそこまで言う程有用なギフトなのだな。それで、クレアとセバスチャンは私にどうして欲しいのだ？　まさか、タクミ殿がギフトを持っている、という説明だけで終わるわけではないだろう？」

「はい、お父様。私は、タクミさんと販売契約を結ぶのが良いと考えています」

「タクミ様もそれを望んでおられます。公爵家で売り出す事での利益は、旦那様ならおわかり頂けるかと思います」

「そうか……タクミ殿、クレア達の話は本当か？　確かに有用で、我がリーベルト家にとって大きな利益になるのは間違いないだろう。しかし、ギフトを持っている本人が、納得していない契約を結ぶわけにはいかんからな」

クレアさんとセバスチャンさんの二人で、俺と契約を結ぶ事での有用性を説明。

可愛がっている娘と信頼している執事に頼まれても、俺が納得している事が重要と考えるのは、エッケンハルトさんが人情家だからなのかもしれない。

それで公爵家の商売が上手く行っているのなら、エッケンハルトさんは商売の手腕が優れているというのは確かなんだろう。

以前の世界だと、取引先を無理矢理納得させて、会社の利益を優先させる契約というのも見ているから、ちょっと新鮮だ。

こういった人たちが相手なら、以前みたいな仕事だけの生き方になったりもしないだろう。

「はい。クレアさんやセバスチャンさんが言っているように、公爵家と契約を結びたいと思っています」

「そうか。それは、クレア達に頼まれたからというわけではないのだな？」

「えぇ。クレアさんからは、公爵家と契約する事の利点を教えてもらいました。同時に不利点も。ですが、俺はここで利益ばかりを求める事をしたくありません。そのうえで、この世界やお世話になっている人達の役に立てるなら、その通りにしたいと考えています」

「ふむ……」

俺の意見を聞いて、考え込むエッケンハルトさん。

厳しい目で俺を見ているから、品定めというか、本心で言っているのかを確かめようとしているんだろう。

俺はエッケンハルトさんの目を見返して、逸《そ》らさないように気を付けた。

正直に言うと、粗野な風貌から厳しい目を向けられて結構怖かったんだけどな。

こういう時、取引相手の目を見て逸らさず、自信があるように見せかける……という以前の仕事での経験が役に立った。

「……ははは！」

「お父様？」

「旦那様？」

「ワフ？」

「キュゥ？」

俺と目を合わせたまま、しばらくそのままだったエッケンハルトさんが急に笑い出す。

クレアさん達は、いきなり笑い出したエッケンハルトさんに戸惑っている様子。

レオやシェリーは笑い声に反応して、首を傾げていた。

「私から目線を逸らさず、そこまで言い切るとはな。先程も言ったが、気に入ったぞ、タクミ殿！」

「お父様、それでは……？」

「あぁ、タクミ殿と契約を結ぼう。いや、これは本来、こちらからお願いするような案件だな。しかし、私の容貌と視線から、目を逸らさないとは……中々肝が据わっている」

「……お父様の見た目は、怖がられる事が多いですからね」

エッケンハルトさん、自分が怖い見た目だって自覚しているのか……。

確かに迫力があって、目を逸らしたい衝動に駆られたのは確かだけど。

それはともかく、これで薬草の販売契約は結ぶ事ができて、この世界での収入に繋がる仕事ができそうだ。

後は、代わりに支払ってもらった、街での買い物とかお金を返す事も考えないとな。

「セバスチャン、契約の条項等を確認してタクミ殿に渡してくれ。これは公爵家に、多大な利益をもたらす重要案件だ」

「畏まりました……」

「お父様、タクミさんにちゃんと報酬を用意して下さいね？」

「それは当然だろう。報酬を用意しなければ、ただの搾取になってしまう。リーベルト家はそんな事を絶対にしない。それは公爵家としても、商売としても信頼を損なう事になるからな。タクミ殿は大した男のようだし、軽く屋敷が建つような報酬を用意したいところだ。はっはっは！」

「いやあの……普通の報酬でいいですからね？」

エッケンハルトさんに気に入られたのはいいが、過剰な報酬をもらっても困る。

だけどとりあえずは、この世界での生活基盤へと繋がる話に、俺は安堵《あんど》の溜め息を漏らした。

エッケンハルトさん達との話を終え、一度部屋に戻る。

「ふぅ……なんとか話はまとまったかぁ」

「ワフ」

エッケンハルトさんに対して、会う前の緊張感はすぐになくなったが、やはり相手は貴族の当主様。

それに、風貌から迫力がある人だ、知らず知らずのうちに肩に力が入ってしまっていたんだろう、少しだけ肩が張っている気がする。

肩凝りとか、久しぶりだなぁ……これも『雑草栽培』の薬草でどうにか……いや、無駄に使うのは止めておこう。

これくらいでどうこうなるとは思わないが、また倒れてしまわないよう気を付けないとな。

「ワフワフ」

「んー？　どうしたレオ？」

肩を回しながらベッドに座って、軽く凝りを解《ほぐ》していると、レオが顔を寄せてきた。

「ワフ、ワフ」

何やら、構って欲しいと言っているようだ。

「よしよし……」

「ワフワフ」

俺が手を伸ばして頭を撫でてやると、尻尾を振って喜んでいる様子のレオ。

夕食までもう少し時間があるから、しっかり遊んでやろう。

あ、そういえば……。

「レオ、街に行った時は、食べ物に向かって行きそうになっていたな？」

「ワ、ワフゥ……」

街での事を思い出し、注意をする。

つい……とでも言うように鳴きながら、しょんぼりして尻尾を垂らしたレオに、続けて褒めながら優しく撫でる。

「でも、ちゃんと俺やライラさんの制止で走り出さなかったから、偉いぞ？」

「ワフ！　ワフ！」

でしょ！　でしょ！　と目を輝かせたレオは、尻尾をブンブン振って嬉しそうにしながらもっと褒めて欲しそうにしていた。

好物へと走り出さないように、教え込む必要はあるだろうが、まずは暴走しなかった事を褒めないとな。

ティルラちゃんがよくするように体全体でレオに抱き着き、あご下や耳の付け根をくすぐるように撫でたり、体全体をガシガシ撫でてやる。

構ってもらえるのと褒められるので、レオはご満悦の様子。

ふと撫でている途中、レオの毛が大分汚れている事を思い出した。

森の中を探索していたからな……川で泳いだりしたとはいえ、汚れるのも当然か。

「レオ……随分汚れてきたな？」

「ワフ!?」

俺がレオの毛を触りながらボソッと呟くと、体をビクッと震わせて硬直した。

何を言おうしているか、わかったみたいだな。

レオが嫌がったとしても、汚れたままにはしておけない……俺は硬直したままのレオに告げる。

「夕食の後、風呂に入るからな」

「……ワフゥ」

俺から告げられた予想通りの言葉に、レオはしょんぼりと頭を項垂れさせた。

落ち込んでしまったレオを慰めるように撫でていると、部屋の扉がノックされる。

どうしたんだろう……夕食まではまだ時間があると思うけど。

「はい？」

「タクミ様、お時間はよろしいでしょうか？」

扉の外から聞こえたのはセバスチャンさんの声、何かあったのかな？

「大丈夫ですよ」

「失礼します……。おや、レオ様とお遊び中でしたか？」

「はい。最近あまり、構ってやれてなかったですからね。寂しそうにしていたので」

「ワフゥ」

「そうですか、それは良い事ですな。しかし、レオ様が少々落ち込んでいる様子ですが……」

「あぁ、レオの毛が大分汚れて来ましたからね。そろそろ風呂に入れる、と言ったらこうなりました」

「ほっほっほ、それは仕方ないですな。清潔に保つのは重要な事です。それに、レオ様の綺麗な毛並みは手入れされてなお、輝く事でしょう」

「そうですね。レオ、セバスチャンさんもこう言っているんだから、嫌がらずに風呂に入るぞ？」

「……ワフ」

項垂れながら、仕方なさそうに頷くレオ。

前回である程度要領がわかったし、屋敷の風呂にも慣れたから、今回は手早く済ませられるように頑張ろう。

あれ？　レオの話になったけど、セバスチャンさんはなんでこの部屋に来たんだ？

「セバスチャンさん、何か用があったのでは？」

「おぉ、そうでしたな。タクミ様、こちらを」

「……これは？」

用を思い出したセバスチャンさんから、数枚の紙を渡される。

A4くらいのサイズで小冊子のようになっていて、それぞれにびっしりと文字が書きこまれていた。

軽くその字を見てみると、どう見ても日本語とは違う言語で書かれているのがわかるのに、ちゃんと日本語として読み取れた。

どうしてなんだろう……？　そういえば、言葉も通じているしな。

異世界に来た時にギフトが使えるようになった事と同じで、何かしらの能力かもしれない。

理由もわからないので、今はとりあえず頭の片隅に置いておくだけで深く考えない事にした。

考えても、わからなさそうだからな。

「それは公爵家との契約書になります。タクミ様の場合は薬草の販売を委託されるので、それに関する条項と、報酬に関してです。旦那様も私達も、そしてタクミ様も契約を結ぶ事を承諾しておりますが、こうした事の確認はしておりません。なので、そちらをよく読んで頂き、タクミ様が同意される場合に契約の締結となります」

「そうなんですね。わかりました、読ませて頂きます」

さっき客間で話した時点で、契約が結ばれたものだと思っていた。

まぁでも、こういう事はちゃんとお互い確認して契約しないと、口約束のようなものだけでは後々トラブルになってしまうかもしれないからな。

レオを撫でていた手を離し、セバスチャンさんから渡された契約書を手に、ベッドへと腰を下ろした。

「書かれてある内容を、しっかり確認して下さいませ。何か質問や、変更して欲しい点などがあれば私に。あと……旦那様？」

「う、うむ……」

「……エッケンハルトさん？」

書類を渡して用は終わりかと思っていたら、セバスチャンさんに呼ばれて部屋の入り口からエッケンハルトさんが顔を覗《のぞ》かせたが……おどおどしているような、怯《おび》えているような雰囲気なのは、もしかしなくてもレオに対してだろうか？

「た、タクミ殿。改めて、クレアを救ってくれた事、ティルラの病を治してくれた事、礼を言わせてくれ」

「いえ……実際に助けたのはレオですし、ティルラちゃんに関しても、意識しないうちにギフトを使った結果なので……お礼なんて……」

「そ、そうか。うむ。まぁ、父親として娘を助けてくれた恩人だ。タクミ殿がそう思っていても、受け入れておいてくれ」

「……わかりました」

ゆっくりと部屋に入ってきたエッケンハルトさんは、俺にお礼を言って頭を下げる。

チラチラと、おとなしく伏せをしているレオの方へ視線が行って、腰が引けているようにも見えるのは、気にしないでおこう。

ともあれ、実際にオークを倒したのはレオだからな……わざわざお礼を言われてもと思ったが、受け入れてくれとまで言われたら、固辞する事もないだろう。

「感謝する。……そ、それでなのだがな？」

「はい？」

「れ、レオ様は、怒ったりはしていないか？」

「レオが怒る、ですか？　いえ、そんな事はありませんけど……なぁ、レオ？」

「ワフ」

「そ、そうか。それは良かった……本当に……ふぅ……」

緊張状態だったのか、レオが怒っていないと聞いて、安堵の溜め息を吐くエッケンハルトさん。

なぜかはわからないが、エッケンハルトさんはレオが怒っていると思っていたから、怯えている様子なのだろうか？

「旦那様、先程伝えましたでしょう？　レオ様もタクミ様も、身勝手に怒るような方ではないと……」

「そうなのだがな？　一応、自分でも確認しておかないとと思ってな。失礼な事をしてしまったのではないかと。すまない、タクミ殿、レオ様、おかしな事を言ってしまった……」

「いえ、全然構いません。――レオも、大丈夫だよな？」

「ワウ！」

「偉いぞー、レオー」

「ワフー」

「仲がよろしいでしょう？　旦那様、この通りです」

「セバスチャンの言う通りだったようだな。正直、信じられないという思いもまだ消えないが……納得しておこう」

もしかしなくても、エッケンハルトさんは初対面で、俺の肩をバシバシと叩いた時の事を気にしていたのかもしれない。

あの時、クレアさんが止めてからではあるが、レオが割って入って来たからな……怒っていると見てもおかしくはない……かも？

なんにせよ、俺やレオが怒っていない事を確認し、ホッとした様子で部屋を出て行ったエッケンハルトさん。

俺とレオはただ見送るだけだったが、セバスチャンさんはその背中に「大丈夫と申したはずですのに……」と呟いていた。

それと、「やはりシルバーフェンリルに詳しいと、心配になるのもわかりますが」とも呟いていたのが印象的だった。

……シルバーフェンリルの事を知っていれば知っている程、畏怖を感じるものだったりするのかもしれない。

公爵家の初代当主様はともかく、本来は最強の魔物で、誰にも従わないらしいからな……。

「旦那様は納得されたので、もう大丈夫でしょう。それでは、私もこれで……」

「はい。こちらは、夕食までに全部確認しておきますので、何かあればその時に聞きますね？」

「はい、それでよろしいかと思います。では……」

セバスチャンさんも部屋から退室し、契約内容を確認するため、渡された用紙を読み始めた。

訪問者があって話が中断したが、レオは風呂に入るのが決定した事を思い出し、丸まってふて寝。

……夕食になれば、機嫌は直るだろう。

「ふむ……成る程ね……」

こういった契約書の類は、仕事をしていた時に何度も見た事がある。

その時見た内容と比べながら読み進めているが、公爵家との契約内容は、随分と俺を優遇してくれる内容となっていた。

この世界の事を色々知っているわけじゃないから、多少はわからない部分があるが、それはまた後でセバスチャンさんに聞けばいいか。

……魔物や盗賊に襲われた際の対応、とか書かれていてもね……。

多分、輸送中の販売物が紛失した時の補償、とかそういう事なんだと思うけど、もし俺の考えている事と違ったらいけないしな。

公爵家がちゃんとした対応をしてくれているんだから、俺もちゃんと内容を把握して対応しないと失礼だと思う。

わからない部分や、質問したい部分はちゃんとチェックしておこう。

あ、チェックするのに書き込むような物が欲しいな……そういえば、以前の買い物でペンを買っていたっけ。

俺はベッドから立ち上がり、机に置いていたペンを持つ。

ペンは前の世界であったような万年筆ではなく、羽ペンになっていて、インク壺《つぼ》とセットになっている物だ。

高級感はあるが、使い慣れないペンで、なんとか契約内容をチェックしていった。

それからしばらく、ライラさんが夕食の時間だと呼びに来るまで、内容を読み込んだ。

おかげで、ほとんどの契約内容が頭に入ったぞ。

ライラさんと一緒に、ふて寝していたレオを起こして、契約書を忘れずに持ち、食堂へ――。

食堂に入ると、既にエッケンハルトさん、クレアさん、ティルラちゃんが揃って座っていた。

一緒に食堂に来たライラさんに促され、いつも座っている椅子に座る。

クレアさんは気にしないと言っていたからいいけど、エッケンハルトさんがいる時でも自由に座っていいのだろうか？

テーブルにつく順序とか、よく知らないからなぁ、うーむ……。

「タクミ殿、楽にしてくれ。私は、マナーや細かい事を気にするのは嫌いだからな」

「……はい」

俺がテーブルについても落ち着かずにいると、エッケンハルトさんにマナーを気にしているのを見抜かれた。

クレアさんもそうだが、エッケンハルトさんも気にしないというのならいいか。

もしかすると、マナーをろくに知らない俺にも、嫌な顔をせずクレアさんが接してくれるのは、父親のこういう姿を見て育ったからかもしれないな。

皆が集まってすぐ、料理をワゴンに載せてヘレーナさんが食堂へ入る。

料理長であるヘレーナさん自ら配膳をし、エッケンハルトさんに料理の説明をしていた。

今日の料理は肉がメインで、分厚いステーキが美味しそうなソースと一緒にお皿に盛られ、皆の前に並ぶ。

いつもよりメニューに肉が多いのは、エッケンハルトさんが来た事による、歓迎の料理なのかもしれない。

もちろん、レオの前にはさらに山盛り……というより山積みのソーセージ。

付け合わせとして、ヨークプディンもある。

デザートには、甘いバタークリームを載せたヨークプディンとの事だ。

……もしかしたら、クレアさんからのリクエストかもしれない。

「では、食べようか」

「頂きます」

エッケンハルトさんの言葉を合図に、それぞれが料理を食べ始める。

まずはと、目の前の分厚いステーキに取り掛かった。

ナイフとフォークを使って食べるステーキは、今まで食べた事のあるどの肉料理よりも美味しかった。

こんなに柔らかい肉、食べた事がない……ソースも濃厚で美味しい。

肉が上等なのか、料理人の腕が凄《すご》いのか……どちらにせよ、ヘレーナさんが頑張ったのは間違いないだろう。

「……お父様……もう少し、行儀良く食べませんか？」

「んお？　……ん、ゴク。……はっはっは、肉は豪快に食べた方が美味《うま》いからな！」

クレアさんから注意する言葉が聞こえたので、エッケンハルトさんの方を見てみると……そちらでは、ナイフを使わずフォークを分厚い肉に突き刺し、そのまま持ち上げて齧《かじ》り付いているエッケンハルトさんの姿があった。

……前もって聞いていたが、本当にエッケンハルトさんは豪快な人のようだ。

レオもエッケンハルトさんと同じように、豪快に顔を皿へと突っ込んで肉やソーセージを食べているが、それと似たような勢いだな。

ちなみにシェリーは、ティルラちゃんの隣の椅子に小さい台が置かれ、その上にお座りしてテーブルの上の物を食べられるようにしてある。

その前には皆と同じようにステーキが置かれており、それをちまちまと端から少しずつ食べていた。

……レオもこれを見習ったら、口の周りがあまり汚れなくなるんだけどなぁ。

「はぁ……いつもの事ですけど、お父様と一緒に食事をしていると、行儀を気にして食べているのが、おかしい気がしてしまいます」

「はっはっは。美味い料理は一気に食べるに限るからな！　これでも、さすがに公の場だとちゃんとしているんだぞ？」

「だといいのですけど……」

クレアさんから、溜め息を吐きながらのお小言をもらっても、笑い飛ばしてまた肉に齧り付くエッケンハルトさん。

まぁ、公爵家の当主様なんだから、公の場ではちゃんとしているんだろうと思う。

ヘレーナさんは、エッケンハルトさんが言った美味い料理というのに反応して、「恐縮です」と頭を下げていた。

力を入れて作った物が褒められたからか、嬉しそうだ。

エッケンハルトさん程豪快にとは言わないが、俺も美味しい料理をたらふく頂いた。

もちろん、デザート用の甘いヨークプディンも、美味しく頂くのを忘れない。

……ここでお世話になり続けていると、料理が美味し過ぎて太ってしまいそうだな。

「タクミ様、先程渡した用紙の内容には、目を通して頂けましたでしょうか？」

「あ、はい。全部読んで確認しました」

食後、ライラさんの淹れてくれたお茶を飲みながら休憩している時、セバスチャンさんに声をかけられた。

エッケンハルトさんの食べ方や、美味しい料理に意識を取られて忘れていたが、契約という大事な事があったんだった。

「タクミ殿、私も確認したが、あの契約内容で大丈夫か？」

「それなんですが、少し質問をしてもよろしいでしょうか……？」

「はい、なんなりと。わからない事や、変更して欲しい事があれば仰ってくださいませ」

「えーとですね……」

その後しばらく、セバスチャンさんをメインに、エッケンハルトさんも交えて契約内容の確認をした。

どうしてもわからない事の質問も、ついでにだな。

変更して欲しい事は特になかったんだが、一つだけ気になる事があった。

「その……最後に一つだけいいですか？」

「はい、どうなさいましたか？」

「……この契約内容ですけど、俺に対して有利な内容が多い気がするんです」

「その事ですか……ふむ。旦那様」

「あぁ。ちゃんと内容を読んでいるのがわかるな、さすがだ」

エッケンハルトさんにさすがと褒められているようだが、契約内容というのはちゃんと読まないとな。

後で思わぬトラブルがあった時に、困る事になる可能性もあるから。

というか、実際に以前の仕事でトラブルはあったしな……同僚がやらかした事だけど。

「タクミさん、その契約内容は私とセバスチャンで協議をして決めました。そして、先程お父様にも見てもらっています」

「そうです。この契約に関して、タクミ様に有利な条件というのは、それだけ公爵家に利点があると見込んでの事なのです」

「タクミ殿、薬草販売という分野は今まで、公爵家では行《おこな》って来なかった分野なのだ。そして、『雑草栽培』というギフトがある以上、その品質や量は約束されたようなもの。つまりは、それだけタクミ殿に有利な条件を出してでも、公爵家で契約を結びたいと思っているのだよ」

「そうなんですか……」

俺としては、ここまで有利になるような条件でなくても、お世話になっている人達のためになるなら、契約を結んでいいと思っているんだけど……まぁ、そう言ってくれるならこのままでいいか。

あーでも、一つだけ追加して欲しい事があるな。

「タクミ殿の事を知れば、他の貴族達を始め、商人も黙ってはいないだろうからな……」

「だから、できる限りの条件を出して、公爵家と契約を結んで欲しいと思っています」

「タクミ様、どうでしょうか？」

「……そうですね……正直、ここまでいい条件で契約ができるとは思っていませんでした。……けど一つだけ、条件を足してもいいですか？」

エッケンハルトさんの言葉を継いで、クレアさんからお願いされるように話される。

エッケンハルトさんやクレアさんの意気込み、という事なのかもしれないな。

だけどもう一つだけ、俺に有利な条件を追加して欲しい。

この契約書には書かれていない事、だけど俺には重要な事でもある。

「なんでしょうか？　多少の事ならば、融通できると思いますが……？」

「……えーと、もうしばらくでいいので……この屋敷でお世話になれるようにして欲しいかなぁ……と……」

「「「……」」」

セバスチャンさんの融通できると言う言葉を信じて、追加して欲しい条件を口にしてみた。

自信がなさそうな言い方になってしまったのは、お世話になる事への申し訳なさが原因かもしれない。

皆は、なぜかポカンとして俺を見ていた。

あ、レオは牛乳を飲むのに夢中だし、ティルラちゃんは牛乳を舐めるように飲んでいるシェリーに夢中だから、別だな。

しばらく、俺を含めた四人が沈黙した。

数秒後、何がおかしかったのか、エッケンハルトさんが大きな声で笑い始める。

「はっはっはっは！　はっぁーっはっはっは！」

「……はぁ……どんな条件かと、身構えて損した気分です」

「……タクミ様らしいと言えば、そうなのかもしれませんな？」

エッケンハルトさんの笑い声が響く中、クレアさんとセバスチャンさんは半ば呆れたように話す。

え？　そんなにおかしな事言った？

この世界で他に頼れる人がいない俺にとっては、重要な事なんだけど……。

まだお金も持ってないから、当然宿にも泊まれないし、そもそも食事もできないだろう。

レオに頼んで、オークを狩ってもらえばなんとかなるかもしれないし、森探索で野営を経験した事を生かせばとも思うが……できれば、ちゃんとした生活をしたい。

皆の反応に対し、内心でそんな事を考えていると、エッケンハルトさんが笑いながら言った。

「ははは！　やはりタクミ殿は面白い男だ。いいぞ、好きなだけ屋敷にいてくれ。メイド達に世話もさせるからな。……なんなら、本邸の方でも構わんぞ？」

「タクミさんなら、いつまでも屋敷にいてくれて構いません。シェリーの事もありますし……タクミさんがいてくれた方が安心です」

「……契約の内容とは関係なく、私共使用人達も、タクミ様がしばらくこの屋敷にいるのは当然の事と考えていましたが……旦那様、これは契約内容に含める事でしょうか？」

「いいや、含めなくていい。タクミ殿の事は気に入ったからな。契約関係なく、屋敷には好きに滞在しても良いとしよう。それこそ、ここだけでなく本邸でも同じくだ。爺《じい》には私から伝えておこう」

「畏まりました」

「えーと……いいんですか？」

皆の言葉を総合すると、俺は既に屋敷で受け入れられているようだ。

むしろセバスチャンさんの言い分的には、何も言わなくても屋敷に住まわせてくれるつもりだったみたいだな。

契約関係なしで、この屋敷にいられるとまでは思ってなかった。

レオも含めて食費やら何やらがあるから、いつ追い出されてもおかしくないと思っていたんだけどなぁ。

思っていたよりも、リーベルト家の人達は懐が深いらしい。

「それではタクミ様、これで公爵家との薬草販売契約は締結、という事でよろしいですかな？」

「はい。お願いします」

セバスチャンさんからの確認に頷き、ライラさんが持ってきた用紙にサインをし、俺は公爵家と契約を結んだ。

ちなみに、サインは日本語で自分の名前を書いたはずなのだが、文字が読めた時と同じようになぜかこの世界の文字で書かれており、皆にも読めるようになっていた。

……いつかこの疑問がわかる時が来るのかな……？

そのうち、セバスチャンさんに相談して調べてみるのも良いかもしれないな。

こういう謎の解明はセバスチャンさんが好きそうだ。

契約締結後、しばらくゆっくりとお茶を飲む時間を過ごし、それぞれが部屋に戻る。

エッケンハルトさんはここまで来た疲れがあるようで、早々に寝るらしい。

クレアさんとティルラちゃんは、シェリーと遊んであげるみたいだが、あまり遅くまで起きて、明日の朝寝坊しなければいいけどなぁ……特にティルラちゃん。

俺の方は、レオを風呂に入れないとな。

レオは満腹になって風呂の事を忘れているのだろう、機嫌良さそうに尻尾をゆらゆらと動かしながら、俺に付いて歩いている……向かう先が、風呂場だと気づかずに……。

「レオ……忘れているだろうが、これから風呂に入るぞ？」

「ワフ!?　ワフワフ！」

体をビクッとさせたレオは、嫌がるように首を振る。

「嫌がっても駄目だからな。ちゃんと綺麗にしておかないと、シェリーにも示しがつかないだろ？　ほら、風呂に行くぞー」

「ワフゥ……ワフ」

ちょっと卑怯《ひきょう》かもしれないが、シェリーの名を出した事でレオは納得したようだ。

姉の心境なのか、はたまた母の心境なのか、レオはシェリーを可愛がっていると同時に、躾《しつ》ける事に関心があるようだから、シェリーの見本にならない事はしないだろう。

心の中で悪い事をしたかな？　と思いつつも、しょんぼりとしたままのレオを連れて、風呂場へと入った。

もちろん、食堂を出る前にライラさんに伝えてあるので、後からタオルを持って来てくれるはずだ。


風呂に入って約一時間、レオの毛を洗って汚れを落とす。

待機してもらっていたライラさんにお願いして、以前と同じようにレオを拭いてもらった。

レオが拭いてもらっている間に、俺は湯船に浸かって体を温める。

森にいる時でも体を拭く程度の事はしていたが、川の冷たい水だったからなぁ。

やっぱり日本に生まれた者として、温かいお湯に浸かるのは癒される。

風呂から上がって、綺麗になったレオを連れて部屋に戻る。

嫌いな風呂を我慢して入ったために、ぐったりしてしまったレオを撫でて慰めた後、ベッドに入った。

今日は公爵家当主様と対面し、契約という緊張するイベントをこなしたため、精神的に疲れていたんだろう。

横になった途端、眠気が津波のように襲い掛かり、抗《あらが》う事なく眠りに就いた。

第三章　通貨と剣の勉強をしました

翌日、朝の支度を済ませた頃にティルラちゃんが部屋に来たので、一緒に食堂へ。

「ワフ、ワフー」

「キャゥキャゥ！」

「レオ様、綺麗《きれい》になりましたねー？」

レオは、ティルラちゃんを背中に乗せてご満悦の様子。

シェリーもティルラちゃんに抱かれながら、レオに乗れて喜んでいるようだ。

ティルラちゃんは、風呂に入って綺麗になったレオの毛を撫《な》でて喜んでいる。

昨日風呂に入れて良かった……手入れされたレオの毛は、触り心地がいいからな。

そういえば、フェンリルはシルバーフェンリルより小さいとは聞いているけど、もしシェリーが育って人を乗せられるようになったら、ティルラちゃんは喜ぶだろうか？

今は抱かれているだけのシェリーが、大きくなったティルラちゃんを乗せている姿を想像しながら、屋敷の廊下を歩く。

ただ、想像の中で成長したシェリーはレオに似ていたし、ティルラちゃんに至っては髪の色が違うだけでクレアさんそっくりだった。

……俺の想像力って、結構貧困だなぁ。

食堂に到着して中に入ると、ライラさんが既に扉の横で朝食時のお茶セットの載ったお盆を持ち、待機していた。

ライラさん、さっきまで俺の部屋の前で待機していたはずなんだけどなぁ……？

確かに挨拶した後は先に食堂へ向かったけど、もうお茶の用意を終えているなんて。

本当にこの屋敷の使用人さん達は、どうやって移動しているんだろう？

なんて事を考えつつ、先に待っていた人達に挨拶をする。

「おはようございます、クレアさん、セバスチャンさん」

「タクミさん、おはようございます」

「おはようございます、タクミ様」

いつものようにテーブルについたあたりで、朝食が運ばれてきて配膳されていく。

ついでに、ライラさんが用意してくれたお茶もだ。

「あれ？　エッケンハルトさんは？」

「……お父様は昨日までの疲れを取るとかで、まだ寝ています」

「旦那様は朝が弱いですからなぁ……朝食を抜かれる事もよくあります」

「そうなんですか」

「お父様は寝坊助《ねぼすけ》さんです」

食堂にいないエッケンハルトさんの事を聞くと、クレアさんとセバスチャンさんがやれやれといった様子で教えてくれた。

失礼かもしれないが、歳《とし》を取ると疲労が抜けにくくなるらしいからな……エッケンハルトさんがいくつなのかは知らないけど。

クレアさんくらいの子供がいるなら、四十代くらいかもな。

しかしティルラちゃん……寝坊助なんて言葉、この世界にもあるんだね……。

「お父様の事は放っておいて、朝食を頂きましょう」

「はい。……頂きます」

「はーい」

「ワフー」

「キャゥ」

当主様であるエッケンハルトさんを放っておくのは少し気が引けたが、起きて来ないのなら仕方がない。

クレアさんからの当たりが強い気もするけど、年頃の娘さんは父親に対してこういうものなのかもしれないな。

元気に返事をするティルラちゃんとレオ、シェリー達に続くように、俺も美味《おい》しそうな朝食を頂く事にした。

ヘレーナさん、今日も美味しい料理ありがとうございます。

心の中でお礼を言って、お腹いっぱいになるまで朝食を楽しんだ。

食後のデザートには、昨夜と同じくヨークプディンにバタークリームを載せた物が出た。

多分、またクレアさんのリクエストなんだろうけど……太ったりしないか少しだけ心配だ。

デザートも食べ終え、食後のティータイムでのんびりしていたら、突然食堂の入り口が勢いよく開いた。

「ワフ⁉」

「キャゥ？」

レオとシェリーはその音に驚いて、声を上げながら入り口を見る。

声は出さなかったが、もちろん俺も驚いた。

「おはよう！　クレアにティルラ。それにタクミ殿も揃《そろ》っているな！」

「おはようございます、お父様……」

「お父様、おはようございますー！」

「おはようございます、旦那様……」

「……おはようございます、エッケンハルトさん」

「……ワフゥ」

「キャゥ」

朝が弱いとは思えないくらい、高いテンションで食堂に入って来たエッケンハルトさんは、食堂の外にまで響き渡っているんじゃないかと思うくらい、大きな声で挨拶をした。

いや、挨拶は大切だと思うけど、そこまで大きな声でなくてもいいんじゃないかな。

クレアさんとセバスチャンさんは溜め息を吐《つ》くように、ティルラちゃんとシェリーは元気よく挨拶を返す。

レオだけは「なんだお前か……」とでも言うように、やれやれと声を漏らすだけだった。

……レオ、一応この屋敷で一番偉い人なんだから、ちゃんとした挨拶を返した方がいいと思うぞ？

「旦那様、朝食はどうなさいますか？」

「いや、朝食はいい。――それより、タクミ殿」

「はい？」

セバスチャンさんから朝食をどうするか聞かれたエッケンハルトさんは、それを断りつつ俺に声をかけてきた。

扉が開く大きな音に、驚いた心臓を落ち着かせるようにしながら飲んでいたお茶のカップをテーブルに置き、エッケンハルトさんへと顔を向ける。

「タクミ殿の『雑草栽培』なのだが、実際に見せてもらう事はできるか？　昨日はその能力を確かめもせずに契約してしまったからな」

「お父様……」

「旦那様……」

クレアさんとセバスチャンさんが、溜め息を吐きながらエッケンハルトさんを見ている。

まぁ、別に隠す事でもないし、契約を結んだんだから見せるのを躊躇《ためら》う理由もない。

「わかりました。それじゃあ、これから裏庭でお見せします」

「おお、そうか！　見せてくれるか！」

エッケンハルトさんの、ワクワクするような輝いた目を向けられて断れるわけがない。

断る気もなかったけどな。

俺が頷《うなず》くと、エッケンハルトさんは満面の笑みで喜ぶ。

クレアさんやセバスチャンさんが溜め息を吐いて、さらにジト目なのもお構いなしだ。

豪快という話は聞いていたが、どちらかと言うと、興味を持った事以外の細かい事は気にしない、少年みたいな人だなと思った。

もしかしたら、こういう所もクレアさんに遺伝しているのかもしれない。

クレアさんも、好奇心旺盛だからなぁ。

セバスチャンさんも興味を持った事には、前のめりだし……なんだろう、公爵家……大丈夫かな？

俺が心配しても仕方ない事だろうけど、近くにいる人達だからつい心配してしまう。

それから約三十分後、食後のお茶をしっかり楽しんでから、俺達はエッケンハルトさんと一緒に裏庭へ。

「タクミ様、こちらを」

「これは……注文書ですか？」

「はい。まずは……となりますが、タクミ様に栽培してもらう薬草を纏《まと》めました」

裏庭に出てすぐ、セバスチャンさんから渡された用紙には、薬草の種類と個数が書かれており、それを納品する事でいくらの報酬が得られるかも書いてあった。

ふむ、ロエが葉っぱ一枚で金貨五枚……か。

この世界の通貨価値がどうなっているのかわからないから、高いのか安いのかわからないな。

今度、誰かに聞いておかないと。

しかし、この注文書に書かれている個数は……。

「セバスチャンさん、数が少ないような気がするんですが？」

俺が『雑草栽培』を使えばほんの数秒……かかっても数十秒で一つの薬草ができる。

それはよく見ているセバスチャンさんも、わかっているはずだ。

ロエが十で、それ以外の薬草が八種類、数がそれぞれ二十と書かれているが、『雑草栽培』ならすぐに終わると思う。

「それに関しては、先日タクミ様が倒れられた事を考えましてな？」

「タクミさんに無理をさせないためですね。どれだけ能力を使えば限界が来るのか、まだわかっていません。安全のためにも、様子を見ながらと。それに、タクミさんは『雑草栽培』の研究をしようと考えています。それなら研究をするためにも、余力は残しておいた方がいいでしょう？」

「……そこまで気遣ってくれていたんですね。ありがとうございます」

契約内容で俺に有利な条件といい、俺をこの屋敷に住まわせてくれている事といい、本当にありがたい限りだ。

以前の研究から考えるともっと数が多くても大丈夫だろうが、今はクレアさんとセバスチャンさんの気遣いに甘えよう。無理して前の仕事の時のようになったらいけないからな。

「なんだ、クレア。タクミ殿には、随分優しいのだな？」

「そ、そんなんじゃありません！　これは、セバスチャンと相談して決めた事です！」

「いえ、これはクレアお嬢様が……」

「ちょっと、セバスチャン！」

「……失礼致しました。ほっほっほ」

顔を真っ赤にさせて叫ぶクレアさん。

エッケンハルトさんはニヤニヤしているし、クレアさんに言葉を止められたセバスチャンさんも同じような顔をしている。

なんだか二人とも、似たような雰囲気だな……これは危険な気がする。

「えぇと、それじゃあ『雑草栽培』をお見せしますね？」

「ワフ！」

「レオは……ティルラちゃんやシェリーと遊んでなさい」

「ワフ……」

「レオ様と遊びます！」

「キャゥ！」

何が危険かもわからない気配を感じ、話を中断させて『雑草栽培』を試そうとすると、レオが主張するように吠《ほ》えた。

もしかしたらレオは、『雑草栽培』を使う俺を心配しているのかもしれないが、大丈夫だ……というか、これぱっかりはレオにやれる事はないしな。

少ししょんぼりしてしまったようだが、ティルラちゃんが体に抱き着き、シェリーがレオの背中にジャンプして乗った事で、気を取り直したみたいだ。

そのまま俺達から離れたレオは、ティルラちゃんとシェリーを背中に乗せて裏庭を走り始めた。

「……本当に、ティルラを乗せて遊ぶんだな。シルバーフェンリルなのに……」

「レオは人懐っこいですし、子供好きですからね」

「よくティルラの遊び相手をしてくれていますよ」

レオが主張してきた時に、体をビクッとさせて少しだけ距離を取ったエッケンハルトさんが、改めて俺に近付きながら呟《つぶや》く。

まだレオに対して、恐怖心があるんだろう。

シルバーフェンリルの強さを知っている人程、恐怖の対象となるのかもしれないから、すぐに慣れるとはいかないか。

そのうち慣れてくれるといいな……レオがいつまでも怖がられていたら、かわいそうだ。

「さて、では……『雑草栽培』を使います」

「……わかった」

俺は部屋から持って来ていた、薬草について書かれた本を片手に持ち、少しだけエッケンハルトさん達から離れる。

まだ薬草について全て覚えたわけじゃないから、本を見ながらだ。

まずは、ロエの栽培……これは本がなくても、アロエと同じ形だからすぐに思い浮かべられるな。

ロエの形と効果を思い浮かべながら地面に手を突き、『雑草栽培』を使う。

それが終われば、セバスチャンさんから渡された用紙に書かれている薬草を、本の中から探し出して参考にしながら、作り始める。

しばらく集中して、薬草を作り続けたおかげで、俺の周りには小さい草原のような、薬草畑ができていた。

「えっと……これで書かれていた薬草全部、ですかね？」

「確認します」

薬草を踏まないように気を付けながら小さな薬草畑から離れ、セバスチャンさんに聞く。

セバスチャンさんは俺に渡した用紙と同じ物を取り出し、それを見ながら薬草の種類と個数の確認を始めた。

「タクミさん、体の方は大丈夫ですか？」

「大丈夫ですよクレアさん。これくらいなら、森に行く前の研究で試していますから」

あの時は、もう少し広い草原になったんだっけな。

色々試すために自分で食べたり、森に持って行ったりして全部なくなったけど。

『雑草栽培』とは凄《すご》い能力なのだな。あの珍しいロエが、簡単に生えて来るとは……」

エッケンハルトさんは、セバスチャンさんが確認している小さな薬草畑を見ながら呟く。

俺にはまだ、ロエがどれ程珍しい植物なのかよくわからないが、一気に葉っぱ十枚を栽培したのは凄い事らしい。

ロエに限らず、何もないはずの地面から、植物を生やすだけで十分凄い事か。

「話を聞いた時からわかってはいたが、この能力……本当に公爵家の利益が大きいな。タクミ殿、改めて契約を結んでくれた事、礼を言う」

「いえそんな。俺の言っている事を信じてくれて、このお屋敷で暮らさせてくれるだけでもありがたいのに、俺に有利な条件の契約にしてくれたんです。お礼を言うのはこちらの方ですよ」

お世話になった人達のために、このギフトが使えるのならそれでいいと思う。

そのうえで、ちゃんとした報酬が出るのだから文句なんてないし、こちらがお礼を言いたいくらいだ。

「タクミ様、確認できました。注文書の内容ぴったりでございます。ありがとうございました」

「良かったです。数とか種類も、間違えてなかったんですね？」

「はい。全て、注文書の通りでした」

本でしか見た事のない薬草もあったから、間違えないようには気を付けていたけど、セバスチャンさんに確認してもらって、ようやく一安心だな。

さて、あとは採取して……栽培した物の状態を整えよう。

『雑草栽培』を使えば、単純に栽培するだけじゃなく、その植物が一番効果を発揮する状態にできるからな。

「それじゃ、セバスチャンさん。採取してしまいますね」

「はい、お願いします」

「ん？　タクミ殿が自ら採取するのか？」

「はい。俺が採取した方が、都合が良いんです」

エッケンハルトさんに答えながら、俺は小さな薬草畑に近付いた。

一応昨日軽く説明したんだが、エッケンハルトさんは『雑草栽培』の主《おも》な能力が植物を栽培する能力だと考えているんだろう。

もしかすると、薬草を作った場面が印象的で、他の事が抜け落ちているのかもしれない。

だから俺は、実際に見せる事にした。

説明するだけじゃなく、目の前に試せる物があるんだから、その方が早いしな。

セバスチャンさんと場所を交代して、俺は小さな薬草畑で採取を始める。

「……何が始まるのだ？」

「まぁ、見ていて下さいお父様」

「旦那様、タクミ様の『雑草栽培』は、本当に素晴らしい能力なのです」

俺が何をしようとしているのかわからないエッケンハルトさんに、クレアさんとセバスチャンさんが注目するように言っているけど、真剣に見られると少し緊張するな……。

集中が乱れないように気を付けながら、摘み取った薬草を種類毎に纏《まと》める。

ロエだけは特にやる事もなく、使用する時に切って中の葉肉を出せばいいから、採取した後は保存するだけだ。

他の薬草は、本に書かれている効果を頼りにする。

各薬草をそれぞれ手に取り、乾燥させたり、すり潰した状態にしたりと、一番効果を発揮する状態に変化させていく。

途中で一つ思い付いた事があったので、片手間に注文書にはなかった薬草を生えさせた。

その薬草も、効果が出る状態にして終了だ。

採取する時間を短縮できたら、もう少し楽になりそうだな。

「……タクミ殿は何をしたんだ？　薬草を採取するのはわかるが、一瞬で乾燥したりしていたぞ？」

「いつ見ても、驚きますよね……」

「これがあるおかげで、薬草栽培から販売までの時間が、かなり短縮されるでしょうな」

首を傾《かし》げて不思議がっているエッケンハルトさんに対し、クレアさんは驚きながらも楽しそうにしている。

セバスチャンさんは、能力の利便性を考えているようだ。

確かにすり潰したり、乾燥させたりの手間が省《はぶ》ければ、販売するまでの時間短縮にもなる。

採取した薬草をセバスチャンさんに渡し、エッケンハルトさんに近付いて、さっき思い付きで栽培した薬草を一つ渡した。

「エッケンハルトさん、物は試しです。こちらを食べてみて下さい」

「これはなんだ？　見た事のない物だが……」

「あの時の薬草ですね、タクミさん？」

食べた事のあるクレアさんは、すぐに気付いたようだ。

エッケンハルトさんは、俺に渡された薬草を不思議そうに見ながら口にするのを躊躇《ためら》っている。

葉は緑だが、紫のまだら模様がある毒々しい見た目の葉っぱなんて、まだ会って間もない男から渡されたら、躊躇《ちゅうちょ》するのは当然か。

俺がエッケンハルトさんに渡した薬草は、森の中でクレアさん達に食べてもらった疲労が回復する薬草だ。

エッケンハルトさんくらいの年になると、寝ても疲れが取れない事が多いらしい。

馬を飛ばしてこの屋敷に来たんだし、まだ完全に疲れは取れてないだろうから効果はすぐに出るだろう。

「旦那様、その薬草は私もクレアお嬢様も、食べた事があります。毒ではありませんので、お気になさらずお食べ下さい」

「……わかった。んぐっ。……む？」

セバスチャンさんの勧めもあって、躊躇していたエッケンハルトさんも一気にその薬草を口に入れる。

勢いを付けるために目を強く閉じて口に入れ、味の悪さに顔をしかめる。

さすがにしっかり味わって食べるわけにはいかなかったのか、すぐに飲み込んだエッケンハルトさんは、目を開けて訝《いぶか》しがるように俺を見た。

その数秒後、段々と驚いた顔になる。

「……なんだ、これは？　体の疲れが取れたような気がするぞ⁉　いや、実際に疲れを感じない……回復しているという事か？　こんな薬草があるのか⁉」

「それはタクミさんが、『雑草栽培』を研究して作った新種の薬草のようです」

「新しい薬草までも……そこまで凄いのか、『雑草栽培』というのは……」

「しかも、先程タクミ様が採取した薬草にされていたのは、薬草の効果を発揮できる状態に変える、という事のようです。つまりタクミ様は薬草を瞬時に栽培、採取した後、時間をかけずに使える状態にできるのです」

クレアさんとセバスチャンさんが、俺の『雑草栽培』の能力を補足してくれる。

実際に俺が『雑草栽培』を使って薬草を栽培し、採取した薬草を使える状態にした事。

さらに本にも載っていない薬草を作っただけでなく、効果が疲労回復と実感できる物だった事。

一気に説明され、エッケンハルトさんは頭の中で処理するのに四苦八苦しているようだ。

表情が色々変わって、見ていて楽しいな。

ちょっと、エッケンハルトさんには悪い事をしたかな……？

一度に『雑草栽培』の事を伝えて、驚かせ過ぎたかもしれない。

でも、公爵家当主のエッケンハルトさんなら、もしかするとこの先色々な販売方法や使い方を考えてくれるかもしれないからな。

信用できる相手には、しっかり情報を伝えておいた方がいいと思うんだ。

人を騙《だま》して利用するような人物には見えない、というのが大きな理由でもある。

……そう思うのは、クレアさんの父親だからだろうけど。

『雑草栽培』……ここまでのものとは。契約してくれたタクミ殿には、本当に感謝しなければな。ギフト、凄い能力だ……」

「旦那様、ギフトは未《いま》だ解明されていない能力です。全てがタクミ様のような、人の役に立つ能力とは限りません」

「そうだな……タクミ殿、『雑草栽培』をここまで使える事、利用法を考える発想……益々《ますます》気に入ったぞ！　はっはっは！」

ギフトが全て誰かの役に立つ能力とは限らないが、俺の能力はこうして誰かの役に立てる事ができる能力なんだ。

改めて、この能力を授けてくれた何かに感謝をしたいと思った。

……『雑草栽培』で作った薬草が役に立つのは、これからだが。

エッケンハルトさんは、『雑草栽培』を大いに気に入ってくれたようで、疲れが取れた事もあり、豪快に口をあけて笑いながら、俺の肩をバシバシと叩《たた》く。

……これ癖なのかなぁ……相変わらず痛いんだけど……。

肩を叩く音と、エッケンハルトさんの大きな声を聞いたレオとティルラちゃん、シェリーが離れた所から、不思議そうな顔でこっちを見ている。

こっちの事は気にせず、そのまま遊んでいていいからなー。

声に出してないから、伝わらないか。

「お父様、タクミさんが痛がっています。……その癖は直らないんですか？」

「おお、済まなかった。嬉《うれ》しくなるとついな……直そうとは思っているんだが……」

クレアさんに注意されて、ようやく叩くのを止めたエッケンハルトさん。

やっぱり癖だったのか……これからは警戒しておいた方がいいかな？　……服の中に固い物でも入れておいた方がいいかもしれない。

その後しばらく、『雑草栽培』を喜ぶエッケンハルトさんと、利用法を考えるセバスチャンさんに囲まれて過ごした。

途中、クレアさんが俺に無理はさせない、と言ってくれたのは嬉しかったかな。

まぁ、セバスチャンさんやエッケンハルトさんも、無理な事は言って来ないだろう……きっと……。

しばらくして、昼食の準備が整ったとの事でその場はお開きになった。

セバスチャンさんは、俺が作った薬草を保管するために別れ、クレアさんとエッケンハルトさんは販売法などを相談しながら食堂に向かう。

俺はレオに乗っているティルラちゃんとシェリーを相手に雑談しながら、クレアさん達について歩く。

ティルラちゃん達と遊べたレオは、満足そうにゆっくりと尻尾を揺らしていた。

食堂に入り、セバスチャンさんや配膳されるのを待って、昼食の開始。

相変わらず美味しいヘレーナさんの料理を食べていると、ふとエッケンハルトさんが呟いた。

「……タクミ殿は剣は使えるか？　いや、剣に限らず武器ならなんでもいいのだが」

「お父様、急に何を？」

「……剣……ですか？」

剣……いや、武器か……。

竹刀《しない》すら持った事がないからなぁ……一応、木刀なら持った事があるか。

学生の時に、旅行先で売っていた土産物屋で………本当に持っただけだから、なんにも役に立たないが。

刃物ならあとは包丁くらいかな……他だと、森の中でセバスチャンさんに借りたショートソードがあるが、あれは念のために持たされた物だし、露払いや枝葉を切るのに振り回していただけだ。

とてもじゃないが、使えるとは言えないだろうな。

「武器類は……使った事がありませんね」

「ふむ……そうか……」

「お父様、何を考えているんですか？」

俺から武器を使えないと聞いたエッケンハルトさんは、料理を豪快に食べていた手を止め、片手で顎の髭《ひげ》をさすりながら考え始めた。

クレアさんが眉根を寄せてエッケンハルトさんに聞くが、それにも取り合わず、何事かを考えているみたいだ。

俺が武器を使えない事で、気になる事でもあるのだろうか？

しばらくそのまま、エッケンハルトさんの様子を見ながら食事を進める。

皆が食事を終えた頃になって、ようやく考えが纏まったのか、食事を再開させながら話しかけて来る。

「タクミ殿、武器は何か使えた方がいいと思うぞ？」

「……武器をですか？」

「そうだ。タクミ殿にはレオ様がいるが、いつでも一緒というわけではないだろう」

「ワフ」

エッケンハルトさんの言葉に反応するレオは、俺と離れず、守るとでも言いたげな声だ。

そんなレオを撫でて感謝しつつ、エッケンハルトさんが話す内容を聞く。

「タクミ殿の栽培する薬草販売は、成功するだろう。『雑草栽培』の能力を見れば、成功しない方がおかしいとさえ思える。だがな、そうすると必ずどこかから、タクミ殿の事を狙う輩《やから》が出て来るものだ」

「……そういうものですか？」

「まぁ、誰だって成功が約束された商売のタネは欲しがるものだろう。もちろん、我が公爵家からは、タクミ殿の事は広がらないよう徹底する……徹底はするが……」

「タクミ様、情報というのはどれだけ厳密に扱おうと、どこからか漏れるものでございます」

エッケンハルトさんの言葉を継ぐ、待機していたセバスチャンさん。

確かに、情報を秘匿しようとしても、必ずどこからか漏れるものだと思う。

人の口には戸が立てられない、とも言うしな。

公爵家が管理していたとしても、どこからか俺が薬草を栽培している事は、漏れてしまってもおかしくない。

「それはわかりますが……薬草程度で狙われるものですか？」

「薬草程度と言うがな？　この国では病気や怪我《けが》等で、薬草や薬に頼らざるを得ない事が多いのだ。しかもタクミ殿は、高価なロエも簡単に栽培ができる……」

「高価な物だけでなく、薬草が栽培できるという事は毒も……という事もありますな」

「毒……」

今まで、毒になる物の栽培は試した事はなかった。

けど、確実とは言えないが、俺の『雑草栽培』ならできてしまうのだろう。

薬草の中にも、使い方を間違えれば毒になる物もあるし、毒を持つ植物が薬草になるという事もあるのだから。

「毒を欲しがる輩……ろくな相手じゃないのは確かだが、そういう連中に目を付けられる可能性もある。単純に、商売の利益のためという者もいるだろうがな？」

「逆に、薬草で商売している者から、目の敵《かたき》にされる可能性もあります」

エッケンハルトさんとセバスチャンさんが言いたいのは、俺の利用価値が高いために、色んなところから狙われる可能性があるという事だろう。

「だからな、タクミ殿。最低限身を守る方法……もしくは、襲われても逃げる方法を考えておかなければいけない。この屋敷にいる間は、ここにいる兵士達が守ってくれるだろうが、外に出れば何があるかわからんからな」

「確かにそうですな。それに、今はいつもレオ様と一緒にいますが、もしレオ様と離れた時を狙われるとしたら……旦那様の仰《おっしゃ》る事もわかりますな」

「タクミさんは、武器を扱えた方がいいのですね」

「ワフ……ワウワウ！」

成る程ね……ちょっとした時に、レオと離れる時もあるだろう。

それこそラクトスの街に行った時は、店に入れないレオを外に置いてという事もあった。

そういう時に狙われたら、今の俺では自分の身を守れない。

レオも同じように考えたのか、エッケンハルトさん達の言葉に頷いている。

俺と一緒にいる時は、絶対守ってみせると意気込んでいる雰囲気もあるが……今はその時じゃないからな、落ち着いていていいぞレオ？

隣にいるレオを撫でながら、感謝を伝えつつ落ち着かせる。

「……それに……クレアを守るのにも必要かもしれんからな……」

「お父様、それは一体どういう事ですか？」

「いや……もしクレアと一緒になったら、男であるタクミ殿が守るべき事だろう？　クレアは剣だけでなく、武器をまともに使えないからな」

「っ!?　私とタクミさんが一緒にっ!?」

エッケンハルトさんの言葉に、クレアさんが真っ赤になっている。

……んー、クレアさんは美人だから、俺よりもっと相応《ふさわ》しい人がいると思うんだけど……。

それに俺なんかじゃクレアさんに申し訳ない。

というかエッケンハルトさん、まだクレアさんにお見合い話を持ってくる癖みたいなのが直ってないのかな……？

今までずっと、そうしてきたからかもしれないけど……。

「姉様とタクミ様なら、お似合いです！」

「ティルラまで⁉」

話を聞いていたティルラちゃんまで、クレアさんを俺に推してきた。

セバスチャンさんも、ニヤリとした笑みを隠そうとしていない……皆して俺とクレアさんをくっつけようとしているのかね？

なんでこんな話になったんだろう……。

「……それはともかく、エッケンハルトさん。俺が武器を使うとしたら、どうしたらいいのでしょうか？」

「あぁ、そうだな……」

話題を変えるため、エッケンハルトさんに声をかける。

ちょっと強引だったかもしれないが、話題が変わった事にクレアさんはホッとした表情で、セバスチャンさんはなんとなく不満そうな表情だ。

この執事さんは……まったく。

「タクミ殿にはまず、私が剣を教えよう」

「エッケンハルトさんが？」

「……お父様の悪い癖がまた……」

公爵家の当主様が自ら剣をって、いいんだろうか……？

見た目がゴツイのもあって、剣が扱えるのは何も不思議じゃないけどな。

クレアさんの方は、溜め息を吐いて何かを諦めたようだ。

「タクミさん、お父様は見込みのある人を見つけるとすぐに剣を教えたがるんです。この屋敷の護衛の方達も、何人かはお父様に教えてもらった経験があります」

「それは凄いですね。エッケンハルトさんはそんなに剣の扱いが上手《うま》いんですか？」

「そうですなぁ……旦那様は、王都の騎士団長に勝つ程の腕前です。この国ではトップクラスの実力でしょう」

「はっはっは。騎士団長は、日頃の鍛錬が足りていないようだったからな。全く、団長だからと書類ばかりを相手にしているからだ……」

「旦那様、騎士団長は騎士団を纏《まと》める者なのです。裏方仕事が多くなるのも、無理はありませんよ？」

話を聞く限りでは、エッケンハルトさんは剣の達人、なのか？

騎士団長という人が、どれだけの腕前なのかはわからないけど、騎士でしかも団長ともなれば、多少剣を扱える程度ではなれないと思う。

そんな人に教えてもらえる俺は、運がいい……のかな？　厳しそうだけど……。

「剣は、全ての武器の基礎だからな。剣が扱えるようになれば、他の武器も慣れるのが早くなる」

「……お父様の持論です」

剣が全ての基礎というのを、俺がわかるわけじゃないが……どれか一つの武器でも扱えるようになれば、他の武器に慣れるのが早くなるというのは、わからないでもない。

包丁以外の刃物を扱う、という事にまず慣れないといけないけど。

「よし、食事が終わったら早速鍛錬だ！」

「……お父様、タクミさんは先程までギフトを使っていたのですよ。ギフトの過剰使用による弊害は、伝えたはずですけど？」

「……確か、急に倒れるんだったか？」

「その通りです。ギフト使用がどう作用するのか、わかっている事は少ないのです。今日は止めておいた方が無難でしょうな」

「うぅむ、しかしな……武器はできるだけ早く鍛錬を始めた方が……」

今から鍛錬を開始しようとしたエッケンハルトさんを、クレアさんとセバスチャンさんが止める。

さっきまで『雑草栽培』を使って薬草を作っていたけど、特に疲労とかは感じていないから、大丈夫だとは思う。

けど、以前倒れた時も、急な事で疲労は感じてなかったからなぁ。

無理をしないために、今日は止めておいた方がいいのかも？　ギフトが肉体的な疲労と関係あるのかどうかは、よくわからないが。

今すぐにでも鍛錬を始めたそうにしているエッケンハルトさんを、クレアさんとセバスチャンさんが止めるのを眺めつつ、昼食は終わった。

ゆっくりとした食後のティータイムも終わり、説得されて渋々今日からの鍛錬を諦めたエッケンハルトさん。

セバスチャンさんからの、また気が変わらないうちに離れた方が……という意見に従い、食堂を出て部屋へ戻る。

「ハッハハッハッハッハ！」

「よーしよし……」

ベッドの端に座り、舌を出して尻尾を振りながら、構って欲しそうにするレオを撫でながら、さっきの話を思い出す。

「剣の鍛錬かぁ……レオ、俺に必要だと思うか？」

相変わらず触り心地のいいレオの毛に、手の指を絡めながら聞く。

剣というものに対して、憧れみたいなものがあるにはあるが、実際に扱うとなるとしり込みしてしまうのは、仕方ないと思いたい。

剣を持つという事は、相手を傷つける可能性があるという事であり、自分が傷付く可能性も考えなければいけないからな。

しかし、エッケンハルトさん達が言うように、自分の身も守らなければならないのは確かだ。

レオを残して、俺だけ死ぬわけにもいかない。

「ワフ、ワフワフ。……ワウ！」

レオが頷き、俺の顔に口先を寄せ、ぺろりと舐《な》める。

その後少し顔を離して、力強く頷きながら鳴いた。

レオも、俺が武器を扱う事に賛成みたいだな。

確かにレオが付いてこられない場所もあるから、離れてしまう事もあるだろう。

それに、いつまでもレオにばかり守られるというのも、気が引ける……以前までは、守ってやらないといけないくらい小さかったのになぁ。

「そうだな。エッケンハルトさんもやる気になっているんだから、やるだけやってみるか！」

「ワフワフ！」

レオに後押しをされて、剣の鍛錬に対して前向きになると、嬉しそうに鳴きながら尻尾を振ってくれた。

どうやら、レオは俺が戦えない事を心配しているみたいだ。

「ありがとうな、レオ。いつまでもお前に守られているだけじゃ、駄目だからな。頑張ってみるよ」

「ワフ。ワフゥ」

そんな事は気にしなくてもいいよ、とばかりに首を振るレオだが、なんでもかんでも頼ってちゃいけないからな。

やると決めたからには前向きに、だ。

どこまでやれるかわからないし、そもそも素養がないかもしれないが……。

だけど、自分の身くらいはある程度、自分で守れるようにならなきゃな。

レオと一緒に決意を新たにしていると、部屋の外からノックの音と共に、声が聞こえた。

「タクミ様、少々よろしいでしょうか？」

「はい、どうぞ」

この声はセバスチャンさんだな。

どうしたんだろう……契約書関係は昨日のうちに済ませたし、他に用がありそうな事は思い当たらない。

首を傾げながら立ち上がり、部屋の扉を開けてセバスチャンさんを招き入れた。

「ワフ～」

「レオ様は、ご機嫌がよろしいようですな？」

「ははは。俺が剣の鍛錬を受けるって決めた事が、嬉しいらしいです。自分の身を守る手段がないのは、レオにも心配をかけてしまっていたようなので……」

「そうですか。レオ様の心配も、少しは軽減されるといいですな」

入ってきたセバスチャンさんに、軽く挨拶で鳴くレオ。

しばらく接していて、セバスチャンさんにもレオが機嫌いいかどうかくらいは、わかってきたようだ。

執事って、人の機微に敏感でなくてはいけない仕事、なのかも。

「では、タクミ様は明日より剣の鍛錬をなさるとの事で……先にこちらを渡しておきます」

「これは……あの時の剣ですか？」

「はい。森の中で一度、タクミ様に預けた剣でございます」

以前森を探索した時、セバスチャンさんに念のためと渡されていたショートソードだ。

短めの剣身のおかげで、軽くて扱いやすいが……やっぱり、慣れない俺にはまだ少し、重いな。

「それと、こちらを……」

「これは?」

剣の次にセバスチャンさんから渡されたのは、小さな革袋だった。

俺が手に持つと、ずっしりとした重みと一緒に、中で金属が擦《こす》れるような音がする。

「今朝作って頂いた、薬草の報酬でございます。契約には、薬草を卸したらすぐに報酬を渡す事と定めていましたが、あの時は旦那様にギフトを実践して見せる目的もあったため、少々遅れてしまいました。確認をお願い致します」

「報酬……あ、はい」

そうだ、あれはちゃんとした対価を得るための、薬草作りだったな。

エッケンハルトさんに『雑草栽培』を披露する事ばかり考えて、報酬の事を忘れていた。

確認を促されたので、セバスチャンさんに渡された革袋の中身を机に出して見てみると、結構な数の金貨や銀貨が入っていた。

あー、そういえば通貨の価値について、よく知らなかったな。

この機会だから、まずその話をセバスチャンさんに聞いておこう。

レオ、ちょっと難しい話になるかもしれないから、ゆっくり寝ていていいぞ？

「セバスチャンさん、すみませんが……この世界のお金事情に詳しくないのです。教えてもらってもいいですか？」

「……そうでしたね。タクミ様は、ここことは違う場所から来たのでした。それでしたら、私がお教えしましょう」

一瞬、セバスチャンさんの目が光った気がするけど、多分説明ができると思って喜んだんだと思う。

説明好きのセバスチャンさん、頼りになります！

「まずは一番低価値の物からですね。えぇと、これは鉄貨となります」

セバスチャンさんは、俺が広げた通貨の中から、灰色の物を持って説明を始める。

鉄貨、ね。

「これは、鉄くずを潰して作った物になりますが……それは今はいいですな。これを百枚でパンが一つ買えます。そして、これを百枚集めますと……この銅貨になります」

「ふむふむ」

「ワフ」

俺と一緒にセバスチャンさんの説明を聞きながら、レオも頷いている。

寝てなくていいのかレオ……というか、話の内容がわかるのか？

シルバーフェンリルが、通貨の価値を理解してどうするのかはわからないが、レオが楽しそうなのでそのまま一緒に説明を聞く事にした。

「銅貨十枚から二十枚で、大体一日の食事を賄えると考えられています。まぁ、生活にもよるでしょうが。そしてさらに、これをまた百枚集める事で、この銀貨一枚に変わります」

「……銀ですね」

銀貨はメッキなどではなく、ちゃんとした純銀のようだ。

通貨としてある程度使われていた物なんだろう。今はくすんでいるようだが、磨けば輝きそうな鈍い色をしている。

「銀貨を十枚集めると、最高価値の金貨になります。この時気を付けるのは、金貨になるのは銀貨十枚という事です。銅貨や鉄貨を百枚集めて上の価値の物になるのとは、少々違いますからな。そして、多くの者達は金貨ではなく、銀貨や銅貨で収入を得ているようです」

「銀貨で……金貨じゃないのは、なぜですか？」

日本で言うと……多分、万札じゃなくて千円札とかで給料をもらう事になるのかな？

枚数は増えるから、気分だけは多くお金を持っているような気になるけど……。

「金貨だと、商店などで使いにくいのです。パンを一個買うのに金貨で支払うとなると、差額を返す商店の方が大変になるうえ、時間もかかってしまいます」

「あぁ、成る程……」

お札と違って、金貨や銀貨は場所を取るからか。

確かに、じゃらじゃらとお釣りを受け取るのはちょっとね……重さもあるし。

その後しばらく、レオと一緒にセバスチャンさんの通貨に関する説明講義を受けた。

通貨の価値について、完璧とまでは言えないだろうが、それでもなんとなくはわかった。

金貨一枚で銀貨十枚、銀貨一枚で銅貨百枚、銅貨一枚で鉄貨百枚で、鉄貨一枚が日本だと、大体一円という考えでいいだろう。

こちらだとパン一個が鉄貨百枚、銅貨だと一枚、日本で考えると百円くらいだからな。

つまり銅貨一枚が百円、銀貨一枚で一万円、金貨一枚は十万円という事だと思う。

ん……ちょっと待って？　確か、報酬でロエの葉一つにつき金貨五枚だったよな……？　薬草一つに五十万円だって⁉

通貨講義を経て、なんとなくでも価値を理解した俺は、慌ててセバスチャンさんから受け取った報酬を数える。

えーと、鉄貨と銅貨と銀貨と、金貨……金貨が五十五枚……か。

『雑草栽培』を使って、ロエや他の薬草を栽培しただけで、約五百五十万円……だって？

「そういえば、ロエが一つで家が建つくらいの価値だって、言っていましたっけ……？」

「そうですな。場所にもよりますし、大きさにもよりますが……例えばラクトスで家を建てるとしたら、木材の安い街なので、金貨五枚から十枚程度あれば、二人から三人が住まう家が建てられますな。運搬にかかる費用、販売までの費用から商店の利益を考えて、タクミ様の報酬となっておりますが……もう少し上げた方がよろしいですかな？」

「いえいえいえいえ！　これで、これで十分です！」

初めてロエを作った時の事……俺は軽い気持ちで『雑草栽培』を使ってロエを作ったが、あの時セバスチャンさんだけでなく、クレアさんも驚いていたのは、こういう事だったのか。

効果の方も驚くべき高さだったが、それだけでなく価値の方も十分過ぎる程高いのだと、通貨の価値を教えられて、ようやく実感できた。

家が建てられるくらい、という時点で気付くべきだったなぁ……高級薬草、おそるべし。

「セバスチャンさん……」

「なんでしょうか？」

「こんなに報酬をもらって、いいんでしょうか？」

こんな大金、貯金でコツコツ貯めてとかならまだしも、一度でもらえるなんて経験した事がない。

今までの仕事でもらっていた月給は、これの十分の一にも満たない。

「タクミ様の栽培して頂いた薬草には、それだけの価値があるのです。それに、これでも少ない方だと、クレアお嬢様は心配しておられますよ？」

「少ないなんて事はないです！　はい！」

「今回タクミ様に栽培して頂いた薬草、特にロエですが……市場価値はおよそ金貨十枚……場合によると、それ以上になる物です。その対価であるならば、金貨五枚というのは、少ないのかもしれませんな……」

俺の否定の言葉を取り合わず、セバスチャンさんは冷静にロエの価値を語った。

ようやく、ロエの価値を知って驚いている俺をそのままに、セバスチャンさんは説明を終了させ、一礼して部屋を出て行った。

残されたのは、大金を手に入れてしまって愕然《がくぜん》としている俺と、通貨の価値を学んで満足気な表情をしているレオ。

それと、机に置かれた大金だった。

あぁそうだ、服や小物を買うときに借りたお金も、返しておかないとな……こんなにすぐ返せるだけの儲《もう》けが出るとは思わなかった。

ギフトって凄いなぁ……でも調子に乗ると怖いから、あまり気にしない事にしよう……うん。

お金の事は、あまり考えないようにしておいた方が良さそうだ……エッケンハルトさん達が言うように、俺が狙われる可能性と言うのが実感できてしまった。

報酬を受け取ってから実感というのも、どうかと思うけど……これは確かに、俺が狙われるというのも、納得できるな。

「はぁ……」

報酬のお金を見ながら、綺麗になったレオの毛を撫でて、なんとか平静を取り戻す。

「ワフワフ」

撫でられて気持ち良さそうな声を漏らすレオは、本当にセバスチャンの説明を理解できたのだろうか？

満足そうなレオの表情は、いっそ俺以上に理解してそうだな……。

心を落ち着かせている間に、夕食の時間になってしまった。

セバスチャンさんとの話で、それなりに時間が経《た》ったとはいえ、さらに長い時間茫然《ぼうぜん》としていたらしい。

呼びに来たゲルダさんに少しだけ待ってもらい、鏡を見ながら平静を保てているかを確認し、レオを連れて食堂へ。

先に待っていたティルラちゃんとシェリーを、レオに乗せたりして遊んでいると、エッケンハルトさんとクレアさんが食堂に来た。

皆が揃った頃合いで、俺からセバスチャンさんに声をかける。

「セバスチャンさん、以前ラクトスの街で買った物は、合計でいくらになりましたか？」

「……タクミ様、気になさらなくてもいいのですよ？」

セバスチャンさんはそう言うが、身の回りの物全てを買ってもらったままだと、ちょっと落ち着かないんだよな。

あの時は、お金を借りたつもりで買い物をしたから、ちゃんと支払っておきたい。

ありがたい厚意なのは、わかっているけどな。

「ん、なんの話だ？」

「えっと、以前にですね……」

買い物をした時にいなかったエッケンハルトさんが首を傾げたので、説明をする。

「タクミさん、あのくらいでしたら気になさらなくても大丈夫なのですよ？」

「いえ、あの時買った物に使ったお金は、借りたと考えています。借りた物は返さないと落ち着かないので……」

「律儀な方ですなぁ……」

「だが、好感は持てるな。まぁ、そのくらいはと、私も考えてしまうが……」

そうなんだろうか？

お金にしろなんにしろ、借りた物は返すのが普通だと俺は考えているんだけど……。

「クレアさんやエッケンハルトさん達のおかげで、こうしてお金を稼ぐ方法もできましたから。せめてあの時のお金は、返させて下さい」

「……仕方ありませんね」

「そうですな。薬草販売に関しては公爵家の利益の方が多いので、あの時の代金程度はなんて事のないものなのですが……」

「タクミ殿が気にするのであれば、それもいいだろう」

公爵家にとっては微々たるものでも、俺にとってはありがたい事だったからな。

あの買い物がなかったら、俺は未だにセバスチャンさんに借りた服のままだっただろうし、森に入る時にも色々困っていたかもしれない。

「それでは……あの時の代金ですが……」

セバスチャンさんがそっと、買い物で使った金額を教えてくれた。

あまり大きな声で言うのは、行儀が悪いからかもしれない。

「えっと……それじゃあ……」

セバスチャンさんから聞いた金額を、さっきもらった薬草の報酬の袋から出す。

しかし、仕立てた服って高いんだなぁ……。

通貨の価値を知った今では、あの服がどれだけ高い物かわかってしまった。

日本で考えたら、オーダーメイドの高級ブランドスーツくらいかな……大事に使おう。

借りたお金の清算後、すぐに料理が配膳されて、皆で夕食を頂く。

相変わらず豪快に肉を頬張るエッケンハルトさんを見ながら、他愛のない雑談。

大金を受け取った衝撃を紛らわせ、平静を保つ事に成功しているようで良かった……借りたお金も返せたしな。

なんとなくホッとしながらのティータイム。ゆっくりお茶を飲んでいると、エッケンハルトさんから声がかかる。

「タクミ殿、セバスチャンから剣は受け取ったか？」

「はい。森の中でも一度使った事のある剣なので、安心して使えます」

「そうか。少しでも慣れているのなら、鍛錬も捗《はかど》るな」

「お父様、タクミさん、剣の鍛錬をするのですよね？」

俺とエッケンハルトさんの話に興味を持ったのか、ティルラちゃんがシェリーを抱きながら聞いて来る。

「そうだな。明日になるが、タクミ殿は私の指導で剣の鍛錬をするのだ」

「剣の鍛錬……私もしては駄目ですか？」

「ティルラ⁉」

「……ティルラ、なぜ剣の鍛錬をしたいのだ？」

俺も驚いたが、特にクレアさんがびっくりしているようだ。

まぁ女の子でも、小さな子が剣に憧れるというのもわからなくはない……かな。

「私も姉様のように従魔が欲しいのです。いえ、従魔を得ないといけないのです。姉様とシェリーを見ていて、そう思いました。そのためには、戦えなければなりません！」

「ティルラ……従魔を得るのは遊びではないのよ？　……私は、タクミさんやレオ様のおかげで、シェリーが従魔になったのだけれど。とにかく、タクミさんは自分の身を守るために鍛錬するのだし、従魔に関しては戦えたからといって、簡単にできるものではないわ」

ティルラちゃんの主張に、クレアさんが困惑の表情ながら、言い聞かせようとしている。

全てではないが魔物は人間を襲う。従魔にするには少なくとも、襲ってきた魔物を倒せるくらいには、戦えないといけないだろう。

俺とレオはそもそも従魔という関係じゃないし、クレアさんとシェリーは特殊な例だろうからな。

傷付いた自分を気遣うクレアさんを見ていたのもあるし、近くにレオという絶対に敵《かな》わない相手がいる状況だったから、シェリーがおとなしくなるのは当然だと思う。

まぁ、意外と最初からクレアさんには懐いていたような気もするが。

「ティルラ、どうしてそんなに従魔が欲しいのだ？　クレアとシェリーを見ていてと言ったが、可愛《かわい》いしもべが欲しいという理由では、許可できないぞ？」

「それは……はっきりとはわかりません。ですけど、私は従魔を持たないといけない気がするのです！　なんとなく、そう感じるんです。こんな理由ではいけませんか、父様？」

従魔を持たないといけない……何かの使命感なのか？

もしかすると、クレアさんがシルバーフェンリルに対して、何かを感じる事と似ているのかもしれない。

「理由はわからないが、従魔を持ちたい……か。クレアに似ているな？」

「お父様？」

「クレアがシルバーフェンリルに対して、特別なものを感じているのは私も知っている。それと同じような事が、ティルラにもあるのかもしれんな」

「……知っていたんですか？」

「私は父親だぞ？　娘の事は誰よりも見ている……まぁ、全てわかるとは言えないがな」

エッケンハルトさんは、クレアさんが森を探索したがった理由の元を理解しているようだ。

さすが父親と言えるのかもしれないが、エッケンハルトさん自身も言っているように、全てを知って理解する事はできないだろうから、クレアさんが特別わかりやすかった……という事なのかもしれない。

俺と一緒に森へ行ったり、セバスチャンさん達に怒った時は、普段と様子が違っていたしな。

「お父様、お願いします！」

「ティルラ、お前自身でも言っていたが、従魔を得るためには戦わなければならない。魔物を相手にするのだからそれは当然だ。弱い者に魔物は従わない」

エッケンハルトさんがティルラちゃんへ、言い聞かせるように話し始める。

「はい、わかっています！　私もシェリーが姉様の従魔になってから、勉強しました！」

ティルラちゃんも勉強しているんだなぁと思ったら、エッケンハルトさんの後ろに控えているセバスチャンさんの目が光った気がした。

……もしかしなくても、ティルラちゃんに従魔の知識を教えたのは、セバスチャンさんなんだろうな。

「剣の鍛錬は遊びじゃない。指導する私はもちろん手加減をするが、怪我をする事もある。そもそもティルラはまだ小さい。それで剣を使えるようになるには、相応に辛《つら》い思いをする事になるぞ？」

「それでも構いません！」

ティルラちゃんは、当たり前だがまだまだ成長途中で、体もこれから大きくなる。

その途中で鍛錬をするのは、覚えという点では有利なんだろうけど、成長する体に合わせる事も必要だから、鍛錬は厳しいものになるかもしれない。

エッケンハルトさんが脅すようにしながら諭すが、それでもティルラちゃんの決意は変わらないようだ。

「仕方ないな。従魔の事とは関係なく、自衛のためと考えれば、悪くはないだろう」

「それじゃあ……！」

「うむ、ティルラにも剣を教えよう。……ただし！」

ティルラちゃんのお願いに、エッケンハルトさんが許可を出すが、一度言葉を切った後に真剣な目を向けた。

契約の時俺にも向けられたけど、あれ結構迫力あって怖いんだよなぁ。

刺すように真剣な視線を受けて、少し怯《ひる》みながらも姿勢を正し、ジッとエッケンハルトさんを見返すティルラちゃん。

さすが娘ってところなのかな……？　クレアさんも同じような状況、自分の意見を通したい時は似たような気迫を見せるんだろうなぁ。

「もう一度確認するが、剣の鍛錬は厳しいものになる。そうでないと意味がないからな。それでもやるのか？」

「……はい！」

エッケンハルトさんの言葉を一度飲み込んでから、ティルラちゃんははっきりと答える。

……いつもレオやシェリーと遊んでいる、可愛い女の子のイメージしかなかったのに、こんな一面があるなんて……驚いたな。

「わかった。タクミ殿と一緒に、ティルラにも剣を教えよう」

「ありがとうございます！」

「……ティルラ……剣の鍛錬もいいけど、ちゃんと勉強の方もしないといけませんよ？」

「……姉様ぁ……」

許可が出て喜ぶティルラちゃんに、クレアさんの厳しい言葉が降りかかる。

勉強と聞いた瞬間、がっくりと項垂《うなだ》れるティルラちゃん……まぁ、あのくらいの年だとなぁ。

活発な子ほど、じっとして勉強に集中するのが嫌になるものかもしれないな。

「ティルラ、公爵家の者として当然の事よ。……もしかして、剣の鍛錬を行えば勉強はしなくていいと思ったの？」

「……いえ……そこまでは。でも、少しは減らしてくれるかなぁと……」

「はっはっはっは！　ティルラが勉強嫌いなのは相変わらずか。そのくらいの年なら、仕方なかろう。だがティルラ、無理を言って剣の鍛錬をするんだ、勉強もしっかりやらないとな？」

「……はーい」

「ワフワフ」

「キャゥー」

エッケンハルトさんの言葉に項垂れながら返事をするティルラちゃんに、俺を含めて食堂にいる皆が笑っている。

レオはティルラちゃんを応援するように鳴きながら頬を擦り寄せ、抱かれたままのシェリーは元気付けようと顔を舐めている。

……いや、シェリーはなんの事かわかってないな……きっと遊びたいだけだと思う。

最後に和やかな雰囲気になり、ティルラちゃんが剣と勉強を頑張る事が決まった。

……この世界に来てから、森の中を動き回ったりはしているが、俺の体力がちょっと心配だ。

少し前までは、仕事ばかりで運動なんてろくにしていなかったからな。

今日はレオと遊ぶのもそこそこに、さっさと寝た方がいいだろう。

ティルラちゃんにも、シェリーと遊ぶのもほどほどにとだけ言って部屋へと戻り、風呂で体を温めた後、就寝。

レオが構って欲しそうにしていたが、剣の鍛錬をするのに備えるとわかっているんだろう、すぐに諦めてベッドの横で丸くなって寝た。

すまないレオ、また時間がある時に、いっぱい遊んでやるからな。

今度はレオと一緒に、ティルラちゃんやシェリーを乗せて街の方まで走るのもいいかもしれない……なんて考えながら、俺は夢の世界へと旅立った——。


朝、窓から差し込む朝日と一緒に目を覚まし、レオを起こさないようにしながら身支度を済ませる。

早めに寝たからか、目覚めはさっぱりしているが……ちょっと早く起きすぎたかもしれないな。

鍛錬は朝食後からだから、時間まで少し暇だなぁ……なんて考えながら、寝ているレオをゆっくり静かに撫でていると、部屋の外からノックをされた。

「タクミさん、起きていますか？」

「ティルラちゃんかい？　起きているよ、中にどうぞ」

ノックの音と一緒に聞こえたのは、ティルラちゃんの声だ。

部屋の扉をそっと開けたティルラちゃんは、レオが寝ている事に気付いて音を立てないようにしながら、部屋の中に入ってきた。

「どうしたの？」

「ちょっとだけ、早く起きてしまいました。タクミさんが起きてなかったら、暇になるところでした……シェリーもまだ起きていませんし」

ティルラちゃんも、俺と同じように早く目が覚めたようだ。

この時間なら、セバスチャンさんやクレアさんは起きていてもおかしくはないと思うが、シェリーはまだ寝ているみたいだな。

クレアさんも朝の支度とかがあるだろうし、レオが起きている事に期待して、ここに来たのかもしれない。

「ごめんね、ティルラちゃん。まだレオは寝ているんだ」

「いいんです。レオ様の寝ている姿を見られるのも楽しいですから。……レオ様可愛いですね？」

考えてみれば、ティルラちゃんがいる時にレオが寝ていた事ってなかったか。

ティルラちゃんが来ても、安らかな寝息を立ててぐっすり眠っているレオは、この屋敷にも慣れて、すっかり油断しているのかもしれない。

レオの寝顔を覗《のぞ》き込んでいるティルラちゃんは、ご満悦の様子だ。

確かに、レオが寝ている時の顔は可愛いからな。

体は大きいままだが、小さいマルチーズだった時の事を思い出すような気がする。

あの頃も今も、なぜか寝顔は変わらないような気がするんだよなぁ……もちろん精悍《せいかん》な顔付きになっているんだけど。

「早く起きたようだけど、昨日はしっかり休めたかい？」

「言われたように、ちゃんと休みました。大丈夫です」

レオを起こさないよう、小さい声でティルラちゃんと話す。

ちょっとした内緒話をしているようで、ティルラちゃんは楽しそうだ。

「ただ……ちょっとだけ緊張しますね」

「初めて剣を使うんだっけ？　それなら仕方ないよね。俺も同じように緊張しているから」

「タクミさんでも、緊張するんですか？」

「そりゃ緊張するよ。俺も剣なんて使った事がなかったからね。森の中で少しだけかな……でも、やっぱりちゃんとした剣を教わると思うと、緊張するよ」

「そうなんですね。ふふ、一緒です……」

自分と同じく、俺も緊張しているとわかったティルラちゃんが笑顔になる。

やっぱり、初めての事って緊張するよな。

「……アフ?」

「あ、起こしてしまいました」

「おはよう、レオ」

小さい声で話していたが、さすがに気付いて起きてしまったようだ。

顔を上げて、不思議そうな表情で周りを見回している。

「すみません、レオ様。起こしてしまって」

「ワフ。ワフー」

起こしてしまった事を謝るティルラちゃんだが、レオの方は気にするなと頬を寄せて擦り付けた。

「ワフ。ワフワフ」

「ふふ、おはようございます、レオ様」

そのままお互いに挨拶をする、レオとティルラちゃん。

笑い方がクレアさんと似ているが、姉妹だから似ていて当然か。

挨拶が済んで、レオは体を起こして前足を突っ張る伸びをした。

「レオ様は起きると、そんな事をするんですね」

「ワフー」

レオが伸びをする姿を、珍しそうに見ているティルラちゃん。

レオを見て多少は緊張も解《ほぐ》れたようだ。

やっぱり、ティルラちゃんはレオやシェリーと戯れている姿が自然で微笑《ほほえ》ましいな。

レオも起きた事だしと、そのまましばらくティルラちゃんと一緒に撫でたりしながら、和やかな時間を過ごす。

しばらくして、朝食に呼びに来たライラさんと一緒に、食堂へ移動した。

「おはようございます、クレアさん。……エッケンハルトさんは今日も？」

「タクミさん、おはようございます。そうなんです、今日も起きて来ていません……」

「おはようございます、姉様、シェリー」

「ワフワフー」

「キュゥー」

先に食堂にいたクレアさんに挨拶をしながら、エッケンハルトさんがいない事を確認。

今日も昨日と一緒で、まだ寝ているみたいだ。

ティルラちゃんとレオは、クレアさんとその腕に抱かれてまだ眠そうにしているシェリーに向かって挨拶。

ウトウトしながらも、小さく鳴いて挨拶を返しているのは、ちょっと可愛いな。

ヘレーナさんがお休みの日らしく、今日の朝食は簡素にパンとサラダ、スープだ。

簡素と言っても、ちゃんと美味しくて満足。

食後のティータイムを過ごしていると、昨日と同じく勢いよく食堂の扉が開かれて、エッケンハルトさんが入ってきた。

昨日の今日なので皆驚いたりはしていないが、クレアさんだけは溜め息を吐いていた。

「おはよう、皆。タクミ殿もティルラも、揃っているな」

「おはようございます、エッケンハルトさん」

「お父様……おはようございます」

ティルラちゃんは、さっきまで忘れていた緊張を思い出してしまったようで、少しだけ顔が強張《こわば》っていた。

んー、せっかくいい感じにリラックスして、シェリーと遊んでいたんだけどな……まぁ、鍛錬には緊張感も必要か。

「朝食は済ませたな？」

「はい」

「たくさん食べました！」

「旦那様、いつもの事ですが……朝食は？」

「いや、私は今日もいらないぞ」

朝食を食べたかの確認をされていると、セバスチャンさんからの質問。

これも昨日と同じように、朝食を断ったエッケンハルトさん。

その後、俺とティルラちゃんを見て頷いた。

「よし、二人共準備は良さそうだな。それでは早速、鍛錬を始めるとするか。場所はどうするか……」

「裏庭がよろしいのでは？」

「そうだな。では、裏庭で鍛錬を始めるぞ」

「はい！」

「わかりました！」

セバスチャンさんの言うように、裏庭なら剣を振り回しても邪魔にならない広さがある。

エッケンハルトさんが裏庭で鍛錬する事に決め、俺とティルラちゃんが気を引き締めながら、頷く。

いよいよ始まる鍛錬に、俺も緊張してきたな……。

剣の鍛錬だから剣を使うんだろうが、エッケンハルトさんの鍛錬はどういった事をするんだろうか？

まずは素振りかな？　それとも剣の握り方かな？

どんな事をするのか頭の中で予想をしながら、一旦部屋に戻ってセバスチャンさんから借りた剣を持ち、裏庭へ。

剣を腰に取り付けながら裏庭に出ると、森に一緒に来てくれた護衛兵士のニコラさんが、椅子に座ってまったりとお茶を啜《すす》っていた。

「……ニコラさん？」

「おぉ、タクミ様。話は聞いていますよ、これから御屋形《おやかた》様から剣を教えてもらうそうで……ズズ……」

「ええ、そうですけど……湯のみ？」

「タクミ様は知っておられるのですな。これは湯のみと呼ばれる物で、普段使われているカップとは違って、趣深いのですよ」

「はぁ……」

ニコラさんが手に持っているのは、取っ手の付いていない、普段屋敷で使われているカップとは違う物……本人も言っている通り、どう見ても湯のみだった。

まぁ、その中身は日本茶ではないようだし、喋《しゃべ》り口調が少し時代がかっている部分もあるけど、金属鎧《よろい》を身に着けているのでアンバランスだ……。

というか御屋形様って……セバスチャンさん達の言う旦那様と同じ意味で、エッケンハルトさんの事だろうけど、なんというかミスマッチな感じが凄い。

ニコラさんは、東洋系の顔つきをしているので、方向性が全く違うわけではないんだが、やっぱり金属鎧とか剣を身に着けているとね。

これが武者鎧で刀だったら、ぴったりだったのかもしれない。

「あぁ、拙者の事は気になさらず。こうして、景色を眺めながらお茶を啜るのが、趣味なのですよ。この湯のみというカップで飲むと、また格別でしてなぁ……」

「はぁ、わかりました……」

気にしないでと言われているのだから、気にしないでおこう。

フィリップさんより若干若く見えるから、俺とそう年齢は離れてなさそうなんだが、縁側でお茶を啜るお爺《じい》さんのような風格があるのは、喋り方のせいなのか……。

テーブルはなくただ椅子に座っていたり、鎧を着ていたりで、全体を見るとやっぱりミスマッチなのは否めないが。

趣味らしいいし、邪魔するのも悪いため、屋敷から出てきたエッケンハルトさん達の方へ向かった――。


「よし、揃ったな。準備はいいか、タクミ殿、ティルラ？」

「はい！」

「大丈夫です！」

ニコラさんとの会話から少し後、裏庭の一角に集まる。

俺とティルラちゃんが横に並んで、向かい合うのがエッケンハルトさん。

クレアさんとセバスチャンさん、ライラさんやゲルダさんも一緒に裏庭に来ているが、見学するためらしい。

レオやシェリーも、クレアさんの近くでこちらを見ている。

シェリーは、レオの背中に乗れて楽しそうだな。

「ではまず、剣を握るところからだな。二人共右利きだな？」

「そうですね」

「はい」

エッケンハルトさんは腰に下げていた自分の剣を抜き、握り方を俺達に見せる。

エッケンハルトさんの剣は剣身が長く、ロングソードという分類の剣みたいだ。

柄の部分に装飾が施されていて、刃も陽射《ひざ》しを反射して輝いている。

……高そうな剣だなぁ。

ティルラちゃんの方は俺と同じ、小さめのショートソード。

ちょっと重くて持ちづらそうだが、体の大きさに合う物がなかったんだろう。

教えられる剣術がどんなものかはわからないが、ティルラちゃんの体の大きさに合わせた剣だと、実戦で役に立たないかもしれないからな。

エッケンハルトさんが剣を握る手元を見ながら、二人で握り方の真似《まね》をする。

「うむ、そうだ。その握った手のまま剣を振る。この時しっかりと剣の刃が向いている方を意識するんだ。そして、刃筋を通すように振る！」

見本だ、とばかりに剣を振るうエッケンハルトさん。

その速度と迫力は、小さな子供なら泣いて逃げそうな程だった。

これ程までとは言わなくても、この重い剣を振らないといけないのか……鍛錬は厳しいものになりそうだ。

「こうですか？　ん！　……痛いです」

ティルラちゃんがエッケンハルトさんの振り方を見て、真似をするように剣を振った。

しかし、まだ剣の重さに慣れていないため、地面に打ち付けてしまう。

手が痺《しび》れたようで、涙目になっている……。

「それじゃ駄目だぞティルラ。刃筋が通っていない。刃筋が通らなければ、どんな名剣でも何かを斬る事はできないからな」

エッケンハルトさんの指導の下、何度か剣を振るっていく。

剣を振るのがなんとか形になったかな？　というところで、一旦収めるように指示された。

「……剣の振り方は教えた。しかし、二人共剣に振られている状態だな。慣れないうちは当然だがな」

「すみません……」

「はい……」

やっぱりまだ剣の重さ、刃の向きや刃筋を通す事に慣れていない。

俺が剣を振るのではなく、剣に俺が振られていると言われるのも当然だろうな。

「まずは基礎鍛錬から始めるぞ。……ティルラなんかは、体力がなさそうだしな」

「基礎鍛錬……」

「どんな事をするんですか？」

基礎鍛錬って、筋トレとかかな？

確かに体力がなければ、剣を的確に振るのは難しいんだろう。

ティルラちゃんは基礎鍛錬がどういうものかわからず、首を傾げている。

「変な癖が付く前に剣の握りは教えたから、それを忘れないようにしないといけないが……しばらくは体を鍛えるんだ」

「はい」

「わかりました」

それからは、ひたすら地味な運動。

腕立てやスクワット、腹筋運動や、剣を振るのに背筋《はいきん》も大事だからと背筋運動も追加。

完全に、基礎的な自重トレーニングだな。

地味だけど、効果は確かなものなはず。

さらにそこから、裏庭を使ったランニングも追加された。

俺とティルラちゃんが並んで裏庭を走る時、レオとシェリーが楽しそうに並走。

二人で息を切らせながら走っている横で、レオとシェリーは余裕の表情だ。

体のつくりからして違うのは間違いないけど、ちょっとだけレオ達の体力が羨ましくなった。

地味なトレーニングでへとへとになったところで、昼食のために休憩。

「無理にでも食べて、体力を付けないと鍛錬は続けられないぞ？」

疲労が原因で食欲のなさそうだったティルラちゃんは、エッケンハルトさんの言葉で、なんとか昼食を食べ切った。

昼食後も、さっきと同じ基礎トレーニングを繰り返す。

その途中でちょっとした事を思いついた。

「エッケンハルトさん、ちょっといいですか？」

「どうした、タクミ殿？」

「いえ、『雑草栽培』で作ってみたいものがありまして……」

「ふむ……鍛錬の邪魔にならない物ならいいだろう」

エッケンハルトさんに許可を取って、一旦トレーニングを中止。

一瞬だけ『雑草栽培』に集中して植物を栽培。

それを採取して、ティルラちゃんにも分ける……エッケンハルトさんも欲しそうに見ていたのでそちらにも。

「これはなんですか、タクミさん？」

「これはね、疲れが取れる薬草だよ……多分。んぐ……」

見た目は青い葉っぱ。

俺が食べるのを見て、ティルラちゃんとエッケンハルトさんも葉っぱを口の中へ。

えぐみの深い味が口の中へと広がるが、ライラさんに用意してもらった水で流し込んだ。

「ん……ゴク……美味しくないです……」

「中々、ひどい味だな……吐き出す程じゃないが……」

二人共、顔をしかめながら味の感想。

俺もきつかったが、すぐに効果が実感できる状態になり、成功したと頭の中でガッツポーズ。

「……んー!?　凄いです！　これならまだ動けそうです！」

「これは凄いな……タクミ殿、昨日の薬草とは違うのか？」

「はい。これは疲労を取る事もできますが、体の疲れ、筋肉の疲労を取り除く事を目的にしています」

以前エッケンハルトさんに食べてもらった薬草は、体に溜まった疲労を取る物だった。

確かに体の疲れは取れるんだけど、こういう鍛錬の疲れはまた違うものだからな。

効果がないわけじゃないだろうが、もっとぴったりの薬草を思いついた。

鍛錬で疲れるのは、主に筋肉。

この筋肉の疲れを取ることができれば、鍛錬の効率が上がるんじゃないかと思って『雑草栽培』を使ってみた。

結果は成功。

さっきまで感じていた、筋肉の痛みやだるさが消えている。

疲労回復の薬草と違って、疲れそのものの回復は少ないみたいだけど……。

「ふむ……これは、これからも欲しいな。よーし、これならさらに激しい鍛錬も、できそうだなぁ？」

「……え……？」

「……タクミさん」

ニヤリと笑うエッケンハルトさんは、その言葉通りさっきまでより激しい鍛錬を俺たちに課した。

基礎トレーニングは倍の量になり、ランニングも全力に近い速度で走らないと、後ろから迫走しているエッケンハルトさんに叱られる。

……並走しているレオとシェリーは、速度が上がって楽しそうだったが……。

さらには、剣を持った素振りが追加された。

途中で何度か、『雑草栽培』で作った薬草を食べて筋肉を回復させつつ、鍛錬は続いた。

筋肉の痛みは取れても、体力が全快するわけじゃないから、鍛錬が辛いものになっただけだったな……。

「薬草……作らない方が良かったかなぁ……」

なんて呟きも虚《むな》しい。

俺達を扱《しご》きながら、エッケンハルトさんは鍛錬の効率が上がったと笑っていた。

夕食の準備ができた所で、ようやく鍛錬は終了し、皆で食堂に移動する。

「っと、その前に……」

屋敷に入る前に、用意されていたお湯とタオルで汗を拭く。

全身を綺麗にとまではさすがに無理だが、汗くらいはな……これから夕食だし。

しかし、クレアさん達はずっとセバスチャンさんと話しながら鍛錬を見ていたけど、退屈じゃなかったんだろうか？

疑問に思いながらも、食堂へ。

薬草があって無事に歩けるが、疲労自体はかなりのものでゆっくりと歩くので精一杯だ。

ティルラちゃんなんて、レオに乗せてもらって移動しているくらいだからな。

ちなみに、鍛錬の途中で一度試してみたんだが、筋肉回復と疲労回復の薬草を同時に食べると、一切の効果が現れなかった。

どうやら、体内で効果が打ち消し合ってしまい、同時には効かないらしい……不思議な薬草だ。

「タクミ殿も、ティルラも、剣の素質は悪くないようだな……薬草の効果のおかげで効率が良いのもあるだろうが」

「それなら良かったです」

「強くなれるよう、頑張ります」

「タクミさんは剣も使えるんですね……」

「魔法と剣、それにギフトですか……タクミ様の重要度が高いですな」

食事中、エッケンハルトさんからお褒めの言葉。

俺もティルラちゃんも素質はあるようで、剣の鍛錬に取り組むやる気になった。

薬草での効率アップが大きな理由だとしても、剣が使えるようになるのは嬉しい。

「当然、まだまだだがな？　これからも鍛錬を続けるぞ」

「はい！」

「わかりました！」

「……そうだなぁ。寝る前に、素振りはやっておけ？　手に剣を馴染《なじ》ませるのにも必要だ」

「……えっと？」

「寝る前にも、ですか……？」

エッケンハルトさんはさらに、寝る前の鍛錬をさらりと追加した。

素振りが大事な鍛錬の一つなのはわかるが、昼に鍛錬をした後さらに追加だから、かなり辛そうだ。

「……後で薬草を追加で栽培しておこう……ティルラちゃんにも渡さないといけないいな」

俺は夕食後、裏庭に出て素振りをする前に、そそくさと『雑草栽培』で薬草を大量に作った。

同じく剣を持って出てきたティルラちゃんにも分けつつ、二人で黙々と素振りをする。

監督する人はいないが、ここで怠けても自分のためにならないと、退屈そうにお座りして見ているレオをそのままに、素振りをして今日を終えた。

……ちゃんと素振りを終えた後は、風呂に入って汗を流したぞ。


「はぁ……はぁ……はぁ……ふぅ」

「タクミさん、どうぞ。……大丈夫ですか？」

「あぁ、ありがとうございます。なんとか大丈夫、と言えますかね？」

エッケンハルトさんから指導を受け始めて数日後、基礎鍛錬の合間の休憩中、息を整えている俺に、水とタオルを持って来てくれたクレアさん。

いつもは、お世話係のライラさんかゲルダさんが持って来てくれるんだが、今日はクレアさんが持って来てくれたようだ。

大丈夫かと聞かれたら、わりと本心では助けて欲しいと思わなくもないが……これは俺自身のためだし、誰かに手伝ってもらうわけにもいかない事だから、大丈夫と答えるしかない。

クレアさんの前で、弱音を吐きたくない見栄もあるのは、俺が男だからか。

「んぐ……んぐ……はぁ……ありがとうございます」

「いえ、私は何も……」

受け取った水を飲み、タオルで流れる汗を拭きながらお礼を伝える。

「タクミさん、本当に良かったのでしょうか？」

「え、何がですか？」

「その……お父様の勢いで、止められませんでしたけど……タクミさんが剣を習う事です。私は、剣などの武器を扱う事はできませんが、代わりに護衛の者達が守ってくれます。タクミさんも、同じように護衛を雇う形で良かったのではないか？　と思うのです。そうすれば、今のように汗を流して無理をする必要も……」

良かったのかというのがどういう事なのか、一瞬わからなかったが、どうやらクレアさんは俺が無理をしているのではと考えているらしい。

……無理をしていないと言えば嘘になるけど……自分に必要な事だと思うから、今更剣を習うのを辞めるつもりはない。

どう言えば伝わるかな……？

「えっと、確かにクレアさんが言うように、護衛を雇うという方法も考えられます。それこそ、注意をしてレオから離れないようにしていれば、安全でしょう」

「はい。レオ様なら、決してタクミさんを危ない目には遭わせないようにしてくれる、と思います。それに、もしレオ様がいなくとも、護衛がいれば多少の事はなんとかなるかと……」

レオなら、近くにいる時は必ず守るように行動してくれるだろう、と思う。

それくらいの信頼関係はあるつもりだが、それだと頼りっきりなのが気になるし、相棒というより被保護者のようになってしまう。

セバスチャンさんからもらった薬草の報酬を考えれば、そのうち護衛を雇うくらいはできそうだけど、あまりそういう事にお金を使いたくない。

俺自身が元々単なる一般人で、お金持ちというわけではないうえ、誰かに守ってもらう事に慣れていないから、こう考えるのかもしれないけどな。

「それだと、結局誰かに迷惑をかけてしまうように思うんです。まぁ、俺の勝手な考えではあるんですけど。それに、レオに守られてばかりというのも、嫌なんですよね……」

「迷惑とまでは……ですが、シルバーフェンリルであるレオ様になら、守られていてもおかしくないとは思いますよ？　何せ、最強の魔物なのですから」

迷惑というのは言い過ぎか、護衛を雇うとしたら雇用関係になるんだし、俺を守るのも仕事をしているだけに過ぎないから。

とはいえ、慣れていない俺にはやはりハードルが高い気もする……このあたりは、公爵家に生まれて小さい頃から、誰かが周りにいるのが当たり前のクレアさんとは、感覚が違うのかもしれない。

まぁ、森に一人でなんて無茶をする人でもあるから、守られるのが当たり前とまでは思ってはいないだろうけど。

「そこなんですよね……見ていれば、確かにレオが強いのはわかりますし、どれだけ頑張っても敵いそうにはありません。ですけど……以前のレオの事を話しましたよね？　本来は小さかったと」

「えぇ、抱えられる程の大きさだったと聞きました。私は今のレオ様しか知らないので、よくわかりませんが……」

「以前のレオは今のように大きくなくて、どちらかというと俺が守る側でした。一緒にいてくれるだけで、俺も心安らぐ時間にもなったので、お互いがお互いを守っていた……と言えるかもしれません」

それこそ、まだ子供とはいえフェンリルであるシェリーよりも、小さかったくらいだからな……マルチーズは小型犬だし。

拾ったのは偶然だったが、一緒にいてくれたおかげで俺にとって助かった部分もかなりあるはずだ。

日本は基本的に平和なので、襲って来る何かから守る必要はないが、お互いに支え合っていた関係と断言できる。

だからこそ、この世界に来た時レオに対して一番に出た言葉が、相棒だったんだと思う。

「レオ様が守られる側というのは……想像できません」

「ははは、今のレオしか知らなければ、そうかもしれません。でも以前は小さくて……足下を動き回ったりすると、歩く時に踏まないように気を付けないといけないくらいでしたから。っと、話が逸《そ》れましたね」

二本足で立って、前足を俺の足にかけている時ならまだしも、外を歩いている時に体を擦り付けるようにじゃれつかれて、転びそうになった事もあるからなぁ……。

上から足が降りて来るのは、レオからすると脅威だったのかもしれないが、それでもじゃれついて来るのは俺への信頼に思えて、怒る事もできなかったし。

尻尾を振って首を傾げる仕草が可愛すぎた、というのが一番の理由かもしれない。

「ふふふ、私にはわかりませんが、可愛かったのですね。タクミさんがレオ様の事を話す時は、優しい顔をしています」

「……ちょっと恥ずかしいですね。んんっ！　ともかく、そんなレオから守ってもらうばかりだと、相棒とは言えない気がしましたから」

「相棒ですか……タクミさんは、従魔として考えないのですね？」

「従魔とか誰かを従えるとか、今まで経験がありませんでしたからね。魔物だとかは関係なく、命令をして従えるというのが、あまり慣れなくて……」

「確かにタクミさんは、使用人にも命令や指示ではなく、お願いをしているように見えますからね」

部下というのもいなかったし、学生時代に知り合いの後輩とかはいたが、特に親しいとまでは言えないうえ、部活にも入っていない……放課後はいつもレオの世話とバイトのために、さっさと帰っていたからな。

誰かに命令とか指示をする事そのものに慣れていないため、何かを言う時にはお願いになってしまうんだろう。

「レオに敵うようになるとまでは思いませんが、ずっと守ってもらうだけでなく、最低限でも自分を守れるようにはなっておきたいんです。……男のプライドのようなものでしょうか？」

「男のプライドですか？」

「クレアさんには、馴染みがないかもしれないですね。まぁ、恰好つけたいだけですよ」

「そういうものなのでしょうか……？」

レオに心配されていたという事ももちろんあるし、今クレアさんに話したのも本心だ。

だけど、結局のところは俺のちっぽけなプライドが、鍛錬へと打ち込む動機と言える。

そのプライドを刺激したのは……エッケンハルトさんがクレアさんを守らなければ、と言ったからだったりするんだけど、面と向かって言う勇気がないので、今は隠させてもらう。

知り合いからは古風だとか、前時代的だとか言われる事もあったけど……できれば、少しくらいは女性を守れるようになりたい、と思う気持ちが以前からある。

ヨハンナさんとか、訓練されて兵士になっている女性が相手だと、むしろ俺が守られる立場になりそうだけど、クレアさんは剣とか武器を使って戦う事は不向きみたいだからな。

勝手に俺が考えているだけで、相手がクレアさんだと決まっているわけではないんだけど……早い話が、いずれ大事な人ができたとしたら、その相手を守りたいという願望のようなものだな。恥ずかしいから内心で考えるだけにしておくけど。

「あ、エッケンハルトさんには言わないで下さいね？」

「お父様には内緒なのですか？」

エッケンハルトさんに言ったら、俺が考えている本心に気付きそうだから。

あと、セバスチャンさんと一緒になると、クレアさんの事とかを邪推されて、またイジられそう……という事は言わないでおく。

「言ったら、もっと厳しい鍛錬になるか、何か語られそうなので……」

「お父様の悪い癖が、悪化しそうですね……。ふふふ、わかりました」

「はい、二人だけの秘密です」

「二人だけ……っ！」

「……どうかしましたか？」

突然、クレアさんが明後日の方向に顔を向けて、黙ってしまった……俺は、また何か無意識に変な事を言ったのだろうか？　んー？

「た、タクミさんの考えはわかりました。これからは、心配するのではなく応援……していますから……」

「あ、はい。よろしくお願いします」

首を傾げていると、焦りながら話すクレアさん……理由はわからないけど、何か誤魔化された、のかな？

何はともあれ、クレアさんに心配でなく応援されれば、今以上にやる気が出るだろうな。個人的な考えだが、やはり女性に応援されると男は頑張れるもんだ。

「タクミさーん、休憩は終わりみたいですよー！」

「タクミ殿、そろそろ体も休まっただろう？　また鍛錬を始めるぞ！」

「ワフワフ！」

ティルラちゃん達から声がかかり、休憩の時間は終わったと伝えられる。

エッケンハルトさんはともかく、ティルラちゃんが元気一杯なのは若さからなのか？

あと、なぜかレオが一緒になって尻尾を振っているのは、鍛錬に参加する気なのかもしれない……走る時にレオがいると、ペースが上がって辛いんだが……これも、体を鍛えるためだと考えよう。

「わかりましたー！　――それじゃあクレアさん、頑張ってきます！」

「はい、頑張ってください！　私も、タクミさんを見習って自分のため、そして公爵家として周囲に何ができるのか、考えます！」

「ははっ、そんなに大袈裟《おおげさ》な話じゃないですよ？　でもまぁ、お互い頑張りましょう！」

「はい！」

俺を呼ぶティルラちゃん達に手を振って応え、クレアさんと笑い合ってその場を離れる。

俺を見習うと言っていたけど、公爵家とか、そんな大きな話じゃなかったと思うんだよなぁ？　単純に自分のためという話なだけだったような？

まぁ、クレアさんにも何か思うところがあったんだろうし、俺と話した事でやる気が起きたのなら、いい事だと考えておこう。

とにかく今は、体を鍛えて剣が使えるようになって、最低限でも自分の身を守れるようになる事が重要だな――。


クレアさんとの話からさらに数日後、ようやく鍛錬に体が慣れてきた頃合いで、裏庭にてエッケンハルトさんから、ちょっとした模擬戦をする事を伝えられた。

「模擬戦……どうやるんですか？」

「私と剣を使って、試合をしてもらう。当然だが、私からも攻撃するからな？」

「お父様と……」

エッケンハルトさんは木で造られた剣を持ち、俺達と向き合っている。

ティルラちゃんは父親が相手だと知って、途端に緊張してしまったようだ。

実戦形式か……剣の振り方は教えてもらえたし、基礎鍛錬や素振りはサボらずにちゃんとやっているから、最初よりは良くなっているとは思う。

けど、やっぱり不安だな。

エッケンハルトさんは特に構えているわけでもないし、手に持っているのは木剣だが、その立ち姿は様《さま》になっている。

堂に入《い》る、というのが正しいのかな？

やっぱり、慣れている人だと迫力が違うな……。

「お父様、大丈夫なのですか？」

「さすがに手加減はする。まぁ、ここ数日の鍛錬で、どこまでできるようになったかを確かめるだけだからな」

心配そうなクレアさんの言葉に、エッケンハルトさんは木剣で軽く素振りをしながら答えた。

……俺やティルラちゃんが剣を振る時より、鋭い風切り音がしてるなぁ。

まずは俺からという事で、ティルラちゃんは後ろに下がる。

クレアさん達は今日も見学するようで、離れた場所から見守っている。

「では、そちらから自由に打ち込んで来い」

「はい！」

木剣に対して、こちらは刃のある剣。

一瞬だけ、大丈夫かと思ったが……そんな事を考える事が失礼なくらい、実力差は明らかだ。

すぐに思い直し、剣を構える。

教えられた通りに、いつも素振りをしているように……。

頭の中でどう動くかを決め、エッケンハルトさんに向けて剣を振りかぶる。

まぁ、教えてもらった事はまだ少ないから、単純に全力で上段から振り下ろすしかないんだけどな。

「はっ！」

「……中々の太刀筋になった……だが、まだまだだな」

俺が渾身《こんしん》の力を込めて振り下ろした剣を、エッケンハルトさんは木剣を横から合わせるだけで、俺の剣をずらした。

太刀筋をずらされた俺は、そのまま地面に剣を打ち付けてしまう。

「つぅ！　まだま……ぐっ！」

剣から伝わる振動に手が痺れるが、それを我慢し、もう一度振り上げようとする視界の隅で、エッケンハルトさんがゆらりと揺れたと思った瞬間、手に痛みが走り言葉が途切れた。

「手から剣が落ちれば、今のタクミ殿には戦う事は敵わないだろう。……そして」

「っ」

痛みは、俺の右手がエッケンハルトさんの木剣で打たれたから。

衝撃と痛みで、思わず持っていた剣を落としてしまった。

「これで、タクミ殿は一度死んだものと同義だ。実戦に限らず、相手から目を離してはいけないぞ」

「……はい。ありがとうございました」

さらにエッケンハルトさんは、俺の首に木剣の先を突き付けて終了を告げる。

これが木剣ではなく、実際に俺の命を狙う剣だったら、言われた通り死んでいただろう……。

剣がずらされて地面を打った事で、相手から目を離してしまった俺の失態なのは明らかだ。

だからと言って、エッケンハルトさんから目を離さなければ、なんとかできていたわけでもないけどな。

「ガウ！」

「レオ!?」

「レオ様!?」

木剣を突き付けられたまま、負けを悟って礼を言う俺の前に、レオが風の如《ごと》く割り込み、エッケンハルトさんの持つ木剣を前足で叩き落として踏みつける。

一瞬、何が来たのかわからなかったくらい、速い動きだった。

「グルルルルゥ……」

左前足で木剣を踏みつけて、エッケンハルトさんが使えないようにしつつ、牙を剥《む》いて唸るレオ。

「れ、レオ様……えっと、如何《いかが》なされたので？」

俺と同じように武器を落としてしまったエッケンハルトさんは、レオに対して成すすべがない。

牙を剥かれている恐怖からなのか、引き攣《つ》った笑顔でジリジリと下がっている。

「ち、ちょっとレオ？」

「ワフゥ、ワウ！　グルルルゥ……」

なぜ、レオがいきなりエッケンハルトさんに怒っているのか……思わず声をかけると、一瞬だけ俺の方へ顔を向けて、後は任せろと言わんばかりに吠える。

そしてまた、エッケンハルトさんの方へ顔を向けて唸りだした。

もしかしなくても、俺の手が打たれて木剣を突き付けられたのを見て、襲われているとでも思ったのか？

というかこのままじゃ、エッケンハルトさんにトラウマが植え付けられてしまう！

……さすがに、本気で襲い掛かるような事はない……と思いたいけど。

「いや、いいんだレオ！　これは鍛錬で、本気で俺をどうにかしようというわけじゃないんだ。まだ鍛錬を始めたばかりの俺がやられるのは当然だし、それでいいんだよ！」

「グルゥ？　……ワフ？」

慌てて叫ぶ俺に、鍛錬？　と首を右側に傾げながら声を出すレオ。

あれ？　と言いたげにさらに左側に傾げた。

まったく……俺を守ろうとして飛び出してくれたんだろうし、それは嬉しいけど、単なる模擬戦で、エッケンハルトさんが俺の命を本気で狙っているわけがないんだから、レオが乱入しちゃ駄目だろう……。

「すみません、エッケンハルトさん」

「……いや、うむ……その、大丈夫なのか？」

「ちょっと勘違いしたみたいで……こらレオ、駄目だぞ？　これは鍛錬で、模擬戦だ。エッケンハルトさんが本気で、俺を倒そうとしているわけじゃないんだぞ？」

「ワフゥ……ワウワウ。ワウゥ……」

レオに注意すると、襲われているように見えて、思わず……と言うように鳴いた後、エッケンハルトさんに顔を向けて、済まなさそうな声を出して謝っていた。

「あぁ、その……えぇと……き、気にしていない……いませんから、はい」

牙を剥いて唸っていた、レオの怒りを目の当たりにしたためか、腰が引けているどころではなく、顔が引き攣りまくっているエッケンハルトさん。

そのエッケンハルトさんは、しどろもどろになりながら、なんとかレオの謝罪を受け入れていた……でいいんだよな、これ？

「私達と一緒にいたはずなのに、気付いたらお父様達の所にいて、驚きました……」

「これが、初代当主様の伝説にある、風とともに現れるシルバーフェンリル……なのかもしれませんな」

レオが踏んでいた木剣を回収し、エッケンハルトさんに渡していると、離れて見ていたクレアさんとセバスチャンさんが揃って驚いた表情のまま、こちらへ歩み寄ってきた。

「ワフ？」

クレアさん達に首を傾げるレオは、自分がどれだけの動きをしたのか、自覚がないようだ。

それだけ、夢中で俺を助けようとしてくれたという事なんだろう。

心配かけてすまないレオ、それとありがとう。

レオに心配をかけないよう、もっと鍛錬を頑張らないと……打たれた手を、心配そうに見るクレアさんに笑いかけながら、内心で決意を新たにした。


「……次、ティルラ」

「はい！」

レオの乱入というハプニングがあったが、少しして気を取り直したエッケンハルトさんが、模擬戦の続きを始める。

俺は終わったけど、まだティルラちゃんが残っているからな。

エッケンハルトさんに呼ばれたティルラちゃんが、一歩前に出て対峙する。

ティルラちゃんは、俺と同じように剣を振り下ろし、それを受け止められて持っている剣を弾《はじ》かれた。

体勢の崩れた隙に、エッケンハルトさんは木剣をティルラちゃんの顔に突き付ける、と……これで模擬戦終了だ。

俺も、あんな感じだったんだなぁ……圧倒的過ぎるのもあって、手を打たれた俺を見て襲われているとレオが勘違いしても、無理はなかったのかもしれない。

動物って、瞬発力が高いせいか、その瞬間を見て体を動かしたりする事もあるしな。

「これで、ティルラも終了だ。力を込めて剣を振るのは悪い事じゃないが、体勢を崩してしまった後の事も考えないとな？」

「ありがとうございました！」

簡単にあしらわれた、俺とティルラちゃん。

まだまだ鍛錬を開始して数日だから仕方ない事だが、これだけ軽々と対処されるのは、少し悔しい。

「さて、二人共実力不足は実感できたと思う。まだまだ鍛錬を始めたばかりなのだから、当たり前だがな？」

「「はい」」

「剣を上手く扱うには、手に馴染む程の努力が必要だ。あとは考える事だな……」

「考える事……」

「相手がどう動くかの予想。自分がどう動けばいいのかという想像。そして、実際に動けるかどうか……といったところだな。まぁ、細かい事を言えばまだまだあるが……」

相手によって動きも違うし、対処法も違う。

自分がどう動けばいいかを決めるのは、日頃の鍛錬次第。

エッケンハルトさんが言うのは、戦いにおける基本的な部分なんだと思う。

戦闘に詳しくないが、実際に動いて俺達を軽くあしらった人の言葉には、説得力がある。

「もっとじっくり鍛えてやりたいが……私も忙しい身でな。鍛錬に付き合っていられるのも、今日までだろう」

「お父様、帰るんですか？」

エッケンハルトさんは公爵家の当主様だから、忙しいのは当然だと思う。

しばらくの間、俺達の鍛錬に付き合ってくれた事を感謝しないといけないくらいだ。

エッケンハルトさんがこの屋敷に来る前は、緊張したり、項垂れたりしていたティルラちゃんも、今は少し寂しそうだ。

まぁ、この年頃だから父親と一緒にいたいと思うのは、当然の事だろう。

項垂れたりしていたのはお見合い話のせいだし、父親の事を嫌っているわけでもない。

「さすがに、ここにいつまでもいるわけにはいかん。タクミ殿の薬草販売の事もあるしな」

「お手数をおかけします……」

「タクミ殿が畏《かしこ》まる必要はないぞ？　これは、公爵家の利益のためでもあるからな」

その後は、寂しそうなティルラちゃんの頭をガシガシと撫でるエッケンハルトさんから、鍛錬のメニューを決めてもらう。

今までよりは控えめな内容だが、十分に辛そうなメニューだ。

それを繰り返し行う事と、もう一つ別の鍛錬を続ける事で、いずれ一人前に剣を使えるようになるだろうとの事だった。

新しい鍛錬は、夕食の時間になったので後日に持ち越し、夕食後にはここ数日そうしていたように、ティルラちゃんと一緒に剣の素振り。

エッケンハルトさんと戦った時の事を思い出しながら、頭の中で色々な事を試して剣を振ったから、漫然と素振りをするより効率は良くなったかもしれない。

素振りの後は、風呂で汗を流してベッドへ潜り込んだ。

そういえば、最近レオとあまり遊べていないな……なんて考えつつ就寝した。


翌朝、珍しく早く起きたエッケンハルトさんを交えて、皆揃っての朝食。

早起きなのは、今日が本邸へ帰る日だからだろう。

和やかな雰囲気ではあるが、エッケンハルトさんとセバスチャンさんは俺の作った薬草を販売する方針について話し合っている。

「セバスチャン、先日タクミ殿に作ってもらった薬草は持ち帰る。だが、先にラクトスの街で販売を開始してくれないか？」

「畏まりました、そのように……。タクミ殿に無理をさせないよう、いくつかの薬草を卸してもらいます」

「頼む。人の行き来が多いラクトスから販売を開始すれば、評判が広まるのも早いからな」

「もしかしたら、旦那様が本邸に戻るまでに評判になっているかもしれませんな？」

「ははは、そうなってもおかしくないな」

どうやら、俺の薬草はこの屋敷の近くにあるあのラクトスの街で、最初に販売されるらしい。

追加の薬草を頼まれるのはいいが、また高い報酬を受け取るのかぁ……使い道も考えておいた方がいいかもしれない。

「お父様、ラクトスの街という事は、あの店を使うのですね？」

「あぁ。あそこは販売品を定めていないからな。薬草を新しく商品として加えても、問題ないだろう」

クレアさんとエッケンハルトさんの言う、あの店とはどんな店なんだろう……？

ラクトスの街にはまだ、二度しか行った事がないから、公爵家の店というのがわからない。

まぁ、薬草を販売する時になればわかるか。

エッケンハルトさんとセバスチャンさん、途中からクレアさんも交ざって薬草販売の話を詰めて行く。

俺とティルラちゃんは美味しい朝食を食べながら、話を聞くだけだ。

まだ知らない事が多くて、話に交ざれないからなぁ……。

朝食が終わる頃には話も終わり、お茶を飲みながら雑談をしている時の事。

「あはは、レオ様ー！」

「ワフワフ」

ティルラちゃんと戯れるレオの声を聞いて、体をビクッと震わせるエッケンハルトさん……まだ慣れてないいんですね……。

元々畏怖していたのに加えて、昨日模擬戦に乱入した事が響いているんだろう。

もう少し、レオにも我慢を覚えてもらわないといけないかなぁ。

頼りになるのは間違いないし、レオが俺のためと動いてくれたのは嬉しいけども。

まだエッケンハルトさんが出るまでに時間がありそうだし、こうしたらいいかな……。

「すみません、クレアさん。ソーセージを幾つか、頼めますか？」

「ソーセージですか？　レオ様に追加で？」

「ワフ？」

「いえ……あーまぁ、最終的に食べさせる事になるとは思いますが、追加というわけでは……」

レオに我慢を覚えさせるにはと考えて、ソーセージを使う事を思いつく。

朝から満腹になるまで、ソーセージや他の料理を食べていたレオが、また食べられるの？と首を傾げているが、そうじゃない。

というか、満腹のはずなのに、まだ食べるのか……出せば出した分だけ、食べそうだな。

「えーと、レオにちょっと我慢を覚えてもらおうと思いまして……昨日エッケンハルトさんの模擬戦で、レオが乱入して来た事も考えると、ですね」

「我慢を……ですか。確かに、昨日の模擬戦でお父様の木剣を叩き落とした時は、驚きましたが……私を含めて、あの場にいた皆は気付いたらレオ様が動いていて、何もできませんでした」

「恥ずかしい話だが、私ですら反応できなかったからな……」

今すぐレオに食べさせるわけではなく、ソーセージを使ってレオの躾《しつけ》をする事を説明。

昨日の事もあるが、その前にラクトスの街へライラさんと行った時、食べ物へ向かって走り出そうとした事も付け加える。

あの時、言う事を聞いてくれたから良かったけど、レオの大きな体で暴走して食べ物に向かって走ったら、大変だっただろうなぁ。

俺やライラさんだけじゃ、とてもじゃないけど止められそうにない……意思疎通ができるって、便利だ。

それなら一緒にシェリーも、とクレアさんが提案して、広い場所でと裏庭で試す事になった。

何かを覚えるのは、子供のうちからの方がいいから。

「しかし、本当にシルバーフェンリルを躾《しつ》けられるのか……？　むしろ人間の方が躾けられそうだが……」

「さすがにそれは……。でも、レオは優しい子ですし、俺とはちゃんと話せますから、大丈夫ですよ」

「ワウ！」

「う、うむ。そうか……」

レオに我慢を覚えさせると聞いて、半信半疑のエッケンハルトさん。

この世界に元からいるシルバーフェンリルなら、本来は無理なのかもしれないが、レオは違うからな。

俺の言葉に、なぜか嬉しそうに鳴いて頷くレオは、多分優しいと言われた事が嬉しかったのだろう。

いや、俺と話せるという方が、レオにとって嬉しい事なのかもな……うん、俺も嬉しいのは間違いないしな。

クレアさんは、俺やレオの事を見ている時間が多いおかげか、エッケンハルトさんみたいな反応ではないが、それでもシルバーフェンリルのレオを躾けると言い出した事に、多少なりとも驚いていたようだ。

セバスチャンさんも同じくだな……ティルラちゃんは、よくわかっていない様子だが。

「畏れ多い気もするが、迷惑でないのなら後学のために見せてはもらえないか？」

「大丈夫ですよ。な、レオ？」

「ワフ」

見せるくらいなら何も問題はないので、頷いて答えつつレオにも許可を取った。

見てみたい、と興味津々な公爵家の人達を連れて、レオやシェリーと一緒に裏庭へ。

先に言い聞かせておかないといけないので、ソーセージの登場はまだだ。

話を聞いて理解はしていても、ソーセージを見せたら、飛びついてしまうかもしれないからな……既に尻尾を振って、よだれを垂らしそうになっているし。

「レオ、もう少し落ち着きなさい。じゃないと、これから辛いぞ？」

「ワフ？」

興奮気味のレオに、注意しておく。

レオ自体は、辛いと言われる理由がわからなくて、首を傾げていた。

「いいか？　これからソーセージを持って来てもらうが、すぐに飛びついたりしちゃ駄目だからな？　もちろん、シェリーもだ」

「ワフ、ワフワフ！」

「キャウー！」

レオは、それくらいいつもの事、と言っているようだ。

確かに、食事をする時テーブルの上に置いてあっても、一応皆が食べ始めるまで食べる事はなかったが、これからやろうとしているのは、ただ見せたり置くだけじゃない。

それにレオが耐えられるかどうか……というか、耐えるようにしないとな。

シェリーの方は、レオの隣にちょこんとお座りして、尻尾を振りながら威勢のいい返事。

何を言っているのかわからないが、やる気十分なようだ。

「それじゃあセバスチャンさん、ライラさん、お願いします」

「はい、お任せを」

「畏まりました」

こちらの様子を窺《うかが》っているクレアさん達とは別に、前もって打ち合わせしていた事をセバスチャンさん達に頼む。

裏庭に出る途中で、レオやシェリーから離れて、セバスチャンさんにそっとお願いしておいた。聴覚も鋭いだろうレオだが、その時はティルラちゃんやシェリーと遊ぶのに夢中だった。聞こえていなかったはずだ……距離もあったしな。

俺がやろうとしている事は、早い話が「待て」を覚えさせようという事。

それも、目の前に置いてとかだけでなく、ちょっとした工夫を加えて刺激を与えながら我慢させよう、という事だ。

感覚の鋭いレオとシェリーには、ちょっと辛いだろうけど、街や屋敷の人達に迷惑をかけないためにも、必要だろうと思う。

「それでは……ファイアエレメンタル・キャンドル」

セバスチャンさんが、松明《たいまつ》にも使えそうな太い木の先に、魔法で火を付ける。

バーベキュー串のような金属の棒に、複数のソーセージを刺したライラさんが、炙《あぶ》るようにして火へと近付けた。

ソーセージは既に調理済みの物だが、焦げないように気を付けながら炙れば……。

「キャゥ……キャウー！」

ほらこの通り。

嗅覚の鋭いシェリーが、ライラさんに向かって駆けだした。

間違いなく、炙られる匂いに釣られたんだろう。

数十メートルは距離を取っていたが、風向きも考えていたおかげで、すぐに嗅ぎ取ったようだ。

「ガウゥ！」

「キャゥ？」

「うお!?」

「なんと⁉」

「きゃ！」

「ワフ～ワフ～」

レオの方は我慢できているかなーと、駆けて来るシェリーからそちらへ視線をうつそうとした瞬間、吠える声と共に突風が発生。

強い風に目を閉じた俺の耳には、セバスチャンさんやライラさんの声が聞こえた。

風が収まったのを感じ、目を開けるといつの間にかレオが目の前に……というか、ライラさんの持っていたはずのソーセージがなくなって、金属の串だけになっていた……いつの間に。

もしかして、今の風はレオがとんでもない速度で駆けたからか？

機嫌良さそうに鳴くレオの口元は、モゴモゴと動いていたのでソーセージを食べたのは間違いなさそうだ。

「……レオ、お前」

「ワフ？」

「首を傾げたって駄目だぞ。我慢を覚えるためって言っていただろう……全然できてないじゃないか。しかも、シェリーを追い越してまで……」

「キャウ！」

「ワフ？　ワーウ……ワウ⁉　キューン……」

「可愛く鳴いたって、駄目だからな？」

ソーセージに夢中で、何が目的なのかを忘れていたらしい。

シェリーは、レオに抗議するように吠えている。

先に駆け出したのはシェリーなのに、あっさり抜かれたんだから、仕方ないかな？

ともかく、レオもシェリーも簡単に釣られてしまったな……これが街中とかじゃなくて良かった。

「クレア……見えたか？」

「いえ、全く。風で目を閉じたのもありますが、離れていても全然見えませんでした」

「私もだ……昨日の模擬戦の時といい、初代当主様の伝説を何度もこの目で見られようとは」

「そうですね……風と共にというよりも、あまりにも速い動きで風が発生するのでしょうけど」

エッケンハルトさんとクレアさんは、レオの動きを見て驚きながらも感心している様子だ。

確かに、動きそのものは驚くべき事なのかもしれないけど、その原因はソーセージを見て我慢ができなくなった……という情けないものだから、大袈裟に言われるとちょっと恥ずかしい。

こういうの、やっぱり今までにちゃんと教えておかないといけなかったなぁ。

「レオ、美味しそうな匂いに釣られたんだろうけど、駄目だぞ、我慢しないと？」

「ワフゥ……」

「……シェリーもよ？　人が多い場所では、様々な匂いや誘惑があるの。だからって、走り出したら周りに迷惑をかけてしまうわ。我慢するのよ？」

「キュゥ……」

レオの正面に立ち、注意するように言い聞かせる。

俺を見てか、クレアさんも同じようにシェリーへ注意していた。

シェリーは、人の多い街とかに行った事がないから想像ができないかもしれないが、クレアさんの言う事には素直に反省している様子だ。

意思疎通ができるからって、すぐにできると思っちゃ駄目か、やっぱり。

根気よく何度もやって、覚えてもらわなきゃな。

セバスチャンさんに目配せをして、新しいソーセージを持って来てもらうと共に、先程の場所までレオとシェリーを誘導し、再び同じ事を繰り返す。

「まぁ……大丈夫かな？　レオ、シェリー、おいで！」

「ワウ！」

「キャウ！」

何度か繰り返し、ようやく匂いを気にせず動かないようになってくれた。

とは言っても、視線をチラチラとさせて、こちらを気にしているのは丸わかりだったし、多少ソワソワしている様子なのはすぐにわかる。

匂いに対して、すぐに飛びつかない……という点で及第点という事にしておこう。これ以上はかわいそうだし、追い追い覚えて行けばいいだろう。

レオとシェリーを呼んで、ライラさんからソーセージを受け取り、食べさせる。

ちゃんと我慢できたから、ご褒美をあげないとな。

ソーセージを食べているレオを、褒めるように撫でていたら、クレアさんも同じようにシェリーを撫でていた。

どうやらシェリーも、クレアさん相手には食べている途中に撫でられても怒らないようだ……慣れていないと、野生の本能からなのか、怒ったりする犬もいるからなぁ。

シェリーは犬じゃなくてフェンリルだが、むしろそっちの方が本能や野生とかは強そうだ。

「タクミさん、今回はこれで終わりですか？」

「んー……まだちょっと不十分な気がするので、もう一つ試してみようかと思います」

シェリーを撫でながら聞くクレアさんに、もう一つ考えている事を伝える。

さっきまでは、匂いを我慢する事が目的。

それができたのだから、今度は間近で見ても我慢できるかだ。

最終的には、近くで見て匂いを嗅いでも我慢できるようになって欲しいが、今日はそこまでやる気はない。

あまり詰め込んでも、レオやシェリーが疲れてしまうだろうから。

「それじゃ、セバスチャンさん」

「はい……」

「よーしレオ、動かずに我慢するんだぞー？」

「ワゥ……」

セバスチャンさんから、別のソーセージを受け取り、レオへと近付く。

新しいソーセージを見て、レオが尻尾を振っているがまずは我慢だ。

ソーセージを見せながら手を伸ばし、レオの眉間と鼻の間に置く。

近すぎて、逆によく見えないかとも思ったが、目を寄せてジッと見つめているので、ちゃんとソーセージとして認識しているだろう。

……レオの顔が大きいおかげで、二十センチくらいはある長いソーセージも簡単に乗ってくれた。

視線を逸らさない限り、視界の全てをソーセージにする事で、視覚情報を得ても我慢するように、との考えだ。

ちょっと無理矢理だったかもしれないが、ソーセージを絶対に見逃さないくらい、真剣に見つめている様子からは、効果がありそうに思えるな。

「……シェリーには、少し大きいわね。いい、我慢するのよ？」

「キャゥ」

レオの隣にはシェリーとクレアさん。

そちらでは、レオと同じくお座りしたシェリーの顔に、俺の真似をしてソーセージを置いた。

ただ、さすがにシェリーには大きかったようで、半分にしていたが……。

「ワゥ。ワー……ウ！」

「あ、レオ！」

「キャゥ？　キュー……キュ！」

「シェリーも⁉」

レオはすぐに我慢の限界が来たようで、顔をクイッと上げてソーセージを頭上に浮かし、開けた口で受け止めてモグモグと食べる……といった芸当をした。

変なところで、新しい芸を覚えて欲しくないんだが……はぁ。

シェリーの方も、レオを横目で見て真似をするように動いてソーセージを食べた。

こちらは、さすがにレオのように上手くいかなかったらしく、地面スレスレで横から食いついていたけどな。

「レオ様凄いです、シェリーも！」

「私達は、何を見せられているのだろうか……？」

「旦那様が見たいと仰ったのでしょう？　しかし、シルバーフェンリルとフェンリルの動きとしては、一見の価値はあるのかもしれませんなぁ……」

いいえ、こんな事に価値を見出さないで下さい、セバスチャンさん。

「……レオ？」

「ワフ〜。ワウ⁉　ワフワフ、ワウー」

「美味しそうなのが、目の前にあるのが悪い？　いやいや、それを我慢するのが、目的だろう？」

「ワゥ……」

「シェリーもよ？　ちゃんと我慢しないと、夕食がなくなってしまうかもしれないわよ？」

「キャウ⁉　キュゥ、キュゥ！」

「それ、いいですね。――レオ、我慢しないと、もうソーセージが出て来ないかも……？」

「ワウ⁉　ワウ！」

「よし、ちゃんと我慢するんだぞ？」

「ワウー」

「キャゥ……」

まぁ、本当にソーセージを食べさせないとまでは言ってないのだが、それだけは嫌なのか、レオは素直に従う姿勢になってくれた。

シェリーは、食べる物がなくなるのは嫌だから仕方なくと言った風だ。

人と一緒にいる期間が短いうえ、子供のシェリーの方が、少し不満そうではあるが……仕方ないだろう。

「よーし、じゃあちゃんと我慢するんだぞー？」

「ワフ！」

「シェリーも、我慢するのよ？」

「キャゥ」

追加のソーセージを、再びレオの顔へと乗せる。

クレアさんも先程と同じように、半分になったソーセージをシェリーの顔へ。

しばらくその状態で、お互い何も言わず我慢の時間。

数十秒が経ち、そろそろいいかな？　と思ったあたりで、レオの前足がプルプル震えて動きたそうにしているのを見た。

……もう少しだけ頑張れば、いい成果になりそうだ。

「……一分以上経ったかな？　よし！　もう食べても……って、食べてるのか」

「ワフ～ワウ～」

「シェリーもですね……まぁ、我慢はできた方でしょうか」

「キャゥ～」

「そうですね、ははは……」

たっぷり一分以上経っただろう頃、許可を出すために「よし！」と言った辺りで、既にレオが動いてソーセージを食べていた。

我慢と許可のギリギリだったが……まぁ、いいか。

シェリーの方も、俺の声に反応して既に食べているようで、クレアさんと一緒に顔を見合わせ、苦笑した。


少し後、訓練を頑張ったレオとシェリーに、ご褒美のソーセージを食べさせながら、撫でてやる。

我慢した分だけ食べ甲斐があるのか、レオもシェリーもがつがつと食べている……食べ過ぎて、お腹を痛めたりするなよー？

「レオ様もシェリーも、見事にタクミ殿の言う事を聞いていたな……」

「シェリーは、クレアさんだと思いますけど……そうですね」

「シルバーフェンリルを躾ける事のできる人間がいるというのは、驚きだ」

俺にとって、レオはシルバーフェンリルという種族は関係ないからな。

躾けると言っても、レオが嫌がる事はしたくないし、今回は街へ行く時にもしもがあってはいけないからと、我慢させようと思っただけだ。

まぁ、この世界の人からしたら、レオの小さい頃は知らないし、シルバーフェンリルに対して人間が……と思ってしまうものなのだろう。

「レオも、別に人間が嫌いなわけじゃないですからね。むしろ、子供好きではありますが……ともかく、俺がいない時にもしレオが粗相をしたら、しっかり叱ってやって下さい」

「ガウ！」

「っ!? う、うぅむ……レオ様を叱るというのは、さすがに畏れ多いな……。ち、近づくのも少々……」

もし俺のいない所で、何かやってしまったら代わりに……と思ったんだが、それを聞いていたレオから抗議するように吠えられた。

粗相なんてしない！ と言いたいらしい。

マルチーズだった頃から、あまりそういう事はしなかったから、自信があるみたいだな。

そんなレオと俺の様子に、エッケンハルトさんは後退《あとずさ》りしながら唸るように呟いた。

レオが怖いと思ったまま本邸へ帰るのは、ちょっともったいない気がするなぁ。

レオ、こんなに可愛いのに……。

「お父様、レオ様にもう少し慣れてはどうですか？」

俺の気持ちを知ってか知らずか、後ろからエッケンハルトさんの背中を手で押しながら、クレアさんが言葉をかける。

「……レオ様が優しいというのは、ここ数日でわかっているが……どうしてもな……」

後退りしたいエッケンハルトさんと、レオに慣れさせたい……というより、悪戯《いたずら》を思いついたようなクレアさん。

接している時間が短く、知識があるためにレオを怖がるのはわからなくもないが……体も大きいしな。

うーん、そうだな……ゲルダさんがレオに慣れるようにした時と、同じ事をしてみたら、少しは慣れてくれるかな？

出立までの残り時間は少ないかもしれないが……ちょっとだけでも慣れてくれたらいいかな。

とりあえずやってみよう。

「レオ、ちょっと来てくれ」

「ワフゥ？」

「タクミさん、どうするんですか？」

「エッケンハルトさんが、レオに慣れてもらえればと思いまして、ちょっとした事をですね……」

クレアさんの疑問には、エッケンハルトさんに聞こえないよう小声で答えておく。

「まずはレオ、人を乗せられるぞ？　エッケンハルトさんに背を向けて伏せてくれ」

「ワフー」

俺の言葉に頷いたレオが、エッケンハルトさんに背を向けて伏せをする。

「さ、エッケンハルトさん。レオに乗ってみて下さい」

「……レオ様に？　いや、しかしな……」

「大丈夫ですよお父様。レオ様は優しいので、振り落としたりはしませんから」

躊躇《ちゅうちょ》するエッケンハルトさんに、クレアさんがまた背中を押して、レオに半ば無理矢理乗ってもらう。

セバスチャンさんも楽しそうな顔をしながら、クレアさんとエッケンハルトさんの背中を押していたようだが、気にしない事にする。

……セバスチャンさん、主人の扱いはそれでいいんですか？　仕掛けた俺が、考える事じゃないかもしれないけど。

「……ほ、本当に私が乗っていても、いいのでしょうか？」

「大丈夫ですよ。レオはエッケンハルトさんを嫌っているとか、そういう事はないので。――な、レオ？」

「ワウ」

レオの背中に乗っても、体を緊張させてこのままでいいのかと戸惑っている様子。

そんなエッケンハルトさんに気を使って、ゆっくりと立ち上がるレオ。

馬に乗り慣れているはずなのに、レオへの恐怖からかエッケンハルトさんはしがみつくような体勢になった。

「ワフー」

「キャゥ！　キャゥ！」

エッケンハルトさんを乗せ、広い裏庭をゆっくりと走り始めるレオ。

初めてティルラちゃんを乗せて走った時より、緩い速度だ。

その後ろを、シェリーが楽し気に鳴きながら追いかけている。

もしかして、遊んでもらっていると思っているんだろうか……まぁ、シェリーの運動になってちょうどいいか。

「タクミさん、良い方法を考えましたね」

「ゲルダさんも、これでレオを怖がらなくなりましたからね。同じ方法ですけど、効果はありそうだったので」

「そうだったのですか。確かにいつの間にか、ゲルダがレオ様を怖がっている様子がなくなっていましたが……」

そう言えば、ゲルダさんとライラさんを初めてレオに乗せた時、クレアさんは一緒にいなかったな。

しばしの間、エッケンハルトさんがレオに乗って裏庭を走り回る。

少しずつではあるが、レオに乗る事に慣れてきた様子のエッケンハルトさんは、最後の方でようやく硬直が解けていたようだ。

……大柄な男性が、大きな狼に乗っている姿は迫力があるな。

「レオ、そろそろ戻っておいでー！」

「ワフ！」

時間もあまりない事だし、そろそろだなとレオを呼んで終了させる。

声に反応したレオが、走る速度を上げて戻ってきた。

俺の前でお座りの体勢になったレオから、エッケンハルトさんが降りる。

最後に速度を出して走ったおかげで、多少顔が引き攣っているけど……少なくとも、怖がってばかりのさっきまでよりはマシだな。

「……ふぅ」

「お父様、レオ様に慣れる事はできましたか？」

「そうだな……ここまでされて、怖がっているのもおかしな話か。……レオ様、ありがとうございます」

「ワフ！」

地面に足がついて、一安心といったエッケンハルトさん。

クレアさんに向けて苦笑しながら、レオに頭を下げ、お座りをしているレオの体を、優しく撫でた。

レオの方は撫でられて嬉しいのか、尻尾がゆらゆら揺れているな。

これで完全に慣れたわけじゃないだろうが、最初の頃よりは慣れてくれただろう。

ちょっとした荒療治にも、近くなってしまったが。

「タクミ殿もありがとう。少々強引だと思うが、おかげでレオ様への恐怖心が薄れたぞ」

「ははは、強引なのはすみませんでした。でも、怖がってばかりいてもレオがかわいそうでしたし、時間もありませんでしたからね」

「そこに関しては済まない。ここ数日で、レオ様が人を襲ったりしないとわかってはいたんだが、シルバーフェンリルという魔物を知っている分、どうしてもな……」

シルバーフェンリルの知識があり、その怖さを知っている程、目の前にした時に恐怖心が湧き出て来るんだろうと思う。

エッケンハルトさんが恐がるのも当たり前なんだが、それでもレオは可愛いんだと伝えたかった……俺の我が儘《まま》、なのかもしれないけどな。

「旦那様、そろそろ……」

「わかった」

「エッケンハルトさん、薬草販売の事……よろしくお願いします」

「ああ、もちろんだ」

時計を見ていたセバスチャンさんに促されて、裏庭から屋敷に入る俺達。

途中で改めて、薬草販売のお願いをしている間に、玄関ホールへと到着。

そこには、エッケンハルトさんが来た時と同じように、屋敷中の使用人さん達が揃っていた。

「それでは旦那様、お気を付けて」

「お父様、本邸への道中お気を付けて……」

「護衛もいるからな、大丈夫だろう」

「それでも、です」

別荘であるこの屋敷から本邸まで、馬に乗って約一週間程度だと聞いている。

その間、魔物がいるこの世界だと何があるかわからない。

強さという意味で考えれば、エッケンハルトさんなら大丈夫だろうと思うが、絶対じゃないからな。

「タクミ殿、セバスチャンもいるから心配ないと思うが、この屋敷の事を頼むぞ？」

「……はい」

その言葉を、エッケンハルトさんに信頼されている証拠だと受け取り、頷く。

もしもの時があれば、実際は俺よりレオの方が頼りになりそうな気もするけど。

「お父様、無事に本邸まで帰られる事を祈っています」

「お父様、お気を付けて！」

「エッケンハルトさん、お世話になりました」

「うむ……タクミ殿、ティルラ、鍛錬を怠らずに励むんだぞ！」

「はい」

「頑張ります！」

それぞれがエッケンハルトさんに挨拶。

「ではまたな。次に会う時を楽しみにしているぞ！」


「「「「当主様、お気を付けて！　道中何事もなきよう、願っております!!」」」」


エッケンハルトさんが屋敷を出る時、いつものように使用人さん達が一斉に声を上げる。

外まで見送るために後ろに付いていきながら、俺も一緒に声を出してみた。

……結構気持ちいいかもしれないな、これ。

「出立！」

屋敷を出たエッケンハルトさんと護衛さん達が馬に乗り、先頭の人の声を合図に走り出す。

屋敷の門を抜けたあたりで見えなくなり、俺達は屋敷の中に戻った。

その後、俺とティルラちゃんは忘れないように鍛錬を始める。

クレアさんとセバスチャンさんは、ラクトスの街での薬草販売の話を詰めるようで部屋へと向かった。

レオは背中にシェリーを乗せて、俺達の鍛錬を見学。

ランニングをする時は、楽しそうに並走したりもした。
「タクミさん、ティルラ、お疲れ様」
鍛錬も終わり、夕食の時間。
先に食堂で待っていたクレアさんに労《ねぎら》われつつ、テーブルについた。
体を動かして空腹が限界の俺とティルラちゃんは、夕食をがっつくように食べる。
ちょっと行儀が悪かったが、クレアさんからは特に注意をされなかった。
まぁ、さすがにエッケンハルトさん程豪快には食べてないからな。
夕食後はお茶を飲んで少し休憩をし、剣の素振りを始める。
エッケンハルトさんがいないからと、サボったりせずちゃんと鍛錬しないとな。
この鍛錬は誰のためでもなく、自分を守るためなのだから。
「ワフワフ」
「頑張ります！」
レオが励ますように鳴いて、それに応えるように頑張るティルラちゃん。
小さい子供が頑張る姿に、俺も負けないよう鍛錬をこなす。
もちろん、合間に『雑草栽培』で薬草を作って効率アップは忘れない。
素振りを終え、風呂に入って汗を流してさっぱりした後は、ゆっくりと就寝だ。
心地よい疲れと共に、熟睡できそうだな。

第四章　ラクトスの街で薬草販売が開始されました

翌朝、朝食を済ませて一通りの鍛錬を終わらせた後、ティルラちゃんは勉強へ。

クレアさんに鍛錬ばかりではとの注意を受けて、渋々部屋へと戻って行った。

俺はお世話係のライラさんやゲルダさんに見守られながら、一人で鍛錬に励む。

明日からは、エッケンハルトさんが本邸に帰る前、もう一つの鍛錬として提案された事を始める予定だから、それに備えてできるだけ体を鍛えておきたい。

エッケンハルトさん曰《いわ》く、今日一日鍛錬に打ち込めば、新しい事を加えてもいいだろうとの事だった。

薬草を使う事も含めて、最低限の体作りができる頃合いなんだろう。

昼食の時間になると、部屋から出てきたティルラちゃんやクレアさんも合流。

「まったく。鍛錬もいいけど、ちゃんと勉強もしなければいけないわよ？」

「……勉強は嫌いです……」

昼食中、クレアさんに溜め息を吐《つ》かれながら注意を受けるティルラちゃん。

鍛錬の時は、自分から積極的に取り組んでいるんだけどな。

やっぱり体を動かす事と、頭を使う勉強では勝手が違うようだ。

「ティルラちゃん」

「なんですか、タクミさん？」

「勉強をする事も、鍛錬のうちだよ？」

「……そうなんですか？　勉強をするよりも、鍛錬をしていた方が良さそうですけど」

ティルラちゃんは、勉強と鍛錬を結び付けて考えられないようだ。

まぁ、ティルラちゃんくらいなら体を動かす事が鍛錬で、それ以外は別の事と考えても仕方ないか。

「エッケンハルトさんが言っていたでしょ？　考える事が大事だって。勉強をする事で色々な知識を得られれば、剣を使って戦う時に考えられる事も、増えると思うよ？」

「……そうなのでしょうか」

どんな事を勉強しているのかは知らないが、知識を広める事はきっと戦闘面でも役に立つはずだ。

もちろん、戦闘で役に立たない知識というのもあるだろうが、きっと他の事で役に立つ時があるかもしれないからな。

知識だけでなく、頭で考える事を続けるのは大事だ。

考えなければ相手がどう動くかわからないし、自分がどう動いていいかもわからないなんて、わからない事だらけになるからな。

俺はまだ鍛錬を始めたばかりで、戦闘に関して何か言える程の腕前じゃないが、それでも考える事が重要だと感じている。

エッケンハルトさんと対峙《たいじ》して、剣を振る事しか頭になく、あっさり剣をずらされて負けた経験からだ。

「世の中、何が役に立つかわからないからね。勉強しておくに越した事はないと思うよ？」

「わかりました……勉強頑張ります。……鍛錬したいですし」

ティルラちゃんはまだよくわかってないようだが、それでも勉強を頑張ると言ってくれた。

これで勉強を疎《おろそ》かにする事は、減るかな。

「タクミさん、ありがとうございます」

「いえいえ、俺もティルラちゃんくらいの頃は遊ぶ事ばかりで、勉強なんてほとんどしませんでしたからね、今になって考えると……。ティルラちゃんには、後悔して欲しくないですからね」

あの時勉強をしていれば……という後悔を、ティルラちゃんに味わって欲しくない。

俺も仕事を始めてから色々と後悔したなぁ……ちゃんと勉強してれば、あんなブラック企業に勤めなくて良かったかも？　なんてのもあったっけ。

エッケンハルトさんがいなくて、少しだけ寂しく感じる昼食が終わり、お茶を飲んでまた鍛錬へ。

薬草を食べながらなので、通常よりも多くの鍛錬をこなす事になる。

集中していた事もあって、エッケンハルトさんがいた時の量より多めの鍛錬をこなす事ができた。

……体を動かす事に慣れて来ているのも、あるかもしれないな。

夕食の時間より少し早めに鍛錬を終わらせ、風呂に入って汗を流して食堂で待機。

ティルラちゃんは俺が言った事が効いたのか、時間があるならと勉強をするために部屋へ。真面目に勉強をやる気になって、クレアさんも喜んでいるだろうな。

人が少なく、静かな食堂はちょっとだけ新鮮だ。

「タクミ様、お茶をどうぞ」

「ありがとうございます」

ライラさんがお茶を淹《い》れてくれたので、それを一口。

レオはゲルダさんに牛乳を用意してもらって、ガブガブ飲んでいる。

「キャゥキャゥ」

「ワフ」

レオの隣で、一緒に牛乳を飲んでいたシェリーが顔を上げて吠《ほ》え始める。

同じくレオも顔を上げて一鳴き。

それと同時に、食堂の扉が開いてクレアさんとティルラちゃんがセバスチャンさんを伴って入ってきた。

どうやらレオとシェリーは、クレアさん達の足音に反応したようだ。

耳がいいんだなぁ。

「クレアさん、ティルラちゃん、お疲れ様です」

「タクミさん、今日はお早いんですね」

「タクミさん、勉強終わりましたー」

二人を労《ねぎら》いつつ、お茶を飲む。

ここ数日は鍛錬があったから、先に俺が待っているのを少し驚いているクレアさん。

ティルラちゃんの方は、勉強を頑張ったようで、達成感のようなものが窺《うかが》えた。

「タクミさん、明日からしばらく勉強をしなくても良いそうです！」

「そうなんですか、クレアさん？」

「えぇ。ティルラは私が驚く程勉強に打ち込んで、数日分の勉強を終わらせました。……もっと前から、頑張って欲しかったのですけど」

「ははは……」

ティルラちゃんは俺の言葉を信用してか、それとも鍛錬にも繋《つな》がるという餌（？）に食い付いたのか、一生懸命頑張ったようだ。

鍛錬している時のティルラちゃんは、苦しそうにしながらもどこか楽しそうではあったから、今は鍛錬に繋がると思える全てが、楽しい事なのかもしれないな。

「明日から、父様が言っていた新しい鍛錬ですからね。勉強に邪魔をされたくありません！」

「あー、成る程ね。そういう事かぁ……」

「あれですね……レオ様、お願いしますね？」

「ワフ」

ティルラちゃんの動機は、明日からの鍛錬があるからだったか。

まぁ、俺も楽しみではあるから、気持ちはわかる。

任せろと誇らしげに頷《うなず》くレオに対し、クレアさんと同じように俺からもお願いしておいた。

明日からの鍛錬は、レオが関係する事だからな。

夕食後は、日課になった剣の素振りをティルラちゃんと終わらせる。

明日の鍛錬に備えて、ティルラちゃんに熟睡薬草を分け、俺もそれを食べて床に就いた。


翌日の朝食後、休憩をしてお腹を慣らした後、勢揃いで裏庭へ。

今日は、最初から剣を持っての鍛錬だ。

すぐに動けるよう、体を解《ほぐ》しつつ剣を抜いてクレアさん達から離れる。

「レオ、頼むよ」

「レオ様、お願いします！」

「ワウ！」

ティルラちゃんの気合が入った声に促されるように、レオは大きめに吠える。

そのままレオはのっそりと歩いて、俺達と向き合うような位置に来た。

これから始めるのは、エッケンハルトさんが提案した新しい鍛錬。

新しいと言っても、特別な何かをするわけじゃない。

単純に、レオへ向かって剣で攻撃をして、当てられるようにするというものだ。

「こうして正面から見ると、迫力があるな……」

「レオ様、ちょっと怖いです」

「ガウ……」

真剣な様子のレオを正面から見ると、シルバーフェンリルの迫力というのがよくわかる。

数人を軽々と乗せられる大きさに、威厳すら感じる輝くような銀色の毛、爪や牙の鋭さ……

本気になったら、俺達なんて簡単に細切れだろうな、と感じる威圧感があった。

とはいえ、これから行う鍛錬でレオから攻撃する事はない。

エッケンハルトさんから提案されたのは、レオに剣を当てる事だからな。

シルバーフェンリルの速さを見極めて当てる事ができれば、一人前以上の腕前になっている証拠だからとの事だ。

レオの毛はふんわりと柔らかい、最高の触り心地なのだが、戦闘態勢に入るとそこらの剣を弾《はじ》く程の硬さになるらしい。

だから、俺達がいくら剣を振るって当てたとしても、万が一にも怪我《けが》をする事はない。

これを提案した時のエッケンハルトさんは、まだレオに慣れていなかったから、俺に小声で提案してきた。

レオに聞こえないよう、俺の耳元でエッケンハルトさんが囁《ささや》くのは、ちょっと微妙な気分だったけど……。

「それでは、開始の合図は私が……」

「お願いします」

クレアさんと見守っていたセバスチャンさんが、進み出て来てくれる。

セバスチャンさんが合図を出すまでの間、レオとにらみ合うように対峙して、いつでも剣を振れるよう構えた。

レオの迫力に押されて、背筋を冷たい汗が流れ落ちるが、気にしないよう集中だ。

ティルラちゃんも同じなのか、隣から緊張した雰囲気が伝わって来る。

「それでは……始め！」

「はっ！」

「やぁ！」

セバスチャンさんの合図と同時に駆け出し、レオに向かって剣を振る。

様子見というわけではないが、まだレオがどう動くかもわからないし、こちらは剣を使い始めたばかりの素人だ。

考える事は大事だと思うが、まずは全力でレオにかかって行った方がいいだろう。

「ワフゥ」

俺達が全力を込めた剣を、レオは体をずらす事で避《よ》けた。

レオからすると、俺達の攻撃はそよ風にもならないのかもしれない。一鳴きした声には余裕が十分に感じられた。

「はっ！」

剣を振り下ろした後、手首を返してすぐに斬り上げる。

足を一歩踏み出し、ずらした体に当たるようにしながら。

「ワッフワッフ」

それでもレオは余裕を崩す事なく、俺の剣を軽々と避ける。

というより、今レオが避けた動き……見えなかったんだけど……。

それからしばらく、レオに向かって俺とティルラちゃんはひたすら剣を振り続けた。

レオは体をずらす、飛び上がる等々、多様な動きで俺とティルラちゃんを翻弄し続けた。

「はぁ……はぁ……」

「はぁ……ふう……レオ様……速過ぎです……はぁ……」

「ワフー」

最初は真剣な雰囲気だったレオだが、俺達の攻撃を避ける事が簡単だとわかると、遊んでいるような軽い雰囲気になっていった。

レオにとって、俺達の攻撃はまだまだだって事らしい……さすがに、ちょっと悔しいな。

でも、相手は最強と言われるシルバーフェンリル。

鍛錬を始めたばかりの俺達が、簡単に剣を当てられるわけがないと、一応納得する。

……いつか必ず当てられるようになろうと、心の中で誓った。

「大丈夫ですか、タクミさん、ティルラ？」

「はぁ……はぁ……大丈夫です」

「私も……はぁ……はぁ……大丈夫です」

声をかけて来てくれたクレアさんには悪いが、俺とティルラちゃんは剣を振り続けた事の疲れで、まだ息が整わない。

そんな俺達の所へ、ライラさんとゲルダさんが水を持って来てくれた。

「どうぞ」

「ティルラお嬢様も、こちらを」

「はぁ…はぁ……ありがとうございます……はぁ……ゴクゴク……！」

「ありがとう……はぁ……はぁ……ゴクゴク……！」

お礼を言いつつ、二人で水を一気に飲み干す。

ようやく息が整った頃に、レオが背中にシェリーを乗せてセバスチャンさんと一緒に近付いてきた。

「……ふぅ。レオ、お前の動きが速過ぎて何も当たらなかったよ」

「……レオ様……凄《すご》いですね」

「ワフー」

「キャゥ」

レオは、まだまだだとでも言うように鳴く。

シェリーの方は、レオに乗れて喜んでいるだけのようだな。

「タクミ様、ティルラお嬢様。私の見る限りでは、剣を振る事自体に悪い所は見当たりませんでした。あとは、どう当てるかを考えねばなりませんな？」

「そうですね……正直、レオの動きを目で追う事はできないと思います。どう当てるか……」

レオの動きについて行こうとしても、それは無理な話。

俺は、目で見えない程の速さで動く事はできないから。

それなら、何か搦《から》め手を考えて、当てる必要があるのかもしれない……。

「私は剣に関して詳しくはありませんが、剣の振りをもっと速くするというのはどうでしょう？」

「剣をもっと速く……？」

体をレオと同じ速さにする事は無理だろうが、振りを一瞬だけ速くするのならもしかして……。

「……どちらにせよ、もっと鍛錬が必要ですね」

「そのようですな」

「もっと頑張ります！」

搦め手を試すにしても、レオの速度を追える速さで剣を振るにしても、どちらを実行するにしても鍛錬が必要だろうな。

まだ始めたばかり、薬草を使って効率よく鍛錬を行っていても、まだまだ日が浅い。

「レオ、これからもよろしく頼む」

「ワフ」

これからはレオ相手の鍛錬と、基礎鍛錬や剣の素振りも今まで以上に励んで行こう。

……ちょっと、楽しくなってきたからな。

横を見ると、ティルラちゃんも鍛錬を頑張ろうという気概が見えた。

レオとの鍛錬が終わり、休憩をした後は基礎鍛錬。

剣を振るにしても、早々に体力が尽きるようじゃ駄目だ。

昼食の時間まで、ひたすらランニング。

レオはその横を楽しそうに走っているが、ティルラちゃんの方は大変そうだ。

こんな小さな体で、よく頑張っていると思う。

「タクミさん、昼食にしましょう？」

「……はぁ……はぁ……わかりました」

日が高くなった頃、クレアさんから声をかけられて昼食のために鍛錬を中断。

休憩も大事だ、焦らず、地道に……。

ライラさんが用意してくれたお湯とタオルで、ティルラちゃんと一緒に汗を拭いて、食堂へ向かった。

「タクミさん、ありがとうございます」

昼食後は、また裏庭に出て鍛錬。

その前に、筋肉を回復させるための薬草を作って、ティルラちゃんに渡した。

「ティルラちゃん、疲労の方は完全に回復しないから、無理しちゃ駄目だからね？」

「はい！」

元気よく返事をするティルラちゃんと一緒に、夕食の時間までみっちり鍛錬だ！

夕食時、体作りと疲労回復のため、レオと並んで勢いよく料理をがっついていた俺にクレアさんから声がかかる。

「タクミさん、明後日になるのですが……鍛錬を一旦お休みして頂けますか？」

「鍛錬をですか？　それは大丈夫だと思います。何かあるんですか？」

鍛錬は、毎日続ける事に意味がある……とまでは言わないが、一日休むと取り返すのに数日かかる、とエッケンハルトさんに言われている。

とはいえ、最近は鍛錬ばかりだったから一日くらい休んでも、なんとかなるだろうとも思う。

しかし、明後日は何があるんだろう？

「明後日、ラクトスの街でタクミさんに栽培して頂いた、薬草の販売を開始します。タクミさんには、ラクトスの街でその様子を見て頂きたいのです」

「薬草を……成る程……」

薬草の販売は公爵家が担当してくれるから、基本的にはお任せだ。

でも、どういう風に販売されるのか見られるのなら、見ておいて損はないだろう。

「わかりました。それでは明後日、ラクトスの街に行きましょう」

「ありがとうございます」

クレアさんがお礼を言っているが、元々俺が公爵家にお願いして薬草を売ってもらっている側だから、お礼を言いたいのはこちらだ。

「私も行きたいです！」

隣で聞いていたティルラちゃんが、手を挙げながらの主張。

以前ラクトスの街へ行った時は、ティルラちゃんを連れていけなかったからな、今回こそは行きたいと思うのも当然か。

「ティルラ、貴女《あなた》には勉強があるでしょう？　鍛錬がないからと言って、何もないわけではないのよ？」

「勉強なら明日のうちにやっておきます！　私もレオ様と一緒に街へ行きたいです！」

クレアさんは勉強を理由にしているが、ティルラちゃんは街へ行くために前もって勉強を終わらせる気だ。

「でも今回は、タクミさんの薬草を販売する場を見るためだから……遊びではないのよ？」

「わかっています。でも、屋敷にずっといるだけというのも……」

俺がここに来てから、ティルラちゃんが屋敷を出た事はなかったな。

以前街に行った時もそうだが、森探索の時も留守番だった。

森へ行くのは危険もあったから仕方ないと思うが、今回は魔物に遭遇する事もないから大丈夫だろう。

鍛錬や勉強とやる事があっても、たまには外に出たいよな。

「クレアさん、ティルラちゃんを連れて行ってもいいのでは？　今回は危険もないですし……勉強もしっかりやると言っていますから」

「……タクミさんまで。──仕方ないわね。ティルラ、一緒に行きましょう」

「やったー！　ありがとうございます、タクミさん、姉様！」

ティルラちゃんは、許可が出て両手を万歳させて喜ぶ。

これだけ喜ぶんなら、もっと早く、街に行く機会を作れば良かったな。

「ワフワフ」

「キャゥ、キャゥ」

ティルラちゃんが喜ぶ姿を見て、レオとシェリーが騒ぎ始めた。

なんだ……お前達も行きたいのか？

「クレアさん、レオやシェリーも行きたがっているようなんですが……」

「レオ様は前回も街に同行して頂いて、街の住民にもある程度受け入れられていますが……シェリーは……」

「ワフゥ」

「キャゥ？」

クレアさんの言葉に、レオの方は安堵《あんど》の息を漏らしているが、シェリーは首を傾《かし》げている。

多分、「連れて行ってくれないの？」と言いたいんだろう。

レオもよく似た表情をするから……仕事とは言え留守番ばかりさせてしまってすまなかったな……。

「クレアお嬢様。シェリーは仮にもフェンリルです……まだ子供のようですが。十分護衛の代わりとなってくれると思います。それに、レオ様が近くにいればその見た目もあまり気にされないでしょう」

「キャゥ！」

シェリーを連れて行くべきか悩むクレアさんに、セバスチャンさんが助け舟を出す。

レオが護衛として十分なのはわかっている事だが、シェリーはどうなのか……子供だがフェンリルなのだから、もしかしたら戦えるのかもしれない。

森の中で見つけた時は複数のトロルドにやられていたが、あれは囲まれていたから仕方ない。一対多数って、力の差がないと難しいだろうしな。

まぁ、大きなレオがいればそちらに目が行くだろうから、シェリーに気付く人は少なそうだ。

「……シェリー、大丈夫？　街に行ったら人がいっぱいいるから、襲い掛かってはいけないし、はしゃぎまわってもいけないのよ？」

「キャゥ！」

「ワフワフ」

セバスチャンさんの言葉を聞いて、クレアさんがシェリーに問いかける。

シェリーの方は大丈夫とばかりに頷き、レオがちゃんと見ておくと言うように頷きながら鳴いた。

「レオも見てくれるようですし、大丈夫でしょう」

「……そうですね。――わかったわ、シェリーも街に行きましょう」

「キャゥキャゥー！」

「シェリーも一緒なんですねー！」

「ワフ」

最後に俺の後押しで、クレアさんはシェリーを連れて行く事を許可。

それを受けて、シェリーは喜びを表すように尻尾をブンブン振りながらクレアさんの周りを駆け回る。

ティルラちゃんやレオも、シェリーが一緒で嬉《うれ》しそうだ。

遊びに行くわけじゃないが、皆一緒ってのは楽しいだろうな。

「すみません、タクミ様。今回ラクトスの街で薬草を販売するため、追加で栽培して欲しい物があるのですが……」

駆け回るシェリーを微笑《ほほえ》ましく思って見ていたら、セバスチャンさんに声をかけられた。

注文書通りに薬草を作ったが、エッケンハルトさんが持って帰った物もあるから、ラクトスで販売するには数が足りないんだろう。

「わかりました。注文書……というより、必要な薬草はすぐにわかりますか？」

「夕食が終わる頃には、注文書を用意させます」

「それなら、夕食後と明日に分けて用意しておきます」

「お願いします」

今日は、剣の素振り前後にでもやればいいだろう。

鍛錬のため、すでにティルラちゃんの分も含めて『雑草栽培』を使っているから、今日と明日で半々ずつ作れば倒れる事もなさそうだしな。

「タクミさん、無理はなさらないで下さいね？」

「ははは、大丈夫ですよ。鍛錬をして体も鍛えていますからね。多分、以前より倒れにくくなっていると思います。俺も倒れるのは嫌ですから、無理はしませんよ」

「……それなら、いいのですけど……」

クレアさんは俺が無理をしないか、以前にも増して心配しているようだ。

まぁ、クレアさんの目の前で倒れたからなぁ……心配になるのも仕方ないのかもしれない。

セバスチャンさんから、「体を鍛えるのと、ギフトで消費される体力は違うと思いますよ？」と言われているような視線を受け流し、クレアさんを安心させるように笑って食事を続けた。

食後のお茶を飲んでいると、食堂に執事さんが一人、用紙を持って入ってきた。

それを受け取ったセバスチャンさんは、内容を確認するように目を通した後、執事さんを下がらせた。

執事さんは俺達に一礼して食堂を後にし、それを眺めていた俺にセバスチャンさんが近づき、用紙を渡される。

「タクミ様、こちらが今回、お願いする薬草のリストになります」

「はい、確認します」

執事さんが持ってきた用紙は、注文書だったみたいだ。

セバスチャンさんから受け取り、内容を確認。

えっと、ロエが二つに他の薬草も幾つか……と。

前回栽培した薬草と種類は変わらないようだな。よく使われそうな薬草が、これらなんだろうと思う。

珍しい薬草も見たかったが、それはまたの機会だ。

「ロエの数は、これでいいんですか？」

「はい。最初にタクミ様が、『雑草栽培』を試用した時に栽培された物もあります。それに、高価な薬草は多くの数を用意しない方が、良い事もありますからな」

初めて『雑草栽培』を試した時、ロエを複数栽培したんだっけな。

それに、公爵家との契約の話になった時、大量に市場に流せば混乱を招きかねないと言われていたから、その調整もあるんだろう。

高価な物の価値を保つためには、数を出さない事も一つの手だ。

「これなら、倒れる心配はなさそうですね。前回よりも少ないですから」

「そうですか。それは良かったです……」

注文書を見る俺を、心配そうな表情で見ていたクレアさんに笑いかける。

ちょっと心配し過ぎな気がするが……。

前回の薬草より少ない数なのは、エッケンハルトさんが持って行かなかった分もあるからだろう。

剣の素振り後にでも簡単にできそうな量だが、クレアさん達をこれ以上心配させないためにも、無理せず今日と明日で分けて作るとしよう。

……いずれ、ギフトが使える限界を研究しておかないとな……持続時間とかもあるから、すぐにわかる事じゃないかもしれないが。

前兆がないから、倒れるまでやってみないとわからないのが、辛《つら》いところか。

クレアさんに心配をかけない方法とか、あればいいけど……。

「それじゃ、ティルラちゃん。素振りに行こうか？」

「はい、頑張ります！」

注文書を持って椅子から立ち上がり、ライラさんに預けていた剣を受け取る。

さすがに、食堂で剣を持ったまま食事というのは行儀が悪いからな。

同じように剣を受け取ったティルラちゃんを連れて、裏庭へ。

先に素振りを済ませ、体力回復の薬草を作るついでに注文書を見ながら薬草を作る。

体力回復の薬草と、熟睡薬草をティルラちゃんに分けつつ、栽培された薬草を採取して、そちらはライラさんに。

いつも素振りの間、見守ってくれているライラさん、ありがとうございます。

その後は、風呂に入って汗を流した後、熟睡薬草を食べてベッドに入った。

今日はレオの機嫌が良く、体の半分をベッドに乗せていたので、フワフワの毛を枕にできた。

鍛錬で、レオも動き回れたからだと思う……俺達と遊んでいた気分なんだろうな。

薬草と相俟《あいま》って、今日は気持ち良く寝られそうだな。


翌日、いつものように朝食を食べた後は、昨日と同じようにレオとの鍛錬。

ティルラちゃんと二人で懸命に剣を振るが、掠《かす》らせる事もできなかった。

……レオ、ちょっと動きが速過ぎないか？　もうちょっと手加減……は既にしているか。

手加減され過ぎても鍛錬にならないし、やっぱり悔しい。

ティルラちゃんと一緒に、どうやればレオに剣を当てられるかを相談しつつ、日課になったランニング等の基礎鍛錬をこなす。

「タクミさん、ティルラ、昼食の時間ですよー？」

「はい、ありがとうございます」

「はーい！」

鍛錬に集中して時間を忘れそうになった俺達に、クレアさんが昼食の時間を報《しら》せてくれた。

子供と外で体を動かして、同年代のクレアさんに呼ばれる……なんというか、ほんのり家族感が出ていて、ちょっと楽しい。

裏庭から屋敷へ戻り、昼食を食べる。

昼食後は、ティルラちゃんとは別行動だ。

俺はまず、昨日頼まれた薬草の残りを『雑草栽培』で作り始める。

ティルラちゃんの方は勉強だな。

明日の分も頑張って終わらせるって言っていたから、ラクトスの街へ一緒に行けるだろう。

「……こんなもんかな？」

薬草を作り終え、採取を始める。

採取するついでに、『雑草栽培』の状態変化の能力でいつでも薬として使える状態に変えた。

この作業にも慣れてきたな……使い過ぎると危ないかもしれないが、これくらいなら大丈夫だ。

エッケンハルトさんの前で、『雑草栽培』を見せた時より時間を短縮できたと思う。

「タクミ様、どうですかな？」

「セバスチャンさん、今作り終えたところですよ」

様子を見に来たセバスチャンさんに、答えながらでき上がった物を渡す。

「ふむ……さすがですな。どれも品質として確かな物です」

「それなら良かった」

セバスチャンさんは色々な知識を持っているから、一般的な薬は見ただけで良い悪いの判断ができるんだろう。

お墨付きが出て一安心だ。

「では、今回の報酬は後程。ありがとうございます」

「いえいえ、これくらいならいつでも大丈夫ですよ。『雑草栽培』も、使い慣れて来ましたからね」

報酬は後との事だけど、すぐに使う予定もないからいつでもいい……というか、前回もらった報酬も使い道を決めてないくらいだしな。

こういう事はきっちり仕事をするセバスチャンさんだから、今夜にでも持って来るんだろうけど。

薬草作りが終わったら、後は鍛錬の時間。

明日は街に行って鍛錬を休むから、少しだけ多めにこなした。

疲労は蓄積されるけど、俺には『雑草栽培』があるからな。

薬草をいくつか栽培しておいて、鍛錬に疲れたら薬草を食べるの繰り返しだ。

「ワフ」

「タクミ様、あまり無理はなさらない方が……」

だけど途中で、俺の鍛錬を見ていたレオとライラさんに、止められてしまった。

薬草で体力を回復していても、無理しているように見えたみたいだ。

……鍛錬をする事ばかりに、気を取られてしまったか。

心配してくれたレオとライラさんに感謝しつつ、今日の鍛錬を終える。

気付けば、もう夕食の時間だ。

時間を気にしない程打ち込んだと考えるべきか、休憩を考えずに無理して鍛錬をしてしまったと考えるべきか……。

ペース配分が難しいなぁ。

なんて考えながら、レオやライラさんと一緒に食堂へ向かった。

「タクミさん、レオ様。一緒に街へ行けます、頑張りました！」

食堂に着くと、ティルラちゃんから嬉しそうに報告される。

無事、明日の分の勉強を終わらせることができたようで、改めて街へ行く許可が出たようだ。

俺とレオは、ティルラちゃんを褒めるように声をかけ、クレアさんも優しい目で見ながら褒めている。

「頑張ったんだね、ティルラちゃん」

「ワフワフー」

「今日のティルラは、よく頑張っていました」

「タクミ様、こちらが今回の報酬になります」

「あ、はい。ありがとうございます」

料理が運ばれて来る前、食堂のテーブルについた俺に、セバスチャンさんから革袋を渡される。

ずっしりと重いな……また多くの報酬が入ってそうだから、食事に集中するため、気にしないようにしておこう。

「タクミさん、ありがとうございます。これで薬草販売を開始できます」

クレアさんからの感謝も受けつつ、運ばれてきた料理を食べ始めた。

「それでは、お休みなさい」

「タクミさん、お休みなさい」

「ティルラちゃん、ちゃんと寝るんだよ？　それじゃ、お休みなさい」

「ワウー」

「キュゥー」

夕食後のティータイムの後、明日のために早く寝る事になった。

今日は、夕食後の剣の素振りもお休みだ。

ティルラちゃんは街へ行くのが楽しみなようで、すぐに寝られるか怪しかったので、一応一言添えておく。

お休みの挨拶をして、部屋へ戻る。

「それじゃ、風呂に行って来るからなー？」

「ワウワウ」

レオに声をかけ、風呂に入るため部屋を出る。

相変わらず風呂嫌いなレオは、興味なさそうに鳴いて部屋で丸くなっていた。

……今度、なんで風呂が嫌いなのか聞いてみてもいいかもな。

意思疎通ができる今なら、理由がわかるかもしれない。

嫌いな理由が改善できれば、レオの風呂嫌いも直るかもしれないから。

風呂から上がった後は、熟睡薬草を食べてから湯冷めしないようベッドに入る。

「明日は街に行くけど、大人しくしているんだぞ、レオ？」

「ワフ！」

ベッドから声をかけ、レオの声を聞きながら、眠りに入った。


翌日の朝食後、屋敷を出る準備を終えた俺は、レオを連れて玄関ホールへ。

ラクトスの街で薬草販売の初日という事もあって、いつもより少し早めの朝食だった。

販売する店に薬草を持って行くため、早めにラクトスの街へ行かないといけないからな。

「クレアさん、お待たせしました」

「ワフ」

「いえ、まだティルラも来ていませんから」

先に玄関ホールで待っていたクレアさんに、声をかける。ティルラちゃんもちゃんと早起きして朝食を食べていたから、準備に手間取っているだけだろう。

クレアさんと軽く雑談をしていると、玄関ホールから繋がっている階段の上から、バタバタと走る音が聞こえてきた。

「お待たせしましたー！」

「キャゥ！」

走って階段を降りてきたのは、ティルラちゃん。シェリーはティルラちゃんに抱かれている。

「ティルラ、時間はあるのですから、もう少し落ち着きなさい？」

「すみません……」

「少し遅れていたようだけど、何かあったのかい？」

「これを持って行くのを、忘れそうになりました！」

クレアさんに謝っているティルラちゃんに、遅れた理由を聞くと腰に下げている剣を示した。

……まぁ、危ない事はないと思うけど、一応持っておくのも悪くないのかな。

俺も、同じく腰に剣を下げてるし。

「皆様揃いましたね。それでは出発致しましょう」

「えぇ」

「はい」

「ワフ」

「楽しみです」

「キャゥキャゥー」

薬草の入った袋や、荷物を持ったセバスチャンさんに促され、屋敷を出る。

「「「「皆様、行ってらっしゃいませ！」」」」

いつものように、見送りに集まった使用人さん達の声。

……さすがにもう慣れたな。

「クレアお嬢様、タクミ様。今日は私が護衛に付きますので、よろしくお願い致します」

「お願いね」

屋敷を出ると、馬を連れた護衛さん達がクレアさんと俺に一礼。

今回の護衛は、森にも一緒に行ったヨハンナさんとニコラさんの二人だ。

今日もお願いします。

「タクミ様、今回はレオ様に乗りますか？　それとも馬車に乗りますか？」

「そうですね……今回は馬車にします。レオにはティルラちゃんを乗せてあげて下さい」

「畏《かしこ》まりました」

ラクトスの街には、約一時間。

ちょっと緊張するけど、今回はクレアさんと一緒に馬車に乗ろう。

ティルラちゃんには、レオに乗ってもらった方が楽しんでもらえると思うしな。

「レオ、ティルラちゃんを頼むな？」

「ワフ」

「レオ様に乗れるんですか？　わーい、楽しみです！」

「キャゥー」

レオは俺の頼みに応えて、ティルラちゃんの前で背中を向けて伏せをした。

ティルラちゃんが、嬉しそうに満面の笑みでレオに乗る。

シェリーも、ティルラちゃんと一緒にレオの背中に乗れて、楽しそうだ。

「タクミさん、ありがとうございます」

「いえ、ティルラちゃんとシェリーが楽しそうで、何よりですよ」

馬車に乗る時、クレアさんからお礼を言われた。

ティルラちゃんやシェリーが楽しそうにしているのを見るのが、最近の楽しみになりつつあるからなぁ。

子供の喜ぶ姿を見て笑う俺は、おじさんの心境になっているのかもしれない……いや、まだ若いはずだ……きっと。

「それでは、出立致します」

クレアさんと一緒に馬車へ乗り込み、セバスチャンさんが手綱を操って馬を走らせる。

護衛さん達がそれぞれ馬に乗り、レオはティルラちゃん達を乗せて立ち上がった。

門を抜けたあたりで、レオが馬車を追い抜いた。

「レオ、あんまりはしゃぎすぎるなよー！」

「ワウ！」

馬車を追い抜いた後、すぐに引き返して馬車の周りを走り回ったり、護衛さん達の方へ近づいたりしてはしゃぐレオに、声をかける。

まぁレオの事だから、ティルラちゃん達を振り落とす事はないだろうし、はしゃぎすぎて疲れる事もないだろうけど、一応な。

「楽しそうですねぇ」

「そうですね。最近は鍛錬もあって、レオは思いっきり走れていませんでしたから。この機会に、ストレス解消をしているんでしょう」

楽しそうなレオとティルラちゃん達を見ながら、クレアさんと話す。

「いいえ、私はタクミさんの事を言ったのですけど……」

「え？」

その言葉に横を見ると、クレアさんは俺の顔を見ていた。

俺、そんなに楽しそうにしていたかな……？

「ははは、レオもそうですけど……ティルラちゃんやシェリー、子供が楽しそうにしている姿を見るのが最近、楽しくなってきましたからね」

「そうですか……」

なぜか、クレアさんは俺の言葉で眩《まぶ》しそうに眼を細めた。

どうしたんだろう？

俺の疑問の答えが出る事もなく、馬車は順調にラクトスの街へ向かって走る。

道中、御者をしているセバスチャンさんが、声を漏らして笑っていた。

クレアさんといい、セバスチャンさんといい、なんだったんだ……？

「到着致しました。では、馬車を預けて参りますので少々お待ち下さい」

「……はい」

結局、俺の疑問が解消される前にラクトスの街へ到着してしまった……。

クレアさんと一緒に馬車から降り、馬車や馬を連れて行くセバスチャンさんとニコラさんを見送る。

ヨハンナさんはクレアさんに付いていた。

ティルラちゃんはレオから降りて、クレアさんの所へ、レオはシェリーを乗せたまま俺の横へ来る。

「よしよし、走れて満足したかー？」

「ワフワフ」

「キャゥキャゥ」

満足そうな顔をしているレオを、ガシガシと撫《な》でる。

レオに乗ったままのシェリーも、嬉しそうに鳴いていた。

……シェリー、レオに乗るのが気に入ったんだな……けどフェンリルとして、自分で走ったりしなくていいのか……？

「お待たせしました。では、店の方へ参りましょう」

「はい」

馬や馬車を預けたセバスチャンさんが戻り、以前と同じように先導されてラクトスの街を歩く。

前回来た時通った大通りの半ばで横道に入り、少しだけ進んだ所にその店はあった。

「こちらです……」

「これが、公爵家の店なんですね？」

「はい。この他にもありますが、まずはこの店から薬草を販売致します」

セバスチャンさんから説明を受けながら、店を眺める。

その店はラクトスの街では珍しく、石造りでそれなりの大きさ。

以前に行った雑貨屋程ではないが、二階建てで一階が販売をするスペースになっているみたいだ。

日本で言うと、ちょっとしたスーパーくらいの大きさかな。

当然ながら、レオは店の中に入れそうにないので、シェリーと一緒に外で待機だ……ニコラさん、よろしくお願いします。

「失礼しますよ」

「おぉ、セバスチャン殿。お待ちしておりました。クレアお嬢様まで来て頂き、ありがとうございます」

「今回は、公爵家にとっても重要な事ですから。私が来るのは当然ですよ」

セバスチャンさんを先頭に、店の中に入った俺達は、中で待っていた中年の男性と対面した。

その男性は、半ば禿《は》げ上がった頭を撫でつつ、セバスチャンさんやクレアさんに挨拶をしている。

「そちらが……例の？」

「えぇ、そうです。ですがこの事は……」

「承知しております」

セバスチャンさんと何事か小声で話した中年の男性は、俺に近付いて深々と頭を下げながら、自己紹介。

「初めまして、この店を任されているカレスと申します。貴方がタクミ様、ですな？」

「はい、タクミです。カレスさん、ですね。俺の事は……？」

カレスさんは、俺の名前を知っているようだ。

「はい、前もってセバスチャン殿から聞かされております」

「タクミさん、カレスにはタクミさんの事を話してあります。販売をする責任者となりますので。ですが、他の者に漏らす事はないでしょう」

「そうですか、わかりました」

「クレアお嬢様に誓って、タクミ様の事を他言する事は致しません」

セバスチャンさんが、ここに来る前に連絡をしてくれていたみたいだ。

カレスさんには、薬草を直接販売するから教えたようだな。

クレアさんに誓ってというのは、少々大袈裟《おおげさ》にも思うけど……まぁ、俺の能力を狙う輩《やから》が出ないよう、情報を秘匿するためって事だろう。

公爵家の事は信用しているから、誰に教えるかどうかはお任せだ。

……俺じゃ、判断できない事が多いからな。

「こちらが、今回販売する薬草です」

挨拶が終われば、早速薬草の販売に関してだ。

セバスチャンさんが持っていた荷物の中から薬草を取り出し、カレスさんに渡した。

「確認させて頂きます……」

カレスさんはセバスチャンさんに渡された麻袋を受け取り、中を確認する。

俺が作った薬草だから、いざ確認されるとなると少しだけ緊張するな……。

「ふむ……これは確かに品質が良さそうですな。薬草の販売はした事がありませんが、私も長く商売をして来た商人の端くれ。商品としての薬草を見た事がありますが、これ程の物は中々お目にかかれません」

「そうでしょう？」

薬草を確認していたカレスさんは、いくつか手に取っては感嘆の息を漏らしている。

なぜかセバスチャンさんが、カレスさんの言葉を聞いて誇らし気にしていたけど……もちろん俺も誇らしい気持ちだ。

この能力を授かった理由はわからないが、もう既に俺の一部になって来ているからな。

自分で作った物を褒められるのは、嬉しいもんだ。

「確かに、薬草を受け取りました。おーい、誰か！」

「はい！」

カレスさんが店の奥へ声を掛け、数人の男女が奥から出て来る。おそらく店員さんだろう。

その人達に薬草を渡しながら、細かな指示を出しているカレスさん。

「では、頼んだぞ？」

「はい！」

「何かするんですか？」

薬草の入った袋を、店員さん達に渡したカレスさん。

指示を受けた店員さん達は、テーブルに袋から出した薬草を広げている。

「あのままだと、纏《まと》めて売る事になりますからね。小分けにするんです」

「成る程、個人向けに……という事ですね？」

「そうです」

袋に入っていた薬草は、種類毎に包んで纏められてはいるが、個別には分けられていない。

一種類の薬草が一纏めになっていると、纏め買いをするのでもない限りは不便なんだろう。

店員さん達は、袋から出した薬草を小分けにしそれぞれ紙に包んだり、布でくるんだりとした作業を始めた。

それを横目に、カレスさんの方は奥から細長いテーブルを引っ張り出している。

「それは？」

「よっこらせ……ふぅ……これは販売用のテーブルですよ。今回は初めての薬草販売ですからね、外で売り出そうと考えています」

そう言ってカレスさんは、重そうなテーブルを持って店の外に出て行った。

初めての事だから、薬草の販売を始めたと通りがかる人に報せるために、外で販売するらしい。

確かにその方が、通行人にわかりやすいし宣伝効果も期待できそうだ。

薬草を販売しているとは知られていないのに、わざわざ店に入って薬草を求める人はいないからな。

「ひぃ！」

カレスさんを見送りながら、そんな事を考えていると、店の外から悲鳴が聞こえた。

……カレスさんの声だったよな。何かあったんだろうか？

「……タクミさん、外に出てみましょう」

「はい……」

顔を見合わせて、クレアさんと店の外に向かう。

何かあったのなら、助けないといけないしな。

外にはニコラさんもいるから、多少の事はなんとかなるだろうし……レオもいるからな。

「はぁ……前もって報せておいたんですが……」

なぜか後ろで、セバスチャンさんが溜め息を吐いていたが、それには構わず外に出た。

「カレスさん？　何か……」

「フェ……フェンリルが！　巨大なフェンリルが!!」

「……レオ様ですよね」

外に出た時俺達が見たのは、テーブルを離して尻餅をついているカレスさんと、それを心配したのか、顔を寄せているレオだった。

……もしかして、レオを見て驚いたのかな……？

「カレス……前もって伝えておいたでしょう。タクミ様はレオ様という、シルバーフェンリルを従えていると……」

「た、確かに聞いておりましたが……」

俺とクレアさんの間から、セバスチャンさんが進み出てカレスさんに声を掛けた。

どうやらカレスさんは、本当にレオに驚いて尻餅をついたみたいだな。

……こんなに可愛《かわい》いレオを見て驚くとは……まぁ、体が大きいから仕方ないと思うけど。

「カレス、レオ様は人に危害を加える事はないわ。安心して？」

クレアさんはそう言いながら歩み寄り、カレスさんを心配そうに見ていたレオの頭を撫でた。

「ワフゥ」

「キャゥキャゥ」

「あら、シェリーもなのね？　わかったわ」

「私も撫でます！」

気持ち良さそうに鳴くレオと、それを見て羨ましそうにするシェリーも撫で始めるクレアさんと、さらにティルラちゃんも一緒に撫で始めた。

どうでもいいが、シェリーの定位置がレオの背中になって来ているな……。

「……本当に、大丈夫なのですか……？」

「えぇ。ですよね、タクミさん？」

「はい、大丈夫ですよ。なんならカレスさんも、レオを撫でてみては？」

クレアさんが撫でる様子を見て、なんとか立ち上がるカレスさん。

まだ怖がっている様子だけど、一度撫でてみれば、多少は恐怖心も薄れるかもしれないからな。

俺はカレスさんを促してレオの前に誘導、手を持ち上げてレオの体に触れさせた。

「おぉ……フカフカだ……本当に、人を襲わないんですね……」

「ワフ」

レオの毛に触れたカレスさんは、すぐにフワフワな感触に感動して、人を襲わない事に感心した様子。

レオは、カレスさんの言葉に頷きながら一鳴き……もちろん、と言っているようだ。

まぁ、カレスさんの方は腰が引けているんだけどな……少しずつ慣れてくれればいいか。

エッケンハルトさんのように、荒療治が必要な程じゃないと思うし、街中で人を乗せて走り回れないしな。

……街でレオが疾走したら、ラクトスの住民が騒然とするのは間違いない。

「ふぅ……申し訳ありません、タクミ様」

「いえ。レオの見た目が恐いのは確かですからね。少しずつ、慣れて行けばいいんですよ」

レオから手を離したカレスさんに謝られつつ、店の前で薬草を販売する準備を進める。

横倒しになっていたテーブルを起こして設置し、紙を置いていく。

紙には、薬草の説明と値段が書かれていた。

相変わらず、日本語じゃない文字で書かれているが、問題なく読めた。

「説明がないと、どんな薬草か知らない者もいますからね」

薬草を買うには、その薬草がどんな効果か知らないといけない。

知らずに薬草を買っても、役に立てられないからな。

当然、説明を読まずに直接聞いて来る人もいるだろうが、そういう人には店員さんが説明するらしい。

テーブルのセッティングが完了した頃、店の中からさっきの店員さん達が出てきた。

「作業、終わりました」

「ご苦労様。では、こちらに並べてくれ」

「はい」

店員さん達はカレスさんの指示の下、小分けにされた薬草を並べ始める。

それぞれの種類毎に並べられた薬草を見て、一つ足りない事に気付いた。

「ロエがありませんが、どうしたんですか？」

「ロエは高価な薬草ですからね。お客様が求められた時に出すようにします。それに、人が込み合うかもしれない場所に並べていると、不届きな者が出ないとも限りませんから」

「かすめ取ろうとする輩が、いたりしますからな」

カレスさんとセバスチャンさんから説明されて納得する。

防犯のためと考えれば、他の薬草と一緒に並べられないだろう。

以前、クレアさん達とこの街に来た時に絡んできた集団とか、ならず者のような人間もいるだろうしな。

「これで、あとはお客様を待つだけですね」

準備が整ったテーブルから、店の建物側に店員さん達が待機してお客さんに備える。

俺やクレアさん達は販売員じゃないので、店の中で待機だ。

外の様子はわからないが、近くで固まって見守るわけにもいかないからな。

レオとシェリー、ニコラさんは店の外で待機だが、カレスさんから客寄せに使えるかもしれないと言われ、販売するテーブルの近くにいる。

一応、俺からレオにカレスさんの言う事を聞いて、おとなしくしているように言っておいたから、大丈夫だと思う。

店員さん達も、初めて見るシルバーフェンリルに最初は驚いていたが、レオに触れてフワフワな毛と、大人しい事に安心したようだ。

「ずっと触っていたい……」

「シルバーフェンリルが、こんなにおとなしいなんて……」

「これで、枕やベッドは作れないかしら……」

口々に感想を漏らす店員さん達だが、レオの毛を枕にできるのは俺だけだ。

時折、ティルラちゃんもレオに抱き着いて寝ているけど……。

そんな事もありながら、店の中でお茶を頂いてしばらく待つ。

「外が騒がしくなって来ましたな？」

「そうね。人が多くなる時間だからかしら？」

セバスチャンさんとクレアさんの言葉に、耳を澄ませてみる。

……店の外からざわざわとした、喧騒のようなものが聞こえるから、昼前になって、買い物客などで人通りが多くなって来たんだろうか？

「ちょっと見て来ます」

「はい」

なんとなく、自分が作った物だからか、売れ行きというか評判が気になって落ち着かない。

クレアさんに断ってテーブルを離れ、店の入り口に向かう。

入り口のドアを少しだけ開けて外を覗《のぞ》き見ると、店の前に置かれたテーブルに人々が群がっている光景が見えた。

「薬草だけで、ここまで人が群がって来るものなのか？」

そう呟《つぶや》きながら外をじっくり見ると、カレスさんがレオの周りで声を出して列の整理をしていた。

レオの周囲には、ティルラちゃんくらいの子供達が集まっていて、その周りに親と思われる大人達が囲んでいるような状態だ。

人が多すぎるために、薬草の置いてあるテーブルからは離れたようだ。

それを見た俺は一旦ドアを離れ、クレアさん達の所へ戻る。

「何やら、レオが子供達に人気のようですけど……」

「レオ様が？　でもどうして……」

俺の言葉に首を傾げるクレアさん。

レオはシルバーフェンリルだから、その姿を見た人達は恐れる事が多かったんだが……これは一体。

「カレスが上手《うま》くやったようですな」

「どういう事ですか？」

「タクミ様、ティルラお嬢様と一緒ですよ」

「ティルラちゃんと？」

「私ですか？」

セバスチャンさんの言葉がなんの事を言っているのかわからず、ティルラちゃんを見る。

お茶に息を吹きかけて冷ましていたティルラちゃんは、名前を呼ばれて不思議そうに首を傾げた。

「レオ様が、子供達に人気なのでしょう？　おそらく、おとなしいレオ様に触れさせる事で子供達を惹《ひ》きつけて、その親たちも集めよう……という事なのだと思います」

「……ティルラちゃんと同じようにレオと子供を遊ばせて、客寄せをするという事ですか？」

「そういう事ですな。カレスはおとなしくタクミ様の言う事を聞くレオ様を見て、考えたのでしょう。恐れられ、遠巻きに見られるか、それとも興味が勝つかという賭けだとは思いますが、子供の好奇心は強いものですからな」

成る程な……家族連れを狙ったわけか……。

レオを見せ、子供達を引き寄せている間に、その親へと薬草を売り込む算段なのだろう。怖がられる可能性もあっただろうけど、子供の好奇心を利用したわけか……カレスさん、強《したた》かだ。

それにこの店は、以前レオに人が集まって触れ合わせた場所に近いから、その時の事を知っている人や実際に見た人もいるのかもしれない。

「……ちょっと、外に出て来ます」

「はい。お気を付けて」

セバスチャンさんに言って、外に出る。

子供達に群がられているレオが、どうなっているか気になるからな。

レオは子供好きだが、いきなり大勢の子供達から囲まれてしまって、対処に困っているかもしれない。

「カレスさん、大丈夫ですか？」

「おぉ、タクミ様。思った以上に、レオ様の効果が出てしまいまして、申し訳ありません」

カレスさんに声を掛けながら、レオの様子を窺う。

レオは十数人くらいの子供達に撫でられたり、抱き着かれたりしているが、おとなしくお座りしたまま動かない。

しかし、店から出てきた俺を見つけたレオの目は、助けを求めるようだった。

……ここまで大勢の子供達は初めてで、どうすればいいかわからないんだろう。

「初めての事だから、戸惑っているようですね」

「そうなのですか？　怒らないかと、私は心配していましたが……おっと、順番ですよー！　詰め寄ってはいけません！」

子供達の対処に追われて、レオはどう接すればいいのかわからない様子。

カレスさんは、勢いに任せてレオに飛びつこうとしている子供達を押さえようとしているが、好奇心任せで元気な子供の集団は、それだけじゃ止められない。

親達も子供を止めようとしているが、焼け石に水かな。

おとなしくしているとはいえ、一応見た目は大きな狼なのに、子供の好奇心は凄いな……怖がられるよりはいいんだろうけど。

レオは前の世界で子供達に囲まれた経験は何度もあるが、その時はせいぜい数人程度。

十数人からなる子供達の集団に囲まれて、どうしていいかわからないんだろう。

下手に動くと重量差というか、大きさの違いで弾き飛ばしてしまうかもしれないしなぁ。

「……ちょっと、レオの所に行って来ます」

「はい、お願いします。……こらー！　ちゃんと並びなさい！」

カレスさんに声を掛けて、レオの所へ移動する。

俺が近づいて来るのを見て、嬉しそうな表情になるレオ……尻尾も緩やかに揺れているな。

子供達の合間を縫って、体を撫でながら声をかける。

「レオ、ちゃんとおとなしくしていたみたいで、偉かったぞー？」

「ワフ」

レオは子供達を驚かせないように、という気遣いをしながら小さく鳴いた。

さて、この混乱をどうするかだが……そうだな……。

「レオ、一度大きく吠えてくれないか？」

「ワフ？」

レオは、子供達に触られながらもいいの？　と首を傾げて一鳴き。

「あぁ、大丈夫だ。その後は俺がなんとかするから」

「ワフ」

安心させるように話すと、レオは小さく鳴いて頷き、大きく息を吸い込んだ。

「……ガウゥ!!」

レオが大きく吠える。

その声を聞いて、辺りは静まり返った。

思っていたよりレオが大きく吠えたので、近くにいた俺は耳がキーンとなっているが……なんとか我慢しながら、周りを見渡す。

薬草を販売していた店員さん達、カレスさんも、レオに群がる子供を見ていた大人達も……もちろん子供達もその動きを止めて、レオに注目している。

皆が動きを止めている今がチャンスだ。

「えー、まずはここから少し離れて下さい！　親御さん達は、子供を連れて離れて下さい！」

俺もレオに負けじと大きな声を出して、周りに響かせる。

……レオ程の大きな声は出なかったけどな。

でも、静かになっていたおかげで、皆には聞こえたみたいだ。

俺の言葉に押されて、子供達がレオから離れて行く。

親達も、子供達を連れていったん離れてくれた。

「こいつは、レオという名前です！　レオに触れてみたい人は、カレスさんの所に並んで下さい！　順番に、可愛がってやって下さい！　さぁ君達も、順番だよー！」

もう一度声を張り上げながら、しぶとく残っていた子供をレオから一度離す。

よしよし、これならもう大丈夫そうだ。

「カレスさん、お願いします」

「……はっ……わかりました。……レオ様に触れてみたい方は、こちらに並んで下さい！　順番、順番ですよー！　子供を持つ親御さんには、病や怪我に効く薬草も売っています。そちらはあちらの店員へ！」

子供達が存分にはしゃげるよう、家数軒分離れた場所にレオを移動させながらカレスさんに声を掛け、皆に並んでもらえるよう誘導をお願いする。

……ちゃっかり薬草の宣伝もするあたり、カレスさんは立派な商売人なのかもな。

「ようこそ、レオに触れる時は優しくね。怖くないからねー？」

「抱き着いてもいいですか？」

「いいよー。但《ただ》し、ゆっくりとね？　いきなりだと驚いてしまうから。お嬢ちゃんも、いきなり知らない人に抱き着かれたら、驚くだろう？」

「はい！」

カレスさんの所に並んで、順番に来る子供達にゆっくりとレオを触るよう、誘導する。

大勢に群がられていた時と違って、数人くらいならレオは大丈夫そうだ。

その後もしばらく……何時間経《た》ったのか忘れるくらい忙《せわ》しなく、子供を誘導し続けた。

どこから集まって来るのか、子供達が途切れる事はない。

子供に紛れてレオを触りに来る大人もいたが、ちゃんとレオに気遣ってくれるなら、子供じゃなくても大丈夫だ。

「ねぇねぇ？」

「うん？　……君もレオに触りたいのかい？」

レオに触りたがる子供達を誘導していると、後ろから服の袖を引っ張られ、声をかけられる。

振り向いてみると、そこにはティルラちゃんよりも小さいくらいの男の子がいた。

この子もレオと遊びたいのかと、聞きながら視線を他へ向けたが……親らしい人はいないな、一人で来たようだ。

「ううん、そうじゃなくて……ちょっとこっちに来て……」

「俺？　えっと、ちょっと待ってね。――レオ、ちょっとだけ離れるから、子供達と仲良くな？」

「ワフ」

目的はレオじゃなく俺だったようで、男の子は袖を引っ張ったまま離さない。

とりあえず、黙って離れてはいけないと思い、レオに声をかけて男の子に付いて行く事にした。

「どこまで行くのかな？」

「うーんと……」

カレスさんの店とは反対方向に歩き、家数軒分くらいは移動したあたりで、男の子に声をかける。

ずっと袖を引っ張られたままで、どんな用があるのか聞いても答えてはくれなかった。

男の子は、俺を引っ張って歩きながら顔をキョロキョロとさせて、何かを探しているようだ
……どうしたんだろう、もしかして迷子なのかな？

「えっと、お父さんかお母さんを捜しているのかな？」

「ううん、違う。……あ、いた！」

「ん？」

「おう、ご苦労だったな。ほら、これでも食ってあっちに行きな？」

「うん、ありがとうオジちゃん！」

男の子が空いている方の手で、先程通り過ぎた家と家の隙間を示し、そこから特徴的な男が出て来る。

大通りにある屋台ででも買ったのだろう、男は串に刺さって焼かれた肉を何本か男の子に渡して追い払った。

もしかしなくても、あの男の子を使って、俺をここに呼び出したのはこの男か？

「……俺はまだオジちゃんなんて呼ばれる年じゃねぇ……まぁいいか。——よう、また会ったな？　久しぶり、と言えるかわからねぇが、覚えているか？」

「お前は……」

駆け去って行く男の子から、俺へと顔を向けた男の顔には見覚えがある。

以前、この街へ買い物に来ていた俺達に絡んできた男の一人だ……あの時、衛兵に連れて行かれたはずなんだけど、この国ではあれくらいならすぐ釈放されるのか？

相変わらず、髪はモヒカンで棘《とげ》の生えた肩当《かたあ》てに、鋲《びょう》の打ってあるレザーアーマー、さらにスパイク付きのグローブと、世紀末な恰好をしているな……。

「……捕まったんじゃないのか？」

「へっ！　俺ぁ善良だからな、数日で解放されたんだよ！」

「解放……まぁ、善良だとかこの国がどういう制度なのかはともかく……なんの用だ？　あの男の子を使って、俺を呼び出したようだが……談笑でもしようって、雰囲気でもないだろう？」

「その通りだ！　あの時の屈辱、晴らさせてもらうぜぇ？」

「屈辱って……俺が何かやったわけじゃないんだが……」

「とりあえず、お前からだ。見えたのはお前だけだったからな。それに、ここまで来れば、あのデカブツからも見えないだろ？」

つまり、この男はあの時捕まった腹いせに、見覚えのある俺が外にいたのを発見し、男の子を使って誘《おび》き出した……というわけか。

レオには敵《かな》わないから、俺を呼び出して復讐《ふくしゅう》しようと考えたんだろう。

不良から体育館裏に呼び出される、懐かしのドラマ特集！　とかで見たようなシチュエーションだなぁ。

ここには体育館なんてないし、カレスさんの店からは離れていても、人も通っている道の真ん中だけどな。

「あの時はデカブツがいたが、今回はいねぇ。しかも他の仲間も……お前一人だ……」

「やる気か……？」

男が腰の後ろからナイフを抜き、ニヤリと笑って刃を見せつける。

エッケンハルトさんが言っていたような状況に、なってしまったなぁ……理由や原因は、薬草やギフトと全く関係ないが。

一瞬、全力で逃げようかとも思ったが、男がいる方がカレスさんの店で、退路が塞がれている……多分、このために男の子が一度通り過ぎた後に、そっと姿を見せたんだろう。結構計算高いな。

「当然だろ？　ここまで呼び出したんだ。何もせずにお帰り願うわけにはいかねぇ」

「まぁ、そうだろうな……」

視線をさまよわせるが、建物に阻まれていて逃げ道はなさそうだ……唯一の逃げ道は背後だが、そちらに逃げても土地勘のない俺が逃げ切れる可能性は薄いだろう。

と、ここまで冷静に考えられているのは、エッケンハルトさんから剣を習っていたおかげだろうな。

この世界に来た直後、同じ状況になっていたら何もできないし、何も考えられなかったと思う。

「……あんまり時間をかけてもいけないな。行くぜぇ！」

見知らぬ人が通りがかり、男がナイフを持っているのを見て逃げ出す。

それを見て、男が騒ぎになる前に片を付ける気なのか、右手に持ったナイフを振り上げて襲い掛かってきた。

「律儀に声をかけてくれるんだな……っと！」

「何⁉」

「俺が剣を持っているとは思わなかったようだが……よく見てなかったんだな」

距離が離れていたため、男が駆け寄る前に腰に下げていた剣を抜き、横向きにして掲げ、ナイフの刃を受け止める。

多分だが、俺の顔を見て咄嗟《とっさ》に復讐を思いついただけで、計画的ではないんだろう……子供達が群がっていたから、俺が剣を腰に下げているのに気付いていなかった様子だ。

……ティルラちゃん、忘れなくて良かったみたいだよ。

「てめぇ……」

「俺だって、ただやられるわけにはいかないからな……ふぅ……」

男が少し後ろに下がったのは、ナイフよりも大きな剣を俺が持っているからだろうか。

知っているかはわからないが、単純に武器はリーチが長い方が強い……とエッケンハルトさんから鍛錬の合間に聞いた。

確かあの時は、剣で槍《やり》などの長物《ながもの》に正面から挑むなとか言っていたっけ。

今回は、俺の方が長い武器を持っていて有利なようだが。

「剣を持っているからって、勝った気でいるなよ‼　持っているだけじゃ意味はねぇんだ！おらぁ‼」

一応、鍛錬はしたが……まだ素人に毛が生えた程度、と言われればそれまでだ。

「っとぉ！」

叫びながら、再びナイフを振りかぶってくる男に対し、体を少しだけ反らしながら、左横へ避ける。

「っと……ちっ！」

体をぶつける勢いだった男は、俺が受けもせず避けたため、勢い余ってたたらを踏む。

俺の横を通り過ぎて、舌打ちをしながらすぐに振り返ってナイフを構えた。

これで、なんとか位置は交代したから、背を向けて逃げればカレスさんの店に行けるが……追いつかれる危険を考えれば、それもできないか。

後ろからナイフを投げられでもしたら、俺には避ける術《すべ》もない。

「このやろぉ！」

男は、ひたすら突撃という恰好で、ナイフは頭上に振りかぶって下ろすだけの直線的な攻撃、そして何よりも、エッケンハルトさんやレオと比べたら、驚く程動きが遅い！

「せい！　っ！」

「なっ⁉　ぐぅっ！」

縦に振られるナイフに対し、剣の腹で横から打ち付けて軌道を逸《そ》らす。

結局当たったのが手首だったが、衝撃と痛みで男がナイフを落とした。

……逸らすだけと思ったんだが、さすがにそこまで正確に狙いは付けられないか……腕を斬り落としたりしなくて良かった。血を見たいわけじゃないからな。

ともあれ、これがチャンスと剣を振り切ったままの勢いで、右足を上げて男の腹へ蹴りを入れた。

……自分でやっておいてなんだが、かなり痛そうだ……男が駆け込んできたのもあって、カウンターのようになっているから。

本当に、ここまで冷静に対処できたのは鍛錬していたおかげだな。エッケンハルトさんとレオには感謝しないと。

「ぐっ……はっ……がはっ！　ごほっ！」

「えーと……まだ、やるか？」

「ぐ……何……ひっ⁉」

咳《せ》き込み、お腹を押さえるようにして地面に崩れ落ちた男に対し、どうしようかと一瞬だけ逡巡《しゅんじゅん》して、剣を突き付ける事にした。

こちらを見上げる男の眼前、先の尖《とが》った剣先があるのを見て小さく悲鳴を上げる男。

「動くと、剣を突き込むぞ？」

「……ちっ！」

先が尖っているのは剣だから当たり前だが、ちょっと近すぎたかな？　でもまぁ、止まってくれたし、脅しに屈してくれて良かった……人間相手に本気で剣を突き刺すなんて、できそうにないからな。

「ふぅ……」

「……」

息を吐いて、緊張して浅くなっていた呼吸を意識的に戻す。

男は俺を睨《にら》んでいるが、さすがにこの状態で動く気はないようだ。

さて、これからどうしようか……？　剣を引いたら、また襲い掛かって来るか逃げるかのどちらかだろうし……。

やっぱり、誰かに頼んで人を呼んで来てもらうのが一番か。

「すみませーん、ちょっといいですかー！」

道端で戦闘が始まったのを遠巻きに見ている人が数人いたので、そちらへ呼び掛けてみる。

何人かは急に声をかけられて、逃げてしまった……剣を持っている男から急に話しかけられたら、そうなるのも仕方ないか。

けど、何度か呼びかけているうちに、一人が俺の話を聞いてくれた。親切な人がいてくれて良かった……どうやらその人は、最初に俺が襲われた辺りから見ていたらしく、無差別に襲うような人間じゃないと考えてくれていたようだ。

男に剣を突き付けたままお願いをして、その人にカレスさんの店で俺の名前で人を呼んで欲しいと伝えて、向かってもらった。

「これで、もうしばらくしたら誰か来てくれるだろう。はぁ……今度から一人で行動するのは、控えた方がいいかな。まぁ、基本的にはレオがいてくれるから大丈夫だろうけど……」

「……しめたっ！」

「あっ！」

人を呼んで来てもらう段取りができて、ホッと一息吐いたせいだろう。油断した俺が剣を男から少し離してしまっていたようで、ずっと隙を窺っていた男が後ろに飛ぶようにして起き上がった。

思わず声を出してしまったが、すぐに視線をさまよわせて周囲を確認……ナイフは離れた場所まで飛んでいるから、拾おうとするならなんとかなる、か？

「ガウゥ！」

「レオ!?」

「ぐぅ！　ぐえぇ……」

俺が逡巡していたその瞬間、一瞬だけ頭上に影が落ちたと思ったら、目の前にレオが現れた……正確には、降ってきたと言った方が正しいか。

吠えながら、俺を飛び越すジャンプをしたと思われるレオは、そのままの勢いで男を正面から前足で踏みつぶす。

とは言っても、圧し掛かって重さで押さえつけているだけで、男がくぐもった声を出している事から、多少苦しくとも息はできているみたいだ。

「ありがとう、レオ。助かったよ。……でも、どうしてここが？」

「ワフ、ワフワウ！」

「俺の声が聞こえた気がした？　さっき、人を呼んでもらおうとして、周りに呼びかけた時かな？」

「ワウ！」

多分それ！　って……まぁ、レオの聴覚が人間より優れているのは、想像できる事だが……はっきりと俺がなんて言っているのかはわからなくとも、声は聞こえていたんだな。

「ぐ……うぅ……」

「グルルルル……」

レオの足下で、男がもがくように腕を動かしてうめき声をあげていたが、牙を剥《む》きだしにしてレオが唸《うな》ると、おとなしくなった。

「俺が剣を突き付けるより、逃げられる心配はなさそうだな。本当、ありがとうな」

「ワフワフ」

男を逃がす心配もなくなり、剣を鞘《さや》へ納めてレオの体を撫でて感謝。

尻尾をブンブン振っているから、俺が無事でいる事や撫でられているのに喜んでいる様子だ。

「タクミさん！」

「タクミ様！」

レオを撫でていると、店の方からクレアさんとセバスチャンさんが声と共に、駆け寄って来る。後ろにはヨハンナさんやカレスさんもいた。

さっきお願いした人が、伝えてくれたのかな？

「はぁ……ふぅ……タクミさん、大丈夫ですか⁉」

「はぁ……はぁ……ご無事でしょうか⁉」

「クレアさん、セバスチャンさん、なんとか無事です。剣を習っていて、良かったですよ」

息を切らせながらも俺を心配してくれる二人に、笑いかけながら手を上げて怪我がない事をアピール。

男に襲われると予想していたわけじゃないけど、本当にエッケンハルトさんから剣を教えてもらっていて良かった……。

あれがなかったら、冷静に対処なんてできなかっただろうし、怪我だってしていたと思う。

「はぁ……良かった……」

「本当に。近くにいながらタクミ様に怪我をさせてしまっては、私共の落ち度ですからな。しかし、この男は……」

「覚えていますか？　俺が初めてこの街に来た時に、絡んできた奴の一人です」

「はい、クレアお嬢様のみならず、タクミ様やレオ様の前に立ち塞がった者の一人ですな。そうですか……貴方が……大方、あの時の事を逆恨みしているのでしょう？」

俺が無事だとわかってホッとするクレアさん達、セバスチャンさんは、すぐにレオが踏んでいる男へと意識を移した。

特徴的な恰好をしているからか、セバスチャンさんも覚えているようだ。クレアさんやヨハンナさんも頷いている。

まぁ、あの時捕まった奴が俺に……となると、大体想像がつくよなぁ。

「そうみたいです。離れた場所から、俺がいるのを確認して子供を使って呼び出して、一人になった所を狙って襲い掛かる、という具合ですね。……とりあえず、どうしましょうか？」

「ちっ」

簡単に説明しながら、レオが踏んで動けなくしている男を示す。

男は腹を踏まれて苦しそうにしながらも、俺達を睨んで舌打ちをしている……反省していなさそうだ。

レオが加減をしてあまり体重をかけていないからだろう。巨体のレオがそのまま体重をかけたら、人間なんて潰れてもおかしくはないからな。

「そうですなぁ……？」

「どうするの、セバスチャン？」

セバスチャンさんが、考えるようにしながら男に近付く。

クレアさんの問いには答えず、セバスチャンさんはゆっくりと男に顔を近付けた。

「貴方は、私達が公爵家の者と知っていましたか？」

「公爵家!? そ、そんな事は知らねぇよ……」

「それなら、なぜ貴方はしつこく付きまとうのでしょうか？ まぁ、おおよその事は見当がつきますが……おそらく、レオ様がいなければ、タクミ様や私達をどうにかできるとでも考えたのでしょう」

「くっ……」

図星だろうなぁ……というより、男がはっきりと俺に言った事でもあるからな。

レオさえいなければ前回の仲間がいなくても、一人ずつ呼び出しでもすればなんとかできると考えていたんだろう。

なんて考えながら横やりを入れる事なく、セバスチャンさんが問い詰める姿を、俺やクレアさん、集まった人達がジッと見ていた……レオは足下だから、見づらそうだけどな。

ただ、カレスさんだけはかわいそうなものを見るような目で、地面に倒れている男を見ていた……なぜ？

「……くそっ！」

「そうですか……やはり予想通りと。ふむ……」

問い詰めていたセバスチャンさんが、ただ悪態をつくだけの男の言葉に少しだけ考え込む。

「貴方は、公爵家に逆らった事になります。一度ならず二度までも……当然、公爵家に裁く権利があります」

「なんだってんだ！　それがどうしたってんだ⁉」

男はセバスチャンさんの言う事が理解できないようで、まだ喚《わめ》き散らしている。

よく考えようよ……貴族である公爵家に逆らう、この国の法律には詳しくない俺でも、どうなるか大体想像できるぞ？

まぁ、俺は知り合いなだけで、公爵家の人間というわけではないんだが……セバスチャンさんからすると近い扱いなんだろうし、契約の事を考えると庇護下《ひごか》にあると言ってもいいのかもしれない。

「公爵家に絡んで来た事……タクミ様への襲撃。これは、死罪でも生温《なまぬる》いですなぁ……？」

「なっ⁉」

セバスチャンさんの言葉に、男は顔を青ざめさせて言葉を失う。

ここまで言われて、ようやく自分の置かれた状況がわかったようだ。

しかしセバスチャンさんは楽しそうだな……男を脅すように声を低くしているから、丁寧な口調が逆に恐怖心を煽《あお》っているのか。

もしかして、カレスさんはセバスチャンさんがこうなる事を知っていたから、男に憐《あわ》れむ視線を向けていたのかな？

「……そろそろ、自分のしでかした事、置かれた状況がわかりましたか？　あぁ、逃げようとしても無駄ですよ。貴方を押さえつけているレオ様は、かの有名なシルバーフェンリルですからね……貴方を逃がすようなヘマはしません」

「グルルルル……」

「……シルバー……フェンリル……ひぃ‼」

セバスチャンさんに言われて、ようやくレオがシルバーフェンリルだというのと、自分がしでかしてしまった事を理解したようだ。

レオはセバスチャンさんの言葉に乗り、男を脅すように低く唸る……結構ノリがいいよな。

そういえば、以前はウルフだと思っていたし、さっきもデカブツとしか言っていなかったっなんだなぁ。

け。シルバーフェンリルの姿形を知らないような人だと、こうなのかもしれないな。

男はさらに顔から血の気を引かせ、青ざめさせている……人間って、こんなに顔が青くなるんだなぁ。

「た、助けてくれ！　ちょっとした出来心だったんだ！」

「出来心で済むと、本当にそう思っているのですか……？」

「す、すまなかった！　謝るから、命だけは！」

男は、セバスチャンさんに助けを求めるように謝り始める。

「セバスチャン……やり過ぎではないかしら……？」

俺の隣で、セバスチャンさんを見ながら呟いたクレアさん。

確かにやり過ぎかもなぁ……。

「どうしましょうかねぇ……？」

「お願いだ！　助けてくれ！」

じっくり考えるようにして、男を脅すセバスチャンさん。

そろそろ、いいんじゃないかな？

「セバスチャンさん、そのあたりでいいでしょう」

「タクミ様……この男のした事を、許すのですか？」

ちょっとセバスチャンさん、脅す相手を間違っていませんか？

俺に振り向いたセバスチャンさんは、目を細め、男にしていた時と同じく声を低くしたままだ。

正直、怖い……凄みのようなものを感じるな……少しセバスチャンさんの迫力に気圧されながらも、言葉を続ける。

「まぁ、なんとか俺でも対処できる程度の腕前でしたからね。次はないとわからせれば十分でしょう」

「そうですか……タクミ様がそう言うのなら仕方ありません」

そう言って、男に視線を合わせるように屈《かが》んでいた体を起こし、セバスチャンさんが溜め息を吐く。

もしかするとセバスチャンさんは、俺かクレアさんが止めに入るとわかって続けていたのかもな。

そうだとしたら、随分な役者だなぁ……。

「騒ぎがあったのはここで……クレア様!?」

「あぁ、衛兵が来ましたか……話して来ましょう」

セバスチャンさんと話しているうちに、鎧《よろい》を着た衛兵さん達が駆け付けた。

さっき頼んだ人か、カレスさんの店の人が呼んでくれたんだろう。

セバスチャンさんが男から離れ、事情を説明するために衛兵さん達と話し始める……こういう時、説明好きのセバスチャンさんがいてくれて良かった。

「……クレアお嬢様、タクミ様。この男、こう見えて大した悪さをしている者ではないようですな。大それた事をしようとしたのは、これが初めてのようです。まぁ、公爵家との関わりを知らなかったのが原因でしょうが」

「そうなんですか？」

レオに押さえつけられて、身動きの取れないまま真っ青な顔をしている男を見張っていると、衛兵と話を終えたセバスチャンさんが戻ってきた。

「はい。衛兵から聞いたところ、普段は一人で恫喝《どうかつ》を繰り返していたようで……以前捕まえた他の者達にそそのかされて、クレアお嬢様の前に立ちはだかったようですな。そして、一人の時は恫喝、恐喝を試みていたようではありますが……」

「が？」

「どうやら、成功する事はなかったようなのです。見た目だけの見掛け倒しで、すぐに取り押さえられて捕まる、というのを繰り返していたのです。なので、軽い罰を与えるだけですぐに解放されたようですな。前回はクレアお嬢様に対してだったので、他の者達の事もあって、反省を促すためにいつもより長く、数日は拘束していたようです」

「つまり、いつも失敗ばかりで被害らしい被害はなく、迷惑をかけるだけ……ですか？」

「そのようです。もっとも、これまで大きな事ができず、重い罰を与えられなかったからこそ、ナイフを使ってまで、タクミ様を狙ったのかもしれません。まぁ、公爵家に敵対しているとも取れる状況なので、今回は街からの追放、国からの追放……もっと重い罰を課す事もできますかな？」

「はぁ……そうなんですね……」

この男、威勢がいいのは最初だけで、結局大した事ができない人物らしい。

ちょっとどころではなく、脱力してしまって、思わず溜め息が出てしまった。

至る所で騒ぎを起こすというのは迷惑極まりないが、それで実害がほぼ出ていないというのはなんというか……悪事が上手くいかない星の下にでも、生まれたのかもしれない。

セバスチャンさんの言っているように、これまで重い罪を背負わなかったため、今回はエスカレートしてしまったとも考えられるか。

「レオ、そろそろ足をどけてやってくれ。あ、ヨハンナさん、一応手足は縛ってもらえますか？」

「ワフ」

「わかりました」

頷いて足を上げるレオ。クレアさんの隣に控えていたヨハンナさんは、以前のようにどこからか取り出した縄で、男の手足を縛った。

男の方はもう逆らう気力がないのか、されるがままだ。

「さて、自分のした事がわかった様子だけど、反省はしているかな？」

俺が聞くと、男は壊れた人形のように何回も首を縦に振る。

「も、もちろんです。す、すみませんでした……知らなかった事とはいえ……」

首をカクカク動かしながら、俺に言い募る男。

丁寧な言葉とか使えたんだな……しかし、モヒカンがワサワサしていて邪魔だ……。

さて、これからどうしたもんか……。

ヨハンナさんに縛られ、体育座りの体勢で手足を一緒に繋がれていて、首くらいしか自由に動かせない男を見ながら考える。

「クレアさん、セバスチャンさん。本当なら公爵家が、この男をどうするのか決めるのでしょうけど、俺が決めてもいいですか？」

「そうですね……実際に相対して取り押さえたのはタクミさんとレオ様です。なので、私はタクミさんに決定権があると考えます」

「暴漢を鎮圧したタクミ様に、裁定の権利があるとしましょうか。権利の譲渡とまではなりませんが、私達公爵家の人間は何も見なかったという事で……カレスもいいですか？」

「はい……私はタクミ様にお任せします。店の者や、この男を見たお客様には、そう説明させて頂きます」

クレアさんもセバスチャンさんも、カレスさんも認めてくれた。

ヨハンナさんも、ニコラさんも頷いている……だけでなく、遠巻きに見ている人達も頷いてくれた。

公爵家の決めた事だし、大きな被害はなく俺に怪我もないうえ、レオが一緒にいる事で否定的な感情が出ないのだろう……と思っておく。

認めてくれた皆に感謝しながら、この男をどうするか考えるとするか。

「レオの餌に……」

「ひっ！」

「ワフゥ……」

ちょっとした冗談で呟いた事だが、男は怯《おび》え、レオは嫌がるように首を振った。

「まぁ、今のは冗談だが……どうするかな？」

このまま衛兵に渡すのでもいいが、それで済ませると、皆に許可を取った意味もなくなる。

というより、どういう罪が課せられるかはわからないが、それで解決してもまたこいつは騒動を起こそうとするかもしれない。

そうさせないためには、近くに置いて監視をした方がいいのか……ふむ……。

「カレスさん」

「はい？」

一つ思い付いた事があったので、近くにいたカレスさんに声を掛ける。

「カレスさんの店は、人手が足りていますか？」

「そうですなぁ……薬草を販売するとなると、少々足りないかもしれません。今日の反響次第ではありますが。しかしタクミ様、それを聞くという事はもしかして？」

俺の作った薬草を販売するのなら、人手は十分ではないと。

「まぁ、この男をここで働かせたらどうか……と考えています。カレスさんには迷惑かもしれませんが」

「それは……」

カレスさんは、この男を雇う事に反対するような雰囲気。

被害がないようなものとはいえ、暴れたり迷惑をかけるような人物だ……反対するのは当たり前か。

それなら、こういう事ならどうだろうか？

「俺が雇う、という扱いにするのはどうですか？　薬草を販売する事に関して、専門に働いてもらいます」

「タクミ様が、ですか？」

「タクミさん、どうするんですか？」

「タクミ様が雇う事に、意義があるとは思えませんが……？」

俺の言葉に、カレスさんを始め、クレアさんやセバスチャンさんも驚いている。

暴れた男……しかも襲ってきた男を雇うというのは、普通じゃないのかもしれないな。

「セバスチャンさん、カレスさん。薬草を作れば、当然この店まで運ばなければいけませんよね？　しかも、頻繁に」

「そうですな」

「はい。今日の売れ行きを見るに、薬草を度々運ばなければ、供給が間に合わないと思われます」

セバスチャンさんもカレスさんも、頷いてくれる。

俺が大量に薬草を作って一気に運んでもらってもいいんだが、心配してくれるクレアさん達は、一気に薬草を作る事には賛成してくれないだろう。

また倒れる心配があるからな……それに、鍛錬のための薬草も作りたいから、あまり無理はできない。

だったら、こまめに薬草を作ってこの店まで運ぶ必要がある。

「頻繁にここまで運ぶというのは、当然ですが手間がかかります」

さすがに毎回俺やクレアさん、セバスチャンさんが運んで来るわけにはいかないだろう。

俺は鍛錬があるし、クレアさんやセバスチャンさんにも、やらなければいけない事があるはずだ。

今日は初めての薬草販売という事だから、皆で来ただけだしな。

「だったらこの男を俺が雇って、毎日ここと屋敷の往復をしてもらって、薬草を運ばせるというのはどうかと考えました。まぁ、それ以外の時間はこの店でこき使ってもらう事になるでしょうが……」

「成る程……この男に運ばせるのですか……しかし、この男が薬草をまともに運びますかね？」

俺の言葉に納得しつつも、疑問を感じて首を傾げているカレスさん。

確かに、充分な恐怖を与えたから逆らう事はもうないと思うが、逃げ出したりという事も考えられる。

そこの所をどうクリアするかまでは、考えてないんだよなぁ……思い付いた事を言っただけだから、ちょっと詰めが甘かったかもしれない。

「ふむ……タクミ様。この男がもし逃げ出した時、どうするのですか？」

「それが……そこについてはあまり考えていませんでした……」

セバスチャンさんから、今まさにどうしようかと悩んでいた事を聞かれる。

そこに考えが行くのは、当然か。

「そうですか……それなら私からも一つ、良いですかな？」

「なんでしょう？」

「基本的には、タクミ様の案に賛成です。直接この男を使う事で、反省の様子も見る事ができるでしょう。しかし逃げられる恐れもある……そこで、レオ様にお願いしてもよろしいでしょうか？」

「レオですか？」

「ワフ？」

セバスチャンさんの提案は、レオに何かしてもらう必要があるようだ。

首を傾げる俺に、レオも同じく首を傾げている。

「シルバーフェンリルは、一度覚えた臭いを地の果てまでも追いかける事ができる、と聞きます。レオ様、臭いを嗅ぎ分ける事はできますかな？」

どこかの地獄にいるような、番犬の事かな？

「ワウワウ」

「できるそうです。……レオへのお願いというのは、そういう事ですか」

レオの嗅覚を使って、男が逃げても追跡を可能に……という事なんだろう。

自信満々に頷くレオを疑うわけではないが、もしもの際は俺が『雑草栽培』で感覚を鋭くさせる薬草を作ってやってもいいか……それなら、追跡もさらに簡単になるだろうからな。

「ワフワフ、ガウー」

「わかった。レオがそれでいいなら、セバスチャンさんの考えに乗ろう」

「レオ様はなんと？」

「追い掛けるのは任せてくれとの事です」

レオなら、男がどこに行ったかわかれば追跡は楽だろう。馬より速いしな。

「お願いしてもよろしいですかな？」

「ワフ！」

「手間をかけてしまってすまないな、レオ。ありがとう」

「ワウー」

セバスチャンさんの問いかけに頷いたレオに感謝して、体をゆっくり撫でてやる。

俺の思い付きを実現させるためとはいえ、ちょっと申し訳なく思う。

もしもの事がないよう、しっかり男に言い聞かせておかないとな……。

「……という事だが、それでいいか？　もし逃げ出したら、どうなるか……今度は加減できないかもしれないな……」

「グルルルルゥ……」

「ひぃ！　わ、わかっています、逃げません！　だから命だけは!!」

男に顔を寄せ、セバスチャンさんを真似《まね》て低い声で脅したら、レオもそれに乗って低く唸って脅した。

真っ青な顔のまま、命乞いをする男……これなら、大丈夫そうかな
まぁ、レオは優しいから、本当に加減をしないとか命を取るまではしないだろうけど。

「それじゃあ決まりだ。真面目に働けよ？」

「……えっと？」

「俺がお前を雇うという事だ。安心しろ、逃げずに真面目に働けばちゃんと報酬は払うぞ？」

「……こ、こんな俺を、雇って下さるんですかい？」

男は、俺が雇うという事に意外そうな様子だ。

確かに、襲い掛かって来た相手を雇うというのは、普通ではないのかもしれない。

公爵家に二度も逆らったという事で、この国だと厳しい処罰が下されるのかもしれないが、
俺は日本で生まれて育った人間だからか……できるだけ、更生する余地を残しておきたい。

騒ぎを起こして迷惑を振り撒《ま》いても、本当に取り返しのつかない事はしていないようだからな。

他に余罪があったり、酷い事をしているようなら、こんな提案はしなかっただろう。

「まぁ、お前が真っ当に生きたいと思うならだけどな？　もし逃げたら……」

「ワーウ……」

「に、逃げません！　決して、逃げたりはしません！」

俺の言葉に続いて、レオが牙を見せながらもう一度男を威嚇すると、顔を青ざめさせたまま逃げない事を誓う。

信じられるかどうかはこれからの働きにかかっているが、レオがシルバーフェンリルだと知れば逃げられない相手だという事もわかるはずだから、軽はずみな行動はしないだろう。

「なら、俺に雇われてみるか？」

「こんな俺を雇ってくれるなんて……はい！　一生懸命働きます！」

男は、俺の言葉に感動したように頷いて承諾した。

「そういう事で、決まりました。すみません、セバスチャンさん、カレスさん」

「罪人を雇う事になりますが、よろしいのですか？」

「えぇ。こういった輩にも、ちゃんとした道を示せば更生してくれると信じてみようかと。もちろん、逃げた場合は全力でレオに追い掛けさせます」

「自分を襲った相手なのに甘い、と言うべきなのでしょうな……私の立場で考えると。ですが、その考えには好感が持てます。それに、少々昔を思い出しました……」

確かにセバスチャンさんの言う通り、甘いのかもしれない。

罪人である事には間違いないし、この男が反省せず、また同じように罪を重ねる可能性もある。

だけど、なぜかこの男がこのまま処罰されるのを、見過ごす事ができなかったんだよなぁ

……それはともかく、昔ってなんの事だろう？

「昔、ですか？」

「ほっほっほ、懐かしい思い出というやつです。気にしないで下さい」

笑って誤魔化されてしまった。いつもなら喜々として説明したがるはずなのに……。

「ではレオ様？」

「ワフ。スンスン……ワフ！」

セバスチャンさんに促されて、男に鼻先を近付けて臭いを嗅ぐレオ。

これで臭いを覚えたから、どこか遠くへ逃げても追いかけられる。

「それじゃあ、縛っている縄を外すぞ？　わかっていると思うが……」

「は、はい！　暴れたりしません！」

縄を外すため、男に近付いて声を掛ける。

俺の言葉に男は、レオの方を見ながらコクコクと頷いた。

後ろで、またレオが牙を出して威嚇しているのか……それを見れば、暴れるなんて考えは出て来ないだろうな。

「ほら、外したぞ？」

「ありがとうございます、アニキ！」

「アニキ？」

「助けてくれた恩人だから、アニキって呼ばせて下さい！」

「まぁ、いいけど……真面目に働けよ？」

「はい！」

俺をアニキと呼んだ男は、笑顔で頷く。

しかし……こんな世紀末的な男にアニキって呼ばれるのも、なんか変な気分だな。

「あー、カレスさん。ちょっといいですか？」

「はい、なんでしょうタクミ様？」

カレスさんを呼んで、これからの事を話す。

「カレスさん、この男がこれから薬草を運ぶ仕事をする事になりました。まぁ、それ以外の時間は、適当にこの店で使ってやって下さい」

「えーと……確かに人手が加わるのは良い事ですし、これまでの様子は見ておりましたが、大丈夫なのでしょうか？」

「散々脅しましたからね……レオも協力してくれますから。——真面目に働くよな？」

「はい！　アニキの顔に泥を塗らないように頑張ります！」

「先程までの男とは思えない、変わりようですな……わかりました。このカレス、責任を持って預からせてもらいます」

これで、この男はここで働く事ができる。報酬というか給料は、俺が出さないといけないだろうけどな。

とは言え、薬草の報酬があるからそれで賄えるだろうと思う……後でセバスチャンさんに相場を聞いておかないと……。

「それでは、早速使ってみましょうか……えっと……名前は？」

「ニックっす！」

「それではニック……あちらに行きましょう」

「はい！　それじゃアニキ、また！」

「あぁ。しっかり働けよー」

あの男の名前はニックって言うのか……そういえば名前を聞き忘れていたなぁ。

カレスさんにニックを引き渡し、頑張ってくれたレオを撫でながら、成り行きを見守ってくれていたクレアさん達の方へ。

「タクミさん、よろしかったのですか？　タクミさんに襲い掛かったのに……」

「えぇ。罪人だからと全て処罰するよりも、更生できるようであれば更生させた方がいいですからね。……セバスチャンさんには甘いと言われましたが、ははは」

問いかけて来たクレアさんに、苦笑しながら答える。

「タクミ様が甘い、というのは間違いないでしょう。しかし、あのように収められた事は敬意を表したいと存じます。公爵家の人間であれば、厳しく処罰しないといけなかったでしょう」

「そうね。私達公爵家がむやみに温情を与えていれば、治めている領地に混乱が生じてしまうでしょうからね」

「それを考えれば、タクミ様に任せたのは正解ですな。……あの男、ニックとやらのこれから次第ではございますが……」

「まぁ、大丈夫でしょう。何かあれば、レオがいますから」

「ワフワフ」

確かに上に立つ人間が公平でないと、領内を治める事は難しいのかもしれない。

ニックに関してはあれだけ脅せば大丈夫だと思うが、もし何かあればレオがいる。

レオの追跡を躱《かわ》せるとは思えないしな……鍛錬を始めたばかりの俺に押さえられるくらいだから。

エピローグ

「お帰りなさい！　外の騒ぎはなんだったのですか？」

クレアさん達を伴って店の中に戻った俺達は、中でおとなしく待っていてくれたティルラちゃんに迎えられる。

レオはまた子供達との触れ合いだが、さすがにもう困る程の事にはならないだろう。

カレスさんと、先程他の店員さん達も慣れて来ていたからな。

ちなみに、先程誰か呼んで来てくれるよう頼んだ人は、俺の声を聞いて走り出したレオを追っていたクレアさん達に会ったらしい。セバスチャンさんが衛兵を呼ぶよう頼んだそうだ。

店に入る前に、ちゃんと感謝をしておいた。

「ただいま、ティルラちゃん」

「ティルラ、タクミさんが面白い事をしていたのよ？」

クレアさんは、楽しそうにティルラちゃんへさっきまでの出来事を話し始める。

セバスチャンさんの補足もありつつ、ティルラちゃんへ外での出来事を説明しながら、店員さんが淹れてくれたお茶を飲んで和やかに過ごしていると、入り口からニックが入って来た。

「アニキ、お疲れ様です！　薬草販売が終了したので呼びに来ました」

「わかった」

カレスさんに言われて、俺達を呼びに来たんだろう。ニックの初めての仕事だな。

しかし、思ったよりも薬草販売が終わるのが早い気がするけど、もう店じまいなのだろうか？

「タクミ様、用意して頂いた薬草は完売致しました」

外に出た俺達にカレスさんが近づいて、そう告げられた。

薬草が完売した事で、設置されているテーブルの周りにはもうお客さんの姿はなく、レオの周りに数人の子供とその親が残っているだけだ。

あっちはレオが楽しそうだからいいが、まだ昼前なのに、もう全部売れたのか……。

売れ行きがいいのは喜ぶべき事なのだろうが、そんなに薬草が不足していたのか？

「カレス、薬草を必要とする人が増えているようでしたが？」

「それがですね……どうやら最近、悪質な薬師《くすし》が街に入り込んで商売をしているみたいで……」

セバスチャンさんが、カレスさんに問いかける。

カレスさんの読み通り、レオを見に来た人も多かったと思うが、それでもこんなに早く売り切れになるという事は、薬草を欲しいと思う人が多いという事なんだろう。

……けど、カレスさんの言う悪質な薬師って？

「状態の悪い薬草や、薬に他の物を混ぜて効果を薄めた物を、通常の値段で販売している薬師がいるのです」

「ほぉ……そんな者がいるのですね……」

粗悪な薬草や薬を販売する薬師……か。

前の世界でもそういう人間がいたが、こっちにも同じような事をする人がいるんだな。

しかしセバスチャンさん、目が怪しく光っていますが……ちょっと怖いですよ？

「公爵家の領内で、そんな商売をする者が出ようとは……中々楽しい事になりそうですな？」

「セバスチャンは、卑怯な手段を用いる者を潰すのが好きなのです。……趣味と言ってもいいのかもしれません」

「クレアお嬢様、そんな事はありませんよ？　私は真っ当な商売をしない者が許せないだけですから。……ふふふ、早速旦那様に報告せねば……」

クレアさんが、セバスチャンさんの雰囲気に引いている俺に説明してくれるが、当の本人はそれを否定した。

けど、その後の言葉や雰囲気は、クレアさんの言う事が正しいと思わせるものがある。

「それはともかく、タクミ様。今後の薬草の事なのですが……」

「はい」

セバスチャンさんを置いておいて、カレスさんが俺に話しかけて来る。

今後の薬草か……これだけ売れるのなら、栽培数を増やした方が良いのかな？

「数に関しては、今回と同じか少し増やして欲しいと思います。それとは別に、ラモギの数を増やして欲しいのです」

「ラモギをですか？　そんなに不足しているんですか？」

ラモギなら何度も栽培しているから、難しい事じゃない。

まぁ、倒れないように気を付けないといけないから、何も考えず大量に作る事はできないだろうけど。

「はい。最近、近くの村やこの街で病が流行《はや》っているのです。その病はラモギで治るのですが、いかんせん病に罹《かか》る人が多過ぎて、数が足りない状況が続いているのです。それに、先程話した粗悪な薬草を売る者もいて、病に罹った人に行き渡らない状況なのです」

「成る程……疫病ですか……」

「幸い、我が店は公爵家の運営する店。タクミ様が作る薬草の品質は、私も確認致しました。ここでラモギの販売に力を入れて疫病が鎮まれば、評判は広がって行く事と思います」

混ぜ物をした薬とは違って、俺の作る薬草は効能がしっかりした物だ。

『雑草栽培』のおかげで、一番効果を発揮する状態にできるしな。

ここで評判のいい薬草を売り出せば、公爵家としても店としても、薬草販売を安定させる事ができるかもしれない……という事なんだろう。

「タクミ様が作る薬草につきましては、私が打ち合わせをしておきましょう」

「セバスチャンさん……お願いします」

粗悪品を売る薬師に関して、楽しそうにどうするか考えていたセバスチャンさんだが、いつの間にか正気に戻り、カレスさんとの話し合いを始めた。

まぁ、こっちはセバスチャンさんに任せておけば大丈夫だろう。

あとで種類や数を聞けばいいだけだしな。

「レオ、楽しそうだな？」

「ワフ」

「ふふふ、レオ様はこの街の子供達に気に入られたようですね？」

「レオ様は可愛くて優しいですからね！　当然です！」

話し合うカレスさんとセバスチャンさんから離れ、残った子供達とじゃれているレオの方に来た。

レオは楽しそうに尻尾を振りながら、子供達の相手をして、クレアさんはその光景を見て微笑む。

ティルラちゃんはなぜか自慢気だが……多分、自分が懐いている相手が皆に気に入られた事が嬉しいんだろうな。

背中に乗ったり、レオの毛に包まれたりしている子供達と一緒に、俺もレオを撫でておく。

今回は大活躍だったからな……ニックの事、客寄せや子供達の相手と、レオがいてくれたおかげで助かった部分が大きい。

「アニキ……邪魔してすみませんが、ちょっと話しておきたい事があって……」

「どうしたんだ、ニック？」

レオを撫でていると、付いて来ていたニックが話しかけて来た。

しかし、どう見ても年上に見えるニックから、アニキと呼ばれるのはどうなんだ……？　と今更考えるが、些細な事かと気にしないようにする。

レオを撫でるのを止め、少し離れてニックの話を聞く事にした。

「アニキ、さっきカレスの旦那と、粗悪品を売る奴の話をしていましたよね？」

「あぁ、そんな話をしたな」

「そいつ……他の街から流れて来た奴なんですがね、どこぞの貴族様とつながりがあるみたいな事を言ってたんでさぁ」

「どこぞの貴族……？　というかニック、そいつと会った事があるのか？」

どこぞの貴族というのは、公爵家ではないんだろう。

セバスチャンさんやクレアさんが、そんな事をするとは思えない。

「いやぁ、以前アニキ達に会う前に一度だけ、そいつの店で暴れた事がありやしてね……」

「ニック……」

照れ臭そうに言うニックだが、そこは照れる所じゃない、反省する所だ。

これからはそういう事をしないよう、見張る必要があるな……。

「もちろん、今では反省していますよ。まぁそこは置いておいて、そいつの店で暴れた時なんですが……」

「はぁ、これからはそういう事は絶対にするなよ……それで？」

「へい、わかっています！　……それで、俺を押さえるために店の奥から、鎧を来た兵士が出て来たんです。ちょうどあんな感じの……」

そう言って、ニックが指で示したのは、ニコラさんや衛兵さん達だ。

鉄の鎧を着込み、剣を腰に下げていて、どこから見ても兵士にしか見えない装いだ。

似たような感じだとしたら、兵士で間違いないのかもな。

「兵士が出て来て、お前はどうしたんだ？」

「見掛け倒しだろうと思って、襲い掛かろうとしたんですが……兵士と一緒に態度のデカイ男が出て来まして、その男が言ったんです。私達はとある貴族様に認可を受けて商売をしている、だからここで暴れる事は貴族に逆らう事になるぞ……と」

兵士にしか見えない相手にも、つっかかろうとしたのか……考えなしと言うか、無謀と言うか。

「……つまりお前は、貴族に逆らう気か？　と脅されたわけだな？」

「へい。さすがに貴族が関わっていたらヤバイので、すぐにその場から逃げ出したんでさぁ」

今回と似たような感じで、あちらでも貴族に逆らう云々《うんぬん》で脅された。

ニックは貴族の関係者に絡まないと、気が済まないのか……？　狙ってやっているわけじゃなさそうだが。

しかし、ニックが話している店は、本当に貴族の認可を得ているのだろうか？

貴族があくどい商売をしないとは限らないから、俺には判断が付かないな。

後で、セバスチャンさんにも伝えておこうと思う。

「教えてくれてありがとうな。それと、もう同じような事はするんじゃないぞ？」

「もちろんしませんよ。アニキの役に立てるよう頑張ります！」

完全にニックが舎弟のようになってしまったが、俺としては雇っている部下のようなものだ。

これから、経過観察はするべきだと思うが、できれば真面目に働いて欲しい。

「タクミさん、何を話していたんですか？」

「あぁ、クレアさん。実はですね、ニックが……」

「どうされましたかな？」

ニックとの話を終え、レオの近くに戻る。

クレアさんに説明しようとすると、タイミング良くセバスチャンさんがカレスさんとの話し合いを終えて、こちらに来た。

ちょうどいい、今ニックから聞いた事をセバスチャンさんにも伝えておこう。

「うぅん……粗悪な薬草に関わる貴族……」

「むぅ……これはややこしい事になるかもしれませんな……」

今し方聞いた話をセバスチャンさんに伝えると、クレアさんと共に考えながら唸った。

他の貴族が本当に関わっているとなると、悪質な販売者を罰するというだけで終わる問題ではないのかもしれない。

貴族の世界はよく知らないが、権力者同士の関係というのは、総じてややこしい問題に発展する可能性があるからな。

「とにかく、この事は旦那様に報告しないといけませんな」

「そうね……セバスチャン、まだお父様は本邸についていない頃よね？」

「そうですな。屋敷と本邸の……半分程も進んでいないと思われます」

「使いの者を出して追い掛けさせれば、お父様に追いつけるかしら？」

クレアさんの提案は、今すぐエッケンハルトさんに事の次第を伝える使いを出し、本邸へ帰っている途中に追いつかせよう、という事みたいだ。

「……使いの者には、無理をさせる事になりますが……仕方ありません。旦那様なら、事情を聞き次第対処法を考えて下さるでしょう」

「そうね。本邸に帰るまでに考えを纏められるでしょうし、手を打つ方法も思いつくかもしれないわ」

「そうですな。いずれにせよ、事情を報せるのは早い方が良いでしょう。――ニコラさん？」

「はっ！」

クレアさんと話し合って、結論を出したセバスチャンさんがニコラさんを呼ぶ。

「今すぐに街を回って、事実関係を確認して来て下さい。確認が終わったら、迅速に準備をして旦那様を追い掛ける事。もちろん、屋敷の方にも連絡の者を出す事を忘れずに……」

「承知！」

セバスチャンさんの指示を聞いて、すぐに動き出そうとするニコラさん。

だが、馬で移動している相手に追いつこうとするのだから、かなりの強行軍になりそうだ
……そうだな……。

「ニコラさん、ちょっと待って下さい！」

「タクミ様、どうなされたので？」

ニコラさんを呼び留めて、持っていた鞄《かばん》の中を漁《あさ》る。

お、あったあった、これだ。

「これを持って行って下さい。こちらが筋肉を回復させる薬草で、こちらが疲労を回復させる薬草です」

「良いのですか？」

「えぇ、無理をする事になるかもしれませんから。もし疲れたら、食べて下さい。あ、一度に両方を食べると効果が出なくなってしまうので、気を付けてください」

鞄の中から取り出した薬草を二種類、ニコラさんに渡す。

俺の鍛錬用に作っておいた薬草だが、こういう時には役に立ってくれるだろう。

「かたじけない……頂戴致します」

「はい。お気を付けて」

薬草を受け取り、大事そうにしまったニコラさんは、セバスチャンさんに向かって一度頷いた後、踵《きびす》を返して走り去った。

大変だろうけど、頑張って下さいねー。

しかしニコラさんって、たまに時代劇かと思うような言葉遣いをするよなぁ……どこかで流行っているんだろうか？

「クレアお嬢様、タクミ様。昼食の準備ができましたので、こちらへ」

「カレスさん、ありがとうございます」

昼食は店の中に入れないレオのため、ティルラちゃんの提案で外で頂く事になった。

セバスチャンさんやヨハンナさん、カレスさんも一緒だ。

用意された料理は、店員さん達が大通りの屋台で買って来た物らしく、ヘレーナさんの料理程ではないものの、十分に美味《おい》しかった。

いつか暇があったら、食べ歩きとかしてみるのもいいかもな。

「タクミさん、この後の時間なのですが……」

そろそろ皆が食べ終わる頃になって、クレアさんから昼食後の話を持ち掛けられた。

「タクミさんがよろしければ、私に付き合ってくれませんか？」

「特に予定もありませんし、構いませんよ。どこに行くんですか？」

「この街にある孤児院です。疫病という話と、粗悪な薬草という話が気にかかりまして……」

孤児院か……日本にも似たような施設はあったが、幸い俺がお世話になる事はなかった施設だ。

クレアさんは、そこにいる子供達の事が心配なようだ。

特にこの後の予定はないし、一度孤児院を見てみるのもいいかもしれない。

もし、粗悪な薬草で苦しめられていたら、その時こそ『雑草栽培』の出番だろうというのもある。

俺は誰かを救わないと！　という使命感のある人間じゃないけど、助けられるのであれば助けてやりたいからな。

一番いいのは、何もない事だけど――。

あとがき

皆様、お久しぶりです。本書を手に取っていただき、誠にありがとうございます。

前回は初めての書籍化という事で、本当に皆様に読んで頂けるのか不安でしたが、発売後に即重版させていただける程の売れ行きで、喜ぶべきか驚くべきか数秒だけ悩みましたが、すぐに小躍りしていたので驚きながら喜んでいたのでしょう。興奮状態だったので、自分でもよくわかっていません。

一巻を手に取り、お買い求め下さった方々には、この場をお借りして改めてお礼を申し上げます。読んでいただける方、応援していただける方々のおかげで、現在も書き続けられる事ができています。本当に、ありがとうございます。

ここで少し宣伝を……二巻発売に先んじて、本作のコミカライズも連載が開始されています。担当されているのは、『一花ハナ』先生です。書籍版のイラストを担当して下さる『りりんら』先生と同じく、タクミやレオ、クレアさんを大変魅力的に描いて下さっています。二巻を読んで下さっている皆様も、是非読んで頂ければと思います。書籍版とはまた違ったタクミやレオ達が見られるはずです。どちらのレオも可愛いく描けているのは、間違いありません。５月31日配信のコミックライド２０２１年６月号より連載が開始されております。こちらは電子コミックとなっており、まだ読んでいない方でもさかのぼって購入する事ができますので、是非とも！

さて、二巻の内容についてなのですが、今回はタクミが新たな出会いから、剣を習い始めるお話となっております。

タクミとレオはお互いを信頼し合っていますが、だからこそ片方だけに頼りきりにならないようにと考えています。

本書序盤であったように、タクミの持つギフトには過剰に使用すると倒れてしまうという制限がありますが、そちらは無制限で特別な能力を使えるのは、むしろ危ういのではないかとの考えから来ています。

メリットデメリット、リスクとリターンという言葉があるように、何事にも良い面悪い面があると思っているので、無制限に使える便利な能力というのはどうなのかな？　と考えた次第でございます。

……というのは建前の部分が多く、無制限に能力を使えた場合、そのエネルギーというか能力を使用するためのものはどこから来るのか？　と考えた時に、どうしても無制限、無限に、というのは何か引っかかりを感じたという事だったりもします。

ですが結局のところ、そんな小難しい事を考えずに、あぁ……レオ可愛いなぁ……とか、シェリー可愛いなぁ……と可愛さに癒されながら、のんびりと読んで頂けたら幸いです。

タクミの頑張りはどこへ行った！　というツッコミが入りそうですが、何はともあれレオは可愛いのです。そしてやっぱりワンちゃんは可愛いのです。さらに言うなら、動物が可愛いのは真理で正義なのです！

タクミ視点でありながら、実はワンちゃんの可愛さを伝えるための作品にしようなんて事は……きっと考えていないような気がしなくもなかったりよくわからなかったりもしますが、おそらく私は正常です。（正常だといいなぁ）

それでは、これ以上よくわからない主張を繰り返していたら、怒られそうなので……最後に、謝辞を送らせて頂きます。

まず、相変わらず適当だったり勢いばかりの設定から、一巻に続いて素晴らしいイラストを描いて下さいました、りりんら先生。本当にありがとうございます。お忙しい中ではありますが、キャラクター達を綺麗に描いて頂き、感謝しかありません。

続いて、コミカライズを担当して下さっている、一花ハナ先生。こちらも可愛く、また素晴らしい絵を描いて下さり、本当にありがとうございます。漫画連載というのは、文章を書く事とは違った苦労があると思いますので、ご無理はなさらず、楽しく物語を描いて頂きたく思います。（だったらもっと楽しく描けるような内容にしろ、という誹りは甘んじて受けましょう！）

　そして、担当編集の川口様、並びにＧＣノベルズ編集部の方々と関係各社の皆様方。一巻の重版、二巻の出版をする事ができたのも、皆様が尽力して下さったおかげです。本当にありがとうございます。

　Twitterにて募集させて頂きました、帯のワンちゃん&ネコちゃんの写真募集に応募して下さった皆様方、ありがとうございます。どのワンちゃんネコちゃんも可愛く、選考は頭を悩ませてしまうどころか、このまま眺め続けたいと思う程でした。

　ペロちゃんと写真をお寄せ下さった魚米様、舌なめずりをしている姿には思わず好物を上げたくなってしまう可愛さでした。ありがとうございます！

　ジン君と写真をお寄せ下さったZinfandel様、バーン！　と主張しながら登場するシーンを彷彿とさせる躍動感は、思わず声を漏らしてしまう程の存在感でした。ありがとうございます！

　最後になりましたが、Ｗｅｂ版連載でも応援して頂いている読者の皆様と、本書を手に取って頂きました皆様に、感謝を申し上げます。

　それでは、今度は三巻で皆様とお会いできる事を願いまして、今後ともよろしくお願い致します。

２０２１年５月　龍央

異世界転移したら
愛犬が最強になりました
シルバーフェンリルと俺が異世界暮らしを始めたら
一花ハナ
ichika hana
原作 龍央
ryuou
キャラクター原案 りりんら
ririnra

じと
コミカライズでは
かわいいがいっぱい!!!!
わたしはクレア・リーベルトと申します
俺の名前は
広岡巧《ひろおかたくみ》と言います

コミックライドで好評

次巻予告

「雑草栽培」大活躍!?

リーベルト家と契約を結び、
ユニークギフト「雑草栽培」についての
検証を始めたタクミ。

そんなタクミのもとに、
リーベルト領に疫病が
流行り始めているという話が舞い込む。
その真偽を確かめるため、
タクミたちは街に出ることになり――?

異世界転移したら
愛犬が最強になりました
My beloved dog is the strongest in another world.
シルバーフェンリルと俺が異世界暮らしを始めたら
3

2022年冬
発売予定!

GC NOVELS

異世界《いせかい》転移《てんい》したら
愛犬《あいけん》が最強《さいきょう》になりました 2
～シルバーフェンリルと俺《おれ》が異世界《いせかい》暮《く》らしを始《はじ》めたら～

2021年8月7日　　初版発行

著者　龍央《りゅうおう》
イラスト　りりんら

発行人　子安喜美子
編集　川口祐清／和田悠利
装丁　横尾清隆
印刷所　株式会社エデュプレス
発行　株式会社マイクロマガジン社
〒104-0041　東京都中央区新富1-3-7　ヨドコウビル
［販売部］TEL 03-3206-1641／FAX 03-3551-1208
［編集部］TEL 03-3551-9563／FAX 03-3297-0180
https://micromagazine.co.jp/

ISBN978-4-86716-158-6　C0093

本書は小説投稿サイト「小説家になろう」（https://syosetu.com/）に掲載されていたものを、加筆の上書籍化したものです。

ファンレター、作品のご感想を
お待ちしています！

〒104-0041 東京都中央区新富1-3-7 ヨドコウビル
株式会社マイクロマガジン社　GCノベルズ編集部
「龍央先生」係 「りりんら先生」係

独身貴族は異世界を謳歌する
～結婚しない男の優雅なおひとりさまライフ～
①
錬金王
イラスト／三登いつき
結婚しない男、
異世界へ！
自らの意思で独身を貫き孤独死した男――独楽場（こまば）利徳（りとく）は、その生き様を気に入った異世界の神「独神（ヒトリガミ）」の手によって、彼の管理する異世界へと転生することとなった。その世界で数々のチート能力を持ったイケメン貴族ジルク・ルーレンとして二度目の人生を送ることになった彼が目指すのは……やっぱり快適な独身生活で!? 新感覚スローライフファンタジー、開幕！ B6判／定価:1,320円（本体1,200円＋税10%）
《千変万化》の実力がついに明らかに!?
嘆きの亡霊は引退したい
～最弱ハンターによる最強パーティ育成術～
⑦ 槻影 イラスト／チーコ
B6判／定価:1,320円（本体1,200円＋税10%）
魔力チートな魔女になりました
～創造魔法で気ままな異世界生活～
⑤
アロハ座長
イラスト／てつぶた
B6判／定価:1,320円（本体1,200円＋税10%）
脱法テイマーの成り上がり冒険譚
～Sランク美少女冒険者が俺の獣魔になってテイマす～
②
すかいふぁーむ
イラスト／大熊猫介
B6判／定価:1,320円（本体1,200円＋税10%）
ご主人様とゆく異世界サバイバル！
⑥ リュート イラスト／ヤッペン
B6判／定価:1,320円（本体1,200円＋税10%）